程维 著

南昌慢

南京大学出版社

图书在版编目(CIP)数据

南昌慢 / 程维著. —南京：南京大学出版社，2021.3
ISBN 978-7-305-23724-9

Ⅰ.①南… Ⅱ.①程… Ⅲ.①随笔-作品集-中国-当代 Ⅳ.①I267.1

中国版本图书馆 CIP 数据核字(2020)第 167577 号

出版发行　南京大学出版社
社　　址　南京市汉口路 22 号　　　邮　编 210093
出 版 人　金鑫荣

书　　名　南昌慢
著　　者　程　维
责任编辑　章昕颖
审读编辑　臧利娟

照　　排　南京紫藤制版印务中心
印　　刷　徐州绪权印刷有限公司
开　　本　880×1230　1/32　印张 9.5　字数 230 千
版　　次　2021 年 3 月第 1 版　2021 年 3 月第 1 次印刷
ISBN 978-7-305-23724-9
定　　价　68.00 元

网　　址　http://www.njupco.com
官方微博　http://weibo.com/njupco
官方微信　njupress
销售咨询　025-83594756

＊ 版权所有，侵权必究
＊ 凡购买南大版图书，如有印装质量问题，请与所购图书销售部门联系调换

我就是那蜡烛,在盛宴之后消亡。

——塔可夫斯基

目 录

i	序：时间的乡愁
001	豫章绘事：跟着八大捡脚印
020	皇皇滕王阁
034	海昏之匙
047	孺子亭记
052	遗址：长春殿
071	洪崖梦记
076	投书浦：一个典故产生地的消失
080	绳金塔记
084	百花洲记
096	汪大渊之蓝
115	利玛窦之书
135	烟雨杏花楼
144	孤独者的光芒
159	只有风声穿透岁月
169	老街头

253　　桥
262　　城与门
271　　老校门
278　　寺与宫
287　　生米镇

289　　后　记

序:时间的乡愁

你的肉体只是时光,不停流逝的时光。
你不过是每个孤独的瞬息。

——博尔赫斯

为了使过往的城市记忆不至于荒凉,逃出冷酷而刻板的记载,为它融入生命与思想的体温,我必须重返其源头,找到触手可及的苔藓和漫漶之痕。纵使它是影子,江水流动,我相信它还在水上。如人所说,我受雇于一个伟大的记忆。写这本书我就像为一座城市的记忆打工,没有劳绩可言。巨树落花,或投在衣上的斑影,轻轻一拍,它会跳起尘烟,在光线里迷蒙一片。那一年,我三十几岁,好像就老了,和我的城市一样沧桑,那些陈年旧事,多少代人,像是穿透重重光影,在土墙前转身,就不见了。他们穿的长衫,也成了墙上的旧迹或斑影,我知道,壁画不属于他们,只属于被记载的少数人,更多的消失了,化为空白。但城市可以刻印下一些事件,由此使一些年份别出寻常,让记史者、考证者有事可做。一个写作者,只要用心去温顾过往,碎影流年,下笔即是苦涩与沉重,唯独不会轻松。

一百年,对一个人来说,不算短暂,正如博尔赫斯所说,它能把肉体变为时光,只有时光不停,人生只是"孤独的瞬息"。一千年甚至两千年,对一座城市而言,也是漫长的,因为没有人能活过千年,没有谁能见证它的存在与变换。只有文字,只有侥幸活过千年的树木,只有古庙、宫殿、老城墙,但这些不能言说的事物,也已不多了,甚至在我生活的这座有着2200多年历史的城市里,千年的建筑物荡然无存,几百年的老屋也所剩无几,上了百年的房子呢,几年前有个统计,似乎有百余栋,而今呢,恐怕难有十处。我一向认为人类的城市史与生命轨迹是写在街道和墙上的,当古老的墙和街道消失,彻底挪位或改头换面,城市的历史便不可考究,后人的考证就像盲人摸象。所以当我在巴黎、罗马、佛罗伦萨的街道转悠,在宏伟的古老神殿、教堂、斗兽场驻足时,我是深受震撼的。欧洲的城市善于利用旧,把旧当宝贝,我们的城市是推掉重来,来不及变旧就推掉。有时我肤浅地想,这要折腾多少钱啊!不可惜吗?日前,我到奉新县张勋家的老屋考察,看到巨大的院落只剩门楣还在,几面颓墙爬满了藤蔓与青苔,其他的或已倒塌,只剩下梁柱的座石,或已倾斜,或将要倒塌。面对百年的萧然与荒芜,我内心听到了轰然坍毁之声。我想转身之后,一些有历史价值的老建筑也许会修缮保存下来,也许会灰飞烟灭,再也无法见到,纵使再见也是成了改头换面的新的旅游景点。去意大利,见到米兰大教堂,我是震惊的,仿佛人类的创造力与耐心都在上面,历时五个世纪才完成。这于我们,无法想象。而古罗马千年的斗兽场、巴黎圣母院、佛罗伦萨的老街道会依然如昔,静默地诉说历史。

  时光慢,转眼把刻有时光遗迹与生命温度的老建筑推倒,却是刹那间就可以做到的。所幸我们还有文字,所幸现在还有相机、手机等多种拍摄工具,可以为我们变化万千的城市留下一些过往,"事实上,既然你在从事叙事艺术,那就有必要延续人类记忆的讲述"(贾樟柯)。近二十年来我游走于南昌的老街旧巷,拍下了几千张照片,此时翻看,许多老街巷已经不存在了,老场景则存留在这些图片里。二十年前,当我从上世纪三十年代一本名为《江西御览》的旧图影册里,看到当年南昌城市的许多照片时,我既有隔世之感,又有着一种与旧日城市意外邂逅的激动。我写下过这样的文字:时光慢慢流淌,像是在魏良辅的水磨腔里,世事流转,变幻着一幅幅浮世绘。今人在现代都市里摄取的图景与老照片放在一起时,便明显构成了一种眼睛与眼睛的对视、目光与目光的交接。这种对视是有着很特别的意味的。一双是饱经沧桑的眼睛,一双是充满喜悦和向往的眼睛。一双是饱经岁月风尘的眼睛,另一双是充满留恋与怀旧的眼睛,仿佛带着一种塔可夫斯基的"乡愁"。当这两双眼睛的目光相碰时,后者必然会对前者有所探寻、提问和期待,这种探寻、提问,乃至寻找答案的过程,便是一本书的写作过程。于是,那种提问一出现,就必然要将我们的心跳和思想作为呼应加入探寻中去。"我就是那蜡烛,在盛宴之后消亡。"塔可夫斯基如此说。有一种说法,历史早就死了,活着的是未来。可我以为,没有历史,何以有未来。而未来都是从当下开始的,文字可以是它的不灭的足迹,印证着生活的存在与过往。

有一张著名的旧照片,画面暗红,有一道弧行的天体运行轨迹,上面仅有个萤火虫般的小点。这是1990年,旅行者1号探测器即将飞出太阳系的时候,在距离地球60亿公里的地方,美国国家航空航天局命令它回头再看一眼,拍摄了60张照片,其中一张上,正好包括了地球——图中那个亮点。正是我看到的这张。天体物理学家、著名科普作家卡尔·萨根就上面照片说了一段著名的话:

在这个小点上,每个你爱的人、每个你认识的人、每个你曾经听过的人,以及每个曾经存在的人,都在那里过完一生。

　　这里集合了一切的欢喜与苦难,数千个自信的宗教、意识形态及经济学说,每个猎人和搜寻者、每个英雄和懦夫、每个文明的创造者与毁灭者、每个国王与农夫、每对相恋中的年轻爱侣、每个充满希望的孩子、每对父母、每个发明家和探险家、每个教授道德的老师、每个贪污政客、每个超级巨星、每个至高无上的领袖、每个人类历史上的圣人与罪人,都住在这里——一粒悬浮在阳光下的微尘。

正如以上所说,我的故乡,我的城市,包括我也在那粒微尘当中。
　　本书中所有照片,均由我拍摄,是这些年来我的目光在这座连接过去与现在的"时光之城"中的偶尔停留,有些照片中的景物,已经不存在了。特此说明。

2019 年 3 月

豫章绘事:跟着八大捡脚印

前　世

　　南昌最早叫豫章,且比叫南昌时间更长。现在豫章成了南昌别称,或代指老南昌。然豫章之名,是隐秘而伟大的,这里面藏着的,是一座古城的厚重人文。

　　过去,外地人来南昌,都往城南跑。

　　跑去干什么？看八大山人,准确地说,是看他的画。城南有个青云谱道观,是一处南昌难得保存下来的古典小园林,这对当年颓旧、单调、乏善可陈的南昌来说,殊为罕见。据说清初的晚明遗民朱耷,自号八大山人,在这里隐居作画,名重天下。上世纪五十年代,一个叫李旦的先生考证这节来历,发现道观中有八大手植老桂及其墓,并有心将从民间收集到的老八大的画,藏于道观库房,妥善保存起来。在常人眼里,老八大的画无甚可观,以丑怪著称。残山剩水,孤鱼独鸟,为其拿手绝活。挂堂屋,绝无吉利喜庆可言,反而有着乖张与戾气,土财主不会喜欢,老百姓喜欢不了,能识几个破字的人未必瞧得明白,但穷酸文人喜欢,士大夫也青眼有加。老八大身为换代之际末路王孙，一生过得颠沛且寒碜。僧人、疯子、哑巴、怪咖，都是他在俗世的烙印，好在他能画一手画，他的画如同他的身世，孤独、桀骜、禅意道心，仿佛歪打正着，前人从没这么画过，是天意成全了他。但世间，毕竟大多数人不懂艺术，他故去，已三百余载矣。能有多少人看得懂八大？老实说，我至今不敢说能有多少。我家靠饭桌的墙上，就挂着一幅，由美术出版社根据八大《安晚册》原作限量高仿印制的鳜鱼图。那年我为美术社写了个字，该社社长很当回事，为表答谢，就把此画送给我，说与真迹效果差不多。八大真迹自是罕见，隔玻璃我隐约见过几幅，只能看到他笔墨中的冷逸与孤独。八大的鱼是苦涩的，和我在饭桌上吃的鱼的味道显然不一样，那是世俗所不能容的东西。所以当年八大流落民间的画，未必能卖大价钱，我说他是中国的凡·高。那年余光中对我说，凡·高在世时，他的画被人用来盖菜坛子。

由于八大山人，青云谱道观是上世纪七十年代，乃至八十年代初期偌大个南昌城，唯一可作散心和游观的地方。

我当年高考后为了驱散心中鸟气，就和几个同学，各骑一辆破自行车往城南奔，一头扎进青云谱道院，其时已是八大山人纪念馆，我先是呆呆地看画，和绝大多数人一样，说不出好来，没有那种邂逅大师如遭雷击棒喝的感觉，其实那时我已习画有年，只是画素描、水彩、油画之类，当时画《占领总统府》巨幅油画的陈逸飞和《霸王别姬》油画的汤沐黎，以及《西藏组画》的陈丹青是我心目中的大师，我家里有伦勃朗画册，《罗丹艺术论》，却没有有关八大山人的片纸。说白了，我人生初次遇见八大，不是冲着他的画去的，是去青云谱道院散心的，那里也挤满了怀着同样心思的人，竹篁、荷塘、曲廊、亭榭，足以给我们心头的闷热与浮躁带来一些清凉。八大的画那时仿佛与我隔着。他是个古人。即

青云谱道院

使青云谱道观因他而引来不少游人，但他对那时来此的游人而言好像只是个出行的由头。

我虽生在南昌，从小好绘事，但知八大也晚。上世纪六十年代出生的人，早年成长期的人文环境是与古典传统不挨着的，崇尚的是红色革命的宣传艺术、政治图式，至七十年代末期，才知道罗丹、伦勃朗，其时，油画界出现了汤沐黎的《霸王别姬》、陈逸飞的《占领总统府》、陈丹青的《西藏组画》、罗中立的《父亲》。对中国传统绘画，当时的人们几乎无闻，最多能见到的是郑板桥的竹，还是印在挂历上的。对外宾开放的友谊商店，有六分半体"难得糊涂"的拓片。这些书画都配着郑板桥那首著名的诗："衙斋卧听萧萧竹，疑是民间疾苦声。些小吾曹州县吏，一枝一叶总关情。"八大是不反映民间疾苦的，他自个都苦不堪言，只有"横涂竖抹千千幅，墨点无多泪点多"。所以八大是在那些身为"大众"的我们的视线以外，这不是八大的不幸，而是我们的悲哀。

在日常生活中，大师与绝大多数人压根不挨着，若是挨着，十之八九，大家会把他视作疯子。八大尤为典型。他当年出现在南昌街头，哭哭笑笑，疯疯癫癫，就像个疯子。然而，他是伟大和富有创造力的"中国病人"之一，他的画也是病画儿，这种人所患的病一半来自天生，一半来自境遇。

八大是神秘的，他的画与身世留下诸多不解之谜，跟着八大捡脚印，因其跟别人大异，自然也就难寻些。

八大生于明天启六年，即1626年秋，家庭背景显赫，乃明宗室后裔，传为明宁献王朱权的九世孙。南昌宁王府位于今日章江路省歌舞团及子固路省话剧团与省京剧团的那一大片院落。七十年代，我家与旧王府比邻而居，从棕帽巷一翻墙就进了省歌舞团破败而凋敝的院落，明清建筑的王府屋宇虽不存,却遗有老墙的月亮门及高大古树,院内恢宏的台基上,遗有古建筑廊柱的巨大圆形石头基座。可以想见当年王府的气派。而从省歌舞团大院大门出去,横着的是人声鼎沸、污水遍地、鱼腥味扑鼻的露天菜市一条街,旁边有钟鼓楼,上世纪二十年代南昌起义,这里是义军指挥部,架着机枪,整个宁王府内驻的卫戍司令部队,都在扫射范围内。明清之际,这条路是通章江门的,那是接官送府之地,外来要人自水路而来,得从章江门码头登岸。意大利传教士利玛窦当年盘桓南昌三年,与弋阳王多有往来,交谊颇深,得到过他不少帮助。八大山人出生于末路王室之家,父亲却是个哑巴,但画得一手好画,他希望儿子将来成为一个艺术家。所以八大早年接受过良好的书画训练,至其19岁,天崩地坼,明亡清立,清朝统治者追杀明宗室,八大家破人亡,如丧家之犬,奔窜山林以求活命,先逃到南昌伏龙山藏身,在饥寒交迫中熬过数年,23岁时不得不遁入空门,到南昌以东约七十公里的进贤县介冈灯社鹤林寺剃度为僧,拜介冈灯社主持弘敏头陀为师,取僧名传綮,号刃庵,从此开始了长达27年的禅林生涯。出家为僧于他而言是迫不得已,清初推行剃发令,留头不留发,留发不留头,这对晚明遗民是一道生死坎,怎么迈过去?剃光脑袋出家,不失为一途。明清之交,遗民多逃于禅,与此有关。

逃 禅

一入空门万事休,头发光了,顶着个秃瓢,是可以打掩护的,八大也就有些残喘工夫,得以修研佛禅,重拾绘事。介冈鹤林寺一待也就十六年光景,当其师弘敏去奉新另建耕香院,31岁的八大做了介冈灯社主持,从学者百余众。八大在此作诗云:"茫茫声息足林烟,犹似闻经意未眠。我与涛松俱一处,不知身在白湖边。"而台北故宫博物院所藏的八大存世作品、十五开纸本《传綮写生册》,即画于此。弘敏卒,八大又到奉新接掌了耕香院。介冈灯社与耕香院,八大做的虽是和尚,外人眼里是高僧,他骨子里却是不得已。戊戌年冬,朋友相邀到奉新,看了宋应星天工开物纪念馆、张勋老家的大屋、百丈寺、昼锦坊后,听说耕香院正在修缮,忙请朋友带去看一下。冬阳下的郊野衰草金黄,从一条泥路进去,耕香院已修建得很是可观,完全像个修身养性的园林式别墅,院子里晾晒着一地金灿灿的皇菊,皇菊已是一味养身好茶饮。就是没有八大的影子,当地朋友把我们领到后院一处工地,指着一处仍用线圈的背山角落,告诉我们,几年前县里在这里开诗会,有人就此发现了"传綮"之印,经专家鉴定,为八大在此出家时的印信之一。八大在耕香院所驻时间达二十年。

既然八大出家是为了避祸,风头过了,自然是想还俗的。当他在奉新结识了裘琏时,肚子里就动了还俗心思。裘琏是八大的仰慕者,作过数首诗赠八大,诗中有"个也逃禅者,漂泊昔王孙"之句。"王孙"的尾巴,是八大一直要藏着的,风声弱了,不禁又想露一点。49岁时,眼看就是天命之年了,八大看着镜中的自己,已由一个昔日的仓皇少年变为萧然老翁矣,不由心念一动,想把这副面貌立马喊停片刻,那时没有照相技术,也没有马克·吕布这样精心为艺术家拍肖像的大师,他只有请好友黄安平为他画了一幅全身像,权且留存。这就是我们今天能够看到的,青云谱八大山人纪念馆的镇馆之宝《个山小像》,也是八大仅存于世的根据其本人面目绘制的画像,不然我们绝对不知道八大长什么样。应该说他的画与他的相貌契合度还是很高的,犹如野老枯枝,精气还在。画中的八大不做僧人打扮,而是戴着斗笠,遮盖了光光的脑袋,身

张勋老家破败的老宅

着宽袍,俨然林下散人。这身打扮,这幅画像,透露了49岁八大的心思,他曾对友人饶宇朴说,我可能以后要像贯休、齐已和尚一样,不会专注于法事了,而会旁涉诗会书画了。贯休是唐代画僧,唐亡后,云游四方。八大以彼自喻,是打算要放弃佛门,回归俗世,求诸绘艺,是否娶妻生子也没个准。研究者也一直认为八大虽为僧人,却是一直没有放下尘心,没有放下性,他还想生个儿子,传宗接代,延续其一支王孙血脉。我的一位导演朋友,就拍过一部八大山人的电影,让一生悲凉孤凄的八大狠狠地谈了一回恋爱。我去看影片时,才发现文学顾问竟赫然打着我的名字。朋友问我对片子有啥看法,我说:构思够大胆,也算后世给八大他老人家的一种温暖的补偿吧。至今而言,《个山小像》应该说是我们走近八大的一扇重要之门,也是八大由僧界返回俗世的一道门。

前不久,八大山人纪念馆的朋友约我去喝茶画画,我要他再带我去看下《个山小像》,看到的却已是复制品。虽然新建了一座真迹馆,装备着高科技现代化设施,所展真迹却寥寥,朋友说一阶段只展一幅,目的是让八大的珍贵原作得以长留下去。这也是老八大在世时不可能想象到的厚待。懂行的,看重其艺术;外行的,看重其值钱。

当年的八大是铁定要还俗的,他自然不知道三百年后有一座纪念馆在等他,政府不惜重金修建库房展厅,安保严密,蟊贼望而却步。我的朋友是副馆长,隔三岔五带班值夜,为老八大巡逻守护,乐此不疲,如同带刀侍卫。当时八大的僧友饶宇朴却甚为讶异,劝说八大佛事才是正途,绘事不过是旁骛。八大在画像上的四段自题,对劝说的僧友,表明了自己的态度,其一写的是:"雪峰从来,疑个布衲。当生不生,是杀不杀。至今道绝韶阳,何异石头路滑。这梢郎子,汝未遇人时,没偶傀。"

进僧门,是迫不得已,出僧门已颇决然了。52岁时,八大完全是个

个山小像

云游的画僧了,他一门心思去寻他的朋友裘琏谈诗论画,并结识裘琏做新昌县令的岳父胡亦堂,成了胡亦堂的座上客。胡亦堂转临川知县,邀请八大参加他主办的梦川亭诗文盛会,八大是写了诗的。职业画僧的生活尽管少了空门的冷寂,多了应酬的表面热闹,可内心的悲苦与压抑仍然无法排遣。在临川胡亦堂府上为清客的两年间,八大的情绪日益消沉,并没有因为从寺院出来就找到了快乐,他的画笔也是苦涩多于轻快。一日,他突然大哭大笑起来,弄得人摸不着头脑。他扯下身上的袈裟,点火烧了起来,人拦也拦不住。他就这么一把眼泪,一把鼻涕,一会儿干号,一会儿狂笑着,走回了南昌。他疯了,他癫了,没有人敢挨近他。当他破破烂烂、疯疯癫癫出现在南昌街头时,没有谁知道他是昔日的王孙,只当是条可怜可嫌的徘徊于街头巷尾与垃圾堆的丧家狗。还是他的一位远房侄子认出了这个老叔,把他带回家门,清洗干净,悉心照料调养了一年多,他才渐渐恢复正常。

耕香院,传綮

画僧要走,一支火点燃了僧服
一头金黄老虎,在空气中闪烁
它曾窜伏山林,这次要奔逐尘世
画上只剩下一堆怪石
和虎的粪便气息,玉石之印
遗落于皇菊,给以后留下线索
介冈灯社早已易手,不二之门
已是出入过二,该回家了,走得再远
还得回去,绳金塔的晚钟敲了多遍
蝙蝠绕檐飞得趔趄,登塔尚在中年

下楼就黄昏了,淡雪兄备着昼壁

待你去溜达一袭山水

耕香者顶礼的星辰,掉到了屋脊后面

你捡起明瓦,手里竟是劫灰

剃度的刀片不可找寻,秃笔枯涩

放逐几匹残鹰,一脉废水经过赣江

吾既为山人,走到哪里,都有高低

尔悟迟,供拾我僧袍的灰烬

还　俗

八大病愈后,他去爬上了一回当时南昌最高的建筑绳金塔,站在塔上,八大眺望着这座既熟悉又陌生的古城,他应是有万千感慨的,昨日的一切仿佛在一场病后都化作了前尘,而眼下的今生浮现在蒸腾嘈杂的市井间,他画下了《绳金塔远眺图》,开始署款"驴",由一条佛门的秃驴,变为俗世的一条得靠出卖力气而求活的驴。这次登高之举,对八大而言,应该是他为自己举行的一个还俗的仪式,是离开临川时自焚袈裟行为的一个延续。这在八大山人的一生中是一个重要转折,人说不疯不成魔。八大疯了,一把火烧掉了袈裟,意味他彻底返回了俗世,豫章的街巷叩问了他的前世,又印证了他的今生。他的画笔在癫狂中仿佛上接了神灵,还俗后的生活,重返熟悉的家乡,让他接到了地气,使他的画找到了新的突破口,从56岁到60岁,他的书画艺术走向了成熟。他的画呈现出强烈夸张变形,书法也变得狂放不羁,他的题款也由开始的"驴""驴屋",至甲子年八大作《花鸟对题册》时用"八大山人"署款。

此时，八大山人才开始了真正意义上的南昌俗世生活，他先是住在南昌西埠门，过着替人作画糊口的日子。又与城中北兰寺淡雪和尚颇谈得来，因此，八大为北兰寺作壁画，时常借住于此。这段时期，他开始从自我封闭中走出来，与羽昭先生、舫居先生、淡雪和尚谈论径山竹子，画《芝兰清供图》《荷石图》，作草书《卢鸿诗册》。在北兰寺，他和江西临江知府相谈甚欢，还同游了滕王阁。

南昌北兰寺当时就似南昌的一个艺术沙龙，八大山人通过这个场所接触到不少人，包括《八大山人传》的作者，客居南昌的邵长蘅。邵长蘅描写他所见的八大："山人面微赧，丰下而少髭。"他还真实描写了八大其时非常人的行径："一日，忽大书哑字署其门，自是对人不交一言，然善笑，而喜饮益甚。……醉则往往嗘嘘泣下。"他甚至还像记者一样如实记录下了八大与他面见交谈时的一些奇怪细节，山人"辄作手语势，已乃索笔书几上相酬答"。活脱脱一个哑者形象，使人想到八大的哑巴父亲。这期间，八大的作画偏情绪化，笔触简率而含蓄，画有现藏于哈佛大学赛克勒博物馆的《瓜月图》，细硬的线条勾一轮明月，一半被一只墨瓜遮挡了。又画现藏南昌的《鸟石轴》，用笔如剑戟，笔意急促而扁薄，两只丑鸟偎依一柱怪石。这都是八大内心的抒发。

此时，八大还与本地茶商兼山水画家罗牧（字饭牛）诗酒往来，接触到了江西巡抚宋荦。罗饭牛拉八大到巡抚府吃饭；八大心有不满，却还是去了。事后在写给画商方士琯的信中流露牢骚："昨有贵人招饮饭牛老人与八大山人，山人已辞著履，老人宁无画几席耶？山人尊酒片肉之岁卒于此耶？遇老人为遗恨也不少，且莫为贵人道。""贵人"指宋荦。这种交往与牵扯，倒使八大画出了那幅颇含讽刺意味的《双孔雀图》，并题诗云："孔雀名花雨竹屏，竹梢强半墨生成。如何了得论三耳，恰是逢春坐二更。"宋巡抚官署里养了两只孔雀，八大把它画得皮塌毛落，丑怪无比,长长的孔雀翎却分明是清朝大员顶戴上的官翎。宋的顶戴是染有镇压反清复明人士血的,他一上任,就武力平定了李美玉、袁大相叛乱,并将李、袁腰斩,但宋荦作为汉人清朝官员喜好诗画,这使长袖善舞的茶商罗饭牛跟他打得火热,他知道老罗与八大交好,便托他向八大求画,八大正好把一肚子对宋荦的憎恶与不屑通过《双孔雀图》画了出来。好在宋巡抚心中有数,画收下了,也不与八大计较,画一直到今日都留了下来,藏在八大山人纪念馆里。若有缘,没准在真迹馆里还能碰到展出的原作。

65岁后,八大艺术创作达到了高度成熟期。他的许多重要作品,如《杂画册》《游鱼图轴》《松石图轴》《孤鸟图轴》《山水册》《双鸟图轴》《安晚册》《秋山图轴》《河上花图卷》《鹿石图轴》《花鸟册》《双鹰图轴》《椿鹿图轴》都是在这时完成的。

安　　晚

南昌的东湖畔,当时有个饮酒的去处,叫闲轩阁。八大曾因约赴酒,席间,一位酒友熊定国对八大说:"东湖有新莲,西山有古松,这两样是我平素喜欢的静观之物,先生能否为我神似出?"

所谓"神似出",就是画出来。老八大举酒一饮而尽,跃身而起,调墨,捉笔,在宣纸上且旋且舞,然后掷笔,一头扎入酒桌狂饮。人再看那画,但见奇松怪石,墨荷翩然尤鲜——其"胜不在花,在叶,叶叶生动"。熊定国不由喝彩:果然神似出也!

八大69岁前后在南昌潮王洲搭盖了一所草房,他题名"寤歌草堂",这是在八大山人八十年的人生经历中在南昌有相对确切位置和名字的一所住址，也是他晚年安居之处。而在近些年有关研究者提供的八大生平研究成果中没有一项能证明他曾在青云谱道院隐居过；上世纪五十年代一次道院中八大墓因基建开掘，发现这也是一座象征性的没有实物的衣冠冢。

八大75岁时，扬州的石涛在"临溪新构大涤堂"，向八大山人求画《大涤草堂图》，这件事情在美术史上颇有影响。石涛在信中写道：

闻先生花甲七十四五，登山如飞，真神仙中人。济将六十，诸事不堪。十年已来，见往来所得书画，皆非济辈可能赞颂得之宝物也。济几次接先生手教，皆未得奉答，总因病苦，拙于酬应，不独与先生一人前，四方皆知，济是此等病，真是笑话人。

今因李松庵兄还南州，空函寄上，济欲先生三尺高一尺阔小幅，平坡上老屋数椽，古木樗散数枝，阁中一老叟，空诸所有，即大涤子大涤堂也。此事少不得者。余纸求法书数行列于上，真济宝物也。向所承寄太大，屋小放不下，款求书：大涤子大涤草堂，莫书和尚，济有冠有发之人，向上一齐涤。只不能还身至西江，一睹先生颜色，为恨！老病在身，如何如何！雪翁老先生。济顿首。

从信中可知，八大山人此前为石涛画过一幅《大涤草堂图》，因是大幅，草堂小，不合用。八大山人接信后，是否另画了一幅小的"草堂图"，不得而知。但石涛是画了一幅画送给八大的。八大是否在寤歌草堂挂出，亦不可知。

看过现在花重金改建的八大山人纪念馆及八大山人广场后，再回头探寻当年八大的真实居所——寤歌草堂，那是真正简陋而寒酸的草

八大山人纪念馆（一）

八大山人纪念馆(二)

堂,与当今一个不入流的画家的工作室差之何止千里,正如当今许多画家的水平与八大差之何止千里是一回事。当时有位叫叶舟的诗人在《过八大山人》一诗中对寤歌草堂做了真实的描述:"一室寤歌处,萧萧满席尘。蓬蒿丛户暗,诗画入禅真。遗世逃名志,残山剩水身。专门旧业在,零落种瓜人。"

可见八大晚年的凄凉。他去世的前三年,尚以77岁之身与南昌画家罗牧等12人在东湖边上的杏花楼组织了"东湖画会",由这画会后来衍生出了个江西画派,领袖却不是八大,而是老罗,茶商罗饭牛。而那个诞生了"东湖画会"的杏花楼,历来是文人雅集之地,当初豫章宁王府曾聘过唐寅来这里授画,戏剧家汤显祖和吴应秋等人也在此结社唱和,上世纪二十年代傅抱石和罗家大屋的小姐在这里举办了婚礼,现在此地划给了南昌画院。我偶去画院看朋友,喝茶,坐对杏花楼便会发好一阵子呆。

八大去世前一年,有手疾,抖得厉害,但还在写画,直至1705年,留下了最后一篇《昼锦堂记》,才故去。至今南昌进贤尚有一座保存完好的昼锦坊在,却与八大毫无关联。

1904年,齐白石随其师王湘绮到南昌,目的是想寻找八大真迹。他落脚在王湘绮的南昌寓所,地毯式遍访了城里的书肆画廊,观看并摹写了不少八大原作。白石老人晚年忆起那段南昌寻八大的事:"余四十一岁时,客南昌,于某日旧家得见朱雪个小鸭子之真本,钩摹之。至七十五时,客旧京,忽一日失去,愁余,心意追摹,因略似,记存之。"

八大出生至故去,从南昌弋阳王府到伏龙山洪崖,再到进贤介冈灯社鹤林寺,又至奉新耕香,再到临川,又返南昌西埠门,而后落脚北兰寺,定居寤歌草堂,这期间他在江西境内有过游历,但似乎足迹没有出过省境，外省却有同道途经南昌来拜访过他。扬州石涛曾托李松庵求他画《大涤草堂图》，并称赞这位同时代画家"书法画法前人前"，"眼高百代古无比"。尽管时间流转，北兰寺的墙壁生了老年斑，八大的山水在夕阳的余晖里变残，南昌城的西埠门已荡然无存，我还是一再念叨着"寤歌草堂"。

在静心揣摩八大诗画，沉浸其中多年，写过十几万字认知心得之后，身为南昌人，有八大，我就有了底气，再提画笔，我已自许为八大的正宗传人。在南昌，我的精神血脉来自八大山人、陶博吾、黄秋园，再远的还有梅福、海昏侯刘贺、南唐后主及明宁王朱权。孤怀，隐逸，废黜，遮蔽，怆郁，无争，慵懒闲散，自适得云淡风轻——他们活在我身上，我身上有他们的影子，他们是我的精神养父。

在对八大的画揣摩思索的认知过程中，我完成了自己在绘画艺术上的一次精神认父，文学乃至所有艺术家没有完成精神认父者，其必无着也！

我想在今天的南昌是有必要为八大山人重修一座寤歌草堂的，虽然潮王洲已变成了朝阳新区，但八大山人在他的故乡还是应该有一座故居来为他安魂！

跟着八大捡脚印，是一条寻真之路，他的脚印，是水墨的足迹，里面藏着大师，其必然通往的是寤歌草堂。

朱　耷

只有一些风声
只有一些雨，是熟悉的
晚明是这样，清初有大变
我就不强求了

我就不要人
再画独鸟
再画孤松
再画剩水与残山
你们模仿也徒劳
宽敞的工作室里
你们已慵懒了
下笔多么无力
你们是富贵的命
画些牡丹，可也
画出的枯荷
还是造作啊

做一个山人
做一个破僧
潦倒的命
并非是我所愿

皇皇滕王阁

在王勃之后,为什么再没有一篇写滕王阁能够与之比肩甚至超过他的文章呢?为什么今人不能写出一篇与之相媲美的文章,来作为一种跨越千年的呼应呢?

滕王阁,在等。

等来了不少游人,也等来了不少文人,滕王阁仍然在等……

或许,无论在过去还是在未来的岁月中,滕王阁都是以其砖木之躯与无限的时间在拔河。滕王阁下的那条不舍昼夜而流淌的大江,便是它与时间拔河的巨绳。这条巨绳的另一端不断会有一些文化巨擘出现,给滕王阁注入一股股文化的伟力,使它有足够的底气来和岁月一争短长。

唐朝是个产生大手笔的时代。唐朝的南昌不仅有绳金塔,还有滕王阁。

不知为什么,在动笔写滕王阁之前,我竟有意停笔了一段时间,只随意翻看不相干的书,或在街上随意走动。照理,我手头关于滕王阁的书有不少,大可事先读点资料,而且滕王阁距我所在单位也仅几分钟的路程,大可走到那儿去看看,找一点能够动笔的感觉。但我没有,说不出为什么。照理,我完全可以接着上一个命题一口气写下来,而不必这么磕磕碰碰、磨磨蹭蹭。坐下来之后想想,总该会有原因吧!就像深深呼一口气,是为了把它吐得更远。

长期以来,滕王阁在我心里已成了一种文字情结。也许是有文化巨擘的文章在前,使我却步;也许从客观的地理位置上看,滕王阁离我太近,而少了一份距离美与想象的空间。在这种意义上说,我更愿意把滕王阁作为一篇散文或一首诗来认识。我所面对的,毕竟是一座风流千古的绝代名楼。

这是大唐的骈体结构。画栋雕梁,碧瓦丹柱,翘角飞檐,使滕王阁成为江南名楼中的代表。在我眼里,滕王阁不是用一砖一石、一木一瓦建构起来的。它是在中国历史中最流光溢彩的朝代里,由最有才华和最有名气的翩翩才子,以绝世的笔墨、天赋的诗意、浪漫的情怀,站在逶迤如玉带的赣江边,用瑰丽的汉字和华美的韵律、规整的平仄与漂亮的对偶,灵感飞扬地书写在大地上的。这才是唐朝的建筑,具有气定神闲、雄视天下的气魄,又有使繁花竞放为艺术图案,使所有色彩都喷薄而出的大气,幻化为壮丽无比的交响乐章,如春风浩荡,使所有的生命都为之舞蹈,发出快乐的生命信号。当建筑成了一门艺术,所有的建筑物都成了艺术家,它就有了不愿蹈袭他人的自觉,而更着意于追求自己的特色和风格。滕王阁就是这样一座瑰玮奇绝的建筑。举目瞻仰,我们是在欣赏一部壮丽的交响乐。迈步层楼,我们是在用心灵叩访盛唐诗人的心音。凭栏临风,我们是在观览一幅意境优美的水墨画。在滕王阁里的每一步,我们踏着的都是盛唐的诗行,发出的每一声脚步声,都带有唐诗的韵律。不久前,江西电视台特地到上海邀请了著名表演艺术家孙道临先生来昌,录制吟诵王勃《滕王阁序》的专题片。看着孙道临在滕王阁上目光随赣江顾盼流波,听着从孙道临口中如清风般吟诵的名赋,确实如沐霞光,如闻金石之声,令人对文化名楼滕王阁心向神往。

滕王阁始建于唐代永徽四年(653),因唐太宗李世民之弟、洪州都督、滕王李元婴而得名。据《唐书·滕王传》载,滕王阁突兀凌霄,瑰玮绝特。因其临江高峙,视野开阔,所以登阁四眺,景色尽收眼底。然而,关于滕王阁的始建时间,最近有位名叫陈江的江西青年学者考证出一种新的说法。陈江考证认定,滕王阁得名于隋开皇时期隋滕王杨惠谪居洪州这一史事。他的这一发现,将滕王阁的始建时间往前推了整整一个朝代约65年,即大约隋开皇六年至十三年间,亦即公元586—593年。此说是否成立,尚有待专家进一步论证。历史上的滕王阁却是多灾多难,自创建以来,先后废兴达29次。而且多数是废于战乱兵燹,例如最近的1926年那次,也是军阀岳思寅为阻止北伐军进攻南昌而下令焚烧民房,使滕王阁化为灰烬。我不知道,别的楼阁是否也是如此的命运。29次废兴,是滕王阁的不幸,还是滕王阁的有幸?有的时候,我一再产生这样的疑问。为什么滕王阁具有屡废屡兴的生命力?哪怕阁塌楼毁了,滕王阁的大名也能依旧存在,而且盛誉不衰。其原因究竟何在?

我想,这无疑与滕王阁的文化内涵有关,与我们一说到滕王阁就要提到的一位诗人有关,也就是说滕王阁是以诗安魂的,滕王阁的灵魂是诗。

滕王阁之所以屡废屡兴,就是因为这是一座诗的楼阁,一座文化的殿堂。

中国的古典名胜多是建立在文化的基础上,或以一名人、一首诗、一名篇而名世,使天下人莫不景仰并慕名前来。名人效应,说到底也就是文化效应,它对提升一个地方的知名度有着奇效。清代有位叫尚镕的南昌诗人在诗里曾说:"天下好山水,必有楼台收。山水与楼台,又须文字留。"对于滕王阁,他更是直接地道出了其一再重建的缘由,那就是:"倘非子安序,此阁成荒陬。"

子安,就是"初唐四杰"之一的诗人王勃。

公元 675 年,王勃赴交趾省亲而路过南昌,适逢都督阎公重阳登高为滕王阁重修竣工设宴,王勃被邀入席,遂作《秋日登洪府滕王阁饯别序》。五代时王定保编著的《唐摭言》有生动的描绘。当时的王勃实质上是怀才不遇、报国无门的青年知识分子。他祖籍太原祁县,后移居绛州龙门(今山西河津),作为与杨炯、卢照邻、骆宾王并称的"初唐四杰"之一,王勃早年便聪慧过人,据说"六岁能文",9 岁作《指瑕》十卷,10 岁通六经,14 岁应举及第授朝散郎,为沛王府修撰,后因戏写《檄英王鸡》而被逐出王府,流落四川。24 岁又任虢州参军,因藏匿和杀害官奴被判死罪,后遇大赦,才捡得一条命。

可见王勃也是个不太安分的人,大凡有才的人多有不安分的一面,所以也多不讨权贵的喜欢,而难获重用,多波折、多磨难的命运也便难免。王勃是个少年才子,一生也没活上 30 岁。若是他的寿命更长一些,到了更大一些年龄,才子是不是该成熟起来?否则颠沛一生,岂有发挥其才华的余地,那对自己、对社会实在都是一种不负责任的浪费。好在王勃短暂的一生中,他还到过南昌一回。

是南昌给了王勃施展才华的机会,是滕王阁为他提供了千年等一回的机遇,成就了他的才名,而他又成就了滕王阁,使滕王阁名扬天下。作为一介文人,我也只有在写这样一个文人的时候,才真正有眉飞色舞的神情、扬眉吐气的感觉。可见,才华的施展与发挥,是离不开一个"场"的。这个"场"空着,等待一个与之相符相配的人来填充,一旦二者凑合,那便会闪耀出惊人的亮光来。

给不给有才华的人施展才华的机会,同时有才华的人争不争取施展才华的机会,是造就或埋没一个人才的关键。

才华有可能被掠夺,但绝不可被埋没。

滕王阁上,阎都督本是想让其女婿将"宿构"的文章拿出来露一手的,他故意遍请诸客,大家也自然知趣,皆谦让,为的就是想成就阎的女婿。不想,王勃这"外来的猴子不知趣",他提起笔就不客气地走笔疾书起来,使阎都督很不高兴地"拂衣而起"。但令人庆幸的是,老阎也是个识得文章的行家,他原以为王勃之作也不过是些老生常谈,当见到王勃下笔如烟云,满纸皆繁丽,字字胜珠玑,看到"落霞与孤鹜齐飞,秋水共长天一色"时,阎都督抚掌赞叹:"真天才,当垂不朽矣。"

他说王勃"真天才,当垂不朽"。

可谓一锤定音,王勃果是千年不朽,随之也将一座滕王阁带入不朽之列。

> 你在山那边找到孤零人的城市了吗?
> 还是紧握着那条磨损了的纤绳的一头,
> 一千年都没有放手。
> ——詹姆斯·赖特,《冬末,越过泥潭,想到了古中国的一个地方官》

王勃之后,历代名人来滕王阁吟咏不绝。滕王阁的文化吞吐量是惊人的,仅有籍可查的诗文就有1360余篇(首),最著名的仍是王勃那篇。尽管其后也有不少文章大家、诗坛巨子来此留墨,多半言必称王序,但无一篇能与王序相比。

我曾想,在王勃之后,为什么再没有一篇写滕王阁的文章,能够与之比肩,甚至超过他的呢?为什么今人不能写出一篇与之媲美的文章,作为一种跨越千年的呼应呢?

滕王阁,在等。等来了不少游人,也等来了不少文人,滕王阁仍然在等。这期间,南昌人对王勃的"物华天宝,人杰地灵"津津乐道了一千多年。一千多年之后,突然来了一位大名人、大学者,他在滕王阁前站了一站,没说什么,一扭头去了南昌市郊的青云谱。不知为什么他没有写滕王阁,倒是写了青云谱,他说的一句"南昌在我所到过的省会城市里,是不太好玩的一个",令一直怀着"物华天宝,人杰地灵"千年缅想的南昌人耿耿于怀,怎么也接受不了。但作为南昌人的我,想了想之后,为这个人所说的话叫好,并且希望南昌人应满怀善意和感激地记住这个人的名字:余秋雨。尤其对于读书人而言,我觉得错过余秋雨将是今生的一个遗憾。南昌人是该醒一醒了!我翻阅过80年代南昌城建局和文化局编的向国务院申报的"南昌市历史文化名城申报材料",从里面的一份南昌历史名人表中可以看出,在唐以前,甚至在盛唐时期,南昌根本没有出现过什么大师级的文化名人,何谈"人杰地灵""俊采星驰"?那不过是王勃哄着老阁开心的奉承话,我们何必当真!倒是宋以后出了一些人物,这其中就有余秋雨拜谒过的青云谱的八大山人。一篇《滕王阁序》本身就是外来的名人写的,我们何必死死抱着人家的奉承话不放,何不变得大气一些,开通一些,来创造一个"物华天宝、人杰地灵、俊采星驰"的南昌。作为南昌人,在当今之世,我认为首先就应该具备滕王阁一样的文化胸怀。一座滕王阁,千余年来吸纳了历代多少文化的滋养,又成就了多少璀璨瑰丽的篇章。在中国文化史上能成为一道道靓丽风景线的,往往是这些名胜古迹。人人来瞻仰滕王阁,不只是来看它的几层砖木或水泥钢筋的建构,几块琉璃彩瓷的屋顶,几处精巧雅致的楼台,而是来瞻仰与膜拜一座文化的圣殿。

即使走进滕王阁的是个孩子,出来时,在他的天真与稚气里也俨然多了几分灵动的成熟,因为他在这里接通和吸收到的是中国文化千余年来的养料和精华之气。

滕王阁,人们瞻仰与赞叹的绝非是你的砖木与彩饰,而是你的历史文化和高雅气度。与其把你看作一座物质的楼阁,不如把你视作一座精神上的楼阁。你有满阁的风涛,满阁的传说,满阁的诗句,满阁的书画,满阁的生命,这才是你真正的魅力之所在。我们读砖木的滕王阁,不如读画中的滕王阁,读诗里的滕王阁,读赋中的滕王阁,我们读的是建立在文化基础上的一座精神的滕王阁。

它能使一个庸常的人获得感悟,变得灵动起来;它能使一个肤浅的人获得内涵,变得深沉起来;它能使一个空洞的人获得思想,变得充实起来;它能使一个乏味的人获得情趣,变得风雅起来;它能使一个粗俗的人获得品位,变得斯文起来。

在许多时候,这样一座楼阁,要比一些繁复的说教对提高人的素质有效得多。一座城市因这座楼而能在历史乃至文化上增重,一座楼能使这座城市的市民感到胸前戴了勋章一样骄傲,这都是来自对文化的崇仰,来自文明社会人们的一种良好的本能与自觉。

我们知道,曾被誉为亚洲四小龙之一的韩国,虽有几个像大宇集团那样的经济支柱性企业,但他们为没有像鲁迅这样的文化巨人而感到永久遗憾。美国的一位总统也曾说,我们拿几个城市去换一个英国的莎士比亚也值得。经济发达的现代社会,并不意味着文化必然缺席;反而,文化会使一个经济发达的社会增值。

行文至此,我不禁想,我们的社会是否对文化、对自己文化史上的巨人予以了足够的认识和重视呢?北京大学中文系教授钱理群一直孜孜不倦地研究鲁迅,他认为:"鲁迅应该是代表本世纪以来我们付出那么多代价凝结成的一个思想精华。用鲁迅的话说,煤的形成用过无数块木材,最后凝结成几小块煤,我认为鲁迅就是这一百年里的煤。鲁迅这块煤,对下个世纪是非常重要的。"钱理群先生的话,对我们而言应该是一种提醒和启示。

目前,我们也许还没有出现大宇这样的企业,但我们的国家有鲁迅,我们的城市里有滕王阁这样的文化圣殿,没有大宇型的企业,我们可以努力创造,而我们的城市如果没有滕王阁,将是怎样地不堪设想啊!一座没有文化烛照的城市,必然是乏味黯淡的。事实上,南昌就有过这样的时期。打开历史,可以清楚地感知到,滕王阁在1300多年的漫长岁月中,曾29次废兴。就在最近的一次兴建之前,滕王阁原址几乎片瓦无存。

正如塞弗尔特在《泪城》一诗中所感叹的:

我的生命之城,欢乐之城,悲痛之城啊!

当年,我曾在滕王阁原址附近的一所学校读书,上学或放学的路上常会遇到慕名前来寻访滕王阁的外地人。记得一个雨天的下午,我和一位同学回家,路经沿江路口,一位戴眼镜的外地年轻人撑着雨伞,在风雨中苦苦寻找着什么。我们经过他身旁时,他问:"孩子,知道滕王阁在哪儿吗?"我没有回答,我的同学也摇摇头。看着他失望的眼神,落寞的身影,我的内心仿佛猛地被什么刺痛了。其实我和同学都清楚,我们所站立的地方正是滕王阁的原址。那位外地人可能已经找到了滕王阁,只是这座滕王阁不在它应该站立的土地上,而是藏在他的心中。

在那些日子里,眼前虽可见"落霞与孤鹜齐飞,秋水共长天一色",但我不忍拿出《滕王阁序》来读,不忍诵出"物华天宝,人杰地灵"这样的句子,即使与人交谈偶尔吐露这样的句子。作为南昌人,当时我的心境十分复杂,不知是借王勃的话来自我安慰,还是自我欺骗。那时,我也怀着少年的诗意想象,常和同学在滕王阁的遗址处徘徊,无限惆怅地吟出怀古的诗句。我们多么希望心中那座充满诗意的楼阁能得以重新在江边立起呀!这种惆怅而又满怀期待的心情,直到1989年滕王阁第29次重建落成,才转为满心的喜悦与骄傲。

近日读到1933年3月30日《申报》上一位署名问鹃女士所写的短文《滕王阁》:

> 一到南昌,就去寻滕王阁,但走遍了南昌城,也不知道这四海闻名的滕王高阁,究在何处,于是默念着王勃序上的话,从江边沿途寻觅,走到水上公安局的门前,遇见一个老者,便上去探问道:"老先生,你知道滕王阁在哪里吗?"老者叹息了一声。"这里就是滕王阁啊!你看见了还不知道!"他手指着那矮小卑陋的公安局房屋,不胜感慨地说。然而我还是莫名其妙,明明是公安局,怎么硬说它是滕王阁呢?经过那老者的一番解释,才晓得这有历史价值的建筑物,早已毁于兵火了。后来有人在阁的原址造了这水上公安局。老者又说:"这个阁,还是唐朝显庆四年,滕王元婴都督洪州(南昌古号洪州)时建造的,本有内外二阁,外阁在潮王洲上(唐朝时候就倒塌了),内阁就是这滕王阁了。唐高宗咸亨二年,洪州都督曾经修过一次阁,王勃的序,便是那时候作的。其后明太祖在天下太平以后,也曾到过南昌一次,在这阁上大宴功臣,并把陈友谅所养的一只鹿,放到西山去。臣子们迎合他的心理,在阁前造了一个大牌坊,题为:天下第一楼。万历年间遭了一次兵火几乎毁去大半。清初又重新修好,直到最近六年前这一次大火,方才送了终。"老人咳嗽了一回又继续说下去:"从前交通不便,火车没有通的时

候,凡是出门的人,大都是坐船走水路的,这个阁靠在江边上,地势又好,凡是送别的人,都在这阁前设筵祖饯,历代以来,都是如此的。——现在是,唉!唉!什么都完了。"老者说到这里,摇摇头,接着还不知咕噜了些什么,便慢慢往东边走了。我一人呆呆地立在这废阁前面,想着老者最后的话,不禁产生了许多幻想:这小小的楼阁,不知听过了多少惜别的言辞,见过了临歧的眼泪;阁如有知,怕也被他们搅扰得不堪了吧!被这些离愁别恨压迫得喘不过气来了吧!就是不遭兵火,怕也会被悲哀压塌了的。现在索性烧却,倒也干净,谁能说丘八先生一定是煞风景的人呢!只有那两条颜色不同,性情各别的河水(抚赣二河的合流,水色一黄一清,绝不相混)还是终日终夜相依相傍地厮守着,怕是看够了楼头的分别之苦,而永永不敢相离的吧!

这篇文中所述的境况与我当年遇外地人寻问滕王阁的情境何其相似,竟形成了一种重合,但那毕竟是数十年前。只是有趣的是,某日单位来电话找我,说广州来了文化局局长看了《豫章遗韵》,说他就是你书中所写的当年寻问滕王阁的那位"戴眼镜的外地年轻人",想见你一面。我觉得很不可思议,甚至像小说一样巧。由此可见,这种事在滕王阁不存的日子里,无疑一再发生。

设想一下,历史上滕王阁几十次被毁时,南昌人该是怎样痛苦,相信那一定是南昌历史上最黑暗的日子之一,每一次都深深灼伤并揪疼了南昌人的心。我想,正是有了这一次次的痛苦和耻辱的感受,南昌人的内心才埋下重建的种子,滕王阁才像凤凰涅槃一样在28次的焚毁后,有第29次的新生和崛起。我有幸看到一张保存至今的1926年拍摄的滕王阁的老照片,纸质虽已发黄,当年滕王阁的状貌仍完整呈现在眼前,这是一种超时空的见面。照片上的滕王阁有上下两层,是公元1872年(清同治十一年)重建的。阁中有王勃《滕王阁序》屏门,为北平翁方纲书。上层前楼匾额题为"西江第一楼",后楼镌刻有韩愈的《新修滕王阁记》,门匾为"仙人旧馆"。此楼不管怎么看,都觉得"殊感草率,未能媲美宋元"。与现今富雅端丽、瑰玮奇绝的滕王阁比,1926年的滕王阁简直像个局促而又尴尬的小媳妇。

1920年6月,有个叫李法章的人,辞去在南昌担任的赣军政府秘书之职,整顿归装后,尚有余暇,午后二时,与仁和王筱斋君、姑苏张汉澄君、上元万康侯君、同邑姚渭滨君,出章江门游滕王阁。他在《赣江归棹记》里记述了当时游历滕王阁的情景:

阁高五丈,清乾隆五十一年重修。面临章江,西南向。第一进平屋,通十二间,左首六间尤宽敞。另启一门,颜曰仙人旧馆。馆前一亭,峙江口,颜曰帝子长洲。阁在第二进,历阶七级。即阁之下层,东南西三面皆空,惟北面中门八扇,高可二丈,粉红色,书王子安序文于其上。字为颜柳体,笔画染绿色。楹联十余,惟刘坤一联悬正中。刘于洪杨之役,固有功清室者也。刘曾为江西巡抚使者。两旁各石台一,崇碑矗立,皆后人之记序。镌迹漫黑,略可辨识。昌黎之序立左方,字较清。中门后楼梯十数级,登其上,即阁也。广可五间,位滕王子婴木主于中。阁外一匾曰滕王阁,字约三尺平方。旁一联曰:"大江东去,爽气西来",大亦尺许平方。此地即王勃所谓上彻重霄下临无地者,今则阁势地平,江流淤浅,桑田沧海,徒为后人吊古人资,天下事皆作如是观也。阁中设西区小学一所,颇整肃。宣统元年,余曾代吴铁江唱歌课两周。爰题七律一首:

崔嵬高阁俯章江，南浦浮云客系艭。
萍梗遨游逢胜境，物华蓊蔚羡名邦。
烽烟百仞身如寄，文字千秋兴未降。
愿假幨帷常驻此，兵书万卷谱无双。

或许，无论在过去还是在未来的岁月中，滕王阁都是以其砖木之躯与无限的时间在拔河。滕王阁下的那条不舍昼夜而流淌的大江，便是它与时间拔河的巨绳。这条巨绳的另一端不断会有一些文化巨擘出现，给滕王阁注入一股股文化的伟力，使它有足够的底气来和岁月一争短长。我最近在一份资料中读到美籍华人物理学家、诺贝尔奖获得者杨振宁博士 1980 年在广州粒子学物理学会上说过的一段很激励人心的话，他说："1300 多年前，初唐时代南昌曾有过一次盛会。诗人王勃在《滕王阁序》中用'物华天宝，人杰地灵'这样美丽的词句描写了当时中国的巨大潜力，后来，盛唐文化是当时世界之冠。今天，王勃的名句仍然能用来描述中华民族的无比潜力。"杨振宁先生的话，对滕王阁而言，无疑也是一种新增添的文化力量，有了这些力量和不泯的文化良知，滕王阁必将不朽。

金秋时节，登上滕王高阁，放眼望去，满目都是王勃的诗句在随风起舞，点染成一派胜景，无怪乎"滕阁秋风"是"豫章十景"之首。而那秋风在呼唤的，又会是什么人呢？我想，是诗人，也只能是诗人！因为只有诗人才是滕王阁的真正造血者，只有诗人才是滕王阁的真正主人。

皇皇滕王阁，风月江天贮一楼。它对今人而言，是一处充满魅力的历史名胜景观，更是浩浩大气的广博胸怀与文化品格。面对滕王阁，我希望自己能成为它阁顶上的一片琉璃瓦，或涂在它丹柱上的一抹彩色，更希望成为它浩如烟海的诗文里的一个标点。滕王阁，有一种包容一

夕照滕王阁

切的力量,也有着一种强大文化磁场所散发出来的吸附力,使人的文化良知不断觉醒,从而对它产生一种由衷的皈依。

如果坐上船,向前驶一段,然后从江上远望滕王阁,它像一座缥缈中的琼宫仙阙,阁上"滕王阁"三个鎏金大字的匾额,雄浑遒劲。曾有人说,从江边远视,"滕王阁"三字会变成"胜五关"的字样。可见滕王阁的恢宏之气,是如何地荡人心魄。我想,即使它没有胜五关之雄,也具有直逼五关之势。这就是滕王阁生发出的文化力量的最好体现!站在高阁之上,真让人视通万里,思接千载,百感交集,此时正好用滕王阁里的一副对联来表达,也权作此文的结尾:"海宇庆澄清,百渚皆兴,依旧飞阁流丹,突兀云霄雄杰势;江天开旷达,群山如拱,愿共凭栏浮白,评量风景古今秋。"

海昏之匙

> 菜花替代黄金,河流替代山冈
> 古老王城已潜藏一片金黄
> 古老的盔甲,依旧金黄闪亮,这里是
> 河流的遗址,它仍在流着
> 这里是春风的遗址,它仍在运送芬芳
> 这里是王的遗址,它空空荡荡
> 我站在旷野,只面对一段冥想
>
> ——《遗址》

海昏之魅

在这个沤热的蚊虫飞舞而又肌肤瘙痒不堪的南昌夏日,我能想象当年汉武帝之孙废帝刘贺经过山水迢迢的千里颠簸,自北地山阳来到此地做海昏侯的直观感受。与他出生并长期生活的相对辽阔、干燥、清凉的山阳截然不同,南昌时称豫章,炎夏疯长的艾叶、芭茅、苦楝等草木在太阳的高温下散发出浓烈刺鼻的青涩气息,聒噪的蝉鸣声嘶力竭一般,闷热与潮湿包围着他的身体,使他鼻塞,呼吸粗重,压抑、体虚、心烦意乱而又汗如浆出。刘贺的海昏侯国距我现在上班和居住的小区几十公里,地理、环境、气候我能够感同身受的。夏天洪水季节,他皮肤上会莫名其妙瘙痒,起湿疹,生一片片粉红的小疱,这是他的老家干燥的山东昌邑所没有的,感官身体对地域的排斥显而易见,南方冬天的湿冷更是寒彻骨髓,腿骨关节疼痛。我记得十几年前坐火车去北京,从南昌站出发,一觉醒来就在山东境内,那正是刘贺做世袭昌邑王的老家故土,但见灰蒙蒙的天与满是高粱玉米的平原,一望无际,不见山川丘陵湖河池塘,只有大地的伸展,全是地老天荒的样子。

两千多年前的豫章海昏,相对中原地区来说,偏远而神秘,是巫风鬼雨熏染的水土与山林,其地名"海昏",与古老中国诸多地名一样,既昭示了地理环境,又点明了地理位置。海昏,此处"海"是指湖,"昏"是指西——江湖以西之地,它似乎指认了今日江西,又暗喻了海昏的结局——太阳西沉。作为设置于高帝四年豫章郡辖属的十八县之一,海昏是豫章郡除春秋古邑艾和番以外最早的汉代城市,汉代曾于海昏县内封海昏侯国,封国即在今南昌市新建区北部。四百年后的晋大兴二年(公元319年),一场大地震,鄱阳湖底发生剧烈地质运动,鄱阳湖与长江分离,海昏随即沉入水底。西汉的海昏侯国和古老的庞贝遭受了几近类似的灾难,而那城池在消失之前发生了什么?已成为世界之谜!甚至千百年来淡出了人们的视野和经验范围。

海昏侯国发生了什么故事?海昏侯又是怎样一个人?

几年前,我随三五朋友应约到顺外村一家草率装修的小酒馆,吃到了一顿上好的狗肉。在津津有味抿着土酒啃着狗骨头的东拉西扯中,博物馆的李馆长说到新建昌邑的汉墓群,提到被盗的古墓里发现的竹简木棱上有昌邑海昏国的字样。"海昏"这个词当即吸引了我,海昏国在哪里？朋友们都充满好奇，李馆长兴致勃勃地说改日带我们去看看那已被围起来的被盗的汉墓，只是后来就没了下文，当时那处被盗古墓还没有确定是海昏侯墓。

2015年，随着南昌西汉海昏侯国遗址的发现与海昏侯墓的发掘，大量的出土文物，青铜器、编钟乐器、车马器、金银器、玉器、漆器、马蹄金、麟趾金、金饼、五铢钱、竹简木椟、屏风、印信等，经考证，通过这些文物推断出的墓主，正是只在位27天便遭废黜而后封为海昏侯的西汉第9位皇帝刘贺。然而这些亮瞎人们眼睛的文物提供的考古信息告诉世人，其主人与史书上所定论的那个昏聩荒淫的人物，似乎判若两人。这到底是怎么回事？一向被视为正统的史籍《汉书》《史记》难道有错，或有意在粉饰或涂黑历史人物。这使我似乎找到一个作家发挥创作想象的文学入口。

我带着好奇、紧张与刺激的心情，与其说像个考古人员，不如说像个盗墓者一样开始了搜集、考察与酝酿，开始构思《海昏：王的自述》这部长篇小说。我长期生活的所在地"豫章故郡，洪都新府"，是当年海昏侯刘贺最后四年生活与千年墓葬的所在地，我能更直观地接到海昏侯的地气，熟悉当地的风土习俗与生命气息。相同的地域性生活环境，身处同一地域感受到的气候、风雨、温湿、光影、晨昏，足以让我触及他的感受。我童年随父母"干部下放"到的松湖兰溪，就是古海昏境内。兰溪，一个美妙的地名，其境内尚存着千年古风，家里当时下放住的村屋，是当地明清老宅，它在归属公有之前的主人据说是个大地主，有几房老婆，土改时地主被枪毙了，他宠爱的三姨太身穿华丽旗袍在楼上吊颈身亡，一只高跟鞋吧嗒一下落在地板上，发出很响的声音。除了小老婆带着一个傻乎乎的儿子住在后院一间草屋里，其余几个都改嫁去了别处，老屋也就空了。空下的巨大老屋开始充作村里公用，开个会，商量个事,都在老屋,还有村干部住着,后来村干部每至夜半就听到楼板上发出脚步声,还被怪物压身,吓得说不出话,就搬了出来。从此村人视为鬼屋。尽管老屋是村里最好的屋子,却没人敢住,村人便将偌大个院子扒了,又将院里房子拆了,将好端端房屋的砖料东一家西一家拆去围猪圈,盖草房,只剩孤零零一座正屋老房立在那里,年久岁深,屋里蛛网密布,黑咕隆咚,堆着散发出霉腐味的一捆捆稻草,厢房地板破洞斗大。城里干部"下放"来了,村人狡黠,把"下放"干部请了进去入住。俗话说"生地怕水,熟地怕鬼",兰溪三面环水,父母只再三叮嘱我等屁孩莫乱玩水,却不知所住老屋还有这等故事。父母跟村人一般起早摸黑干农活,晚上倒床就睡了,我和姐姐常会被夜半楼板上的声音惊醒,就拼命喊爸爸妈妈,说我怕。父母听到便安慰几声,我们便睡去,朦胧中又感到身上被东西压着,拼命叫,竟发不出声,头脑极度清醒,四肢却动弹不得。后来听村人说是狐狸精吸痰,传说里又是海昏的梦鬼、魇鬼,此类事项野史里有所记载。天亮时,我架梯子爬上过老屋昧暗的过去放棺材的楼上,还真见到一只老式高跟鞋。一年后"下放干部"陆续回城,四五家干部热热闹闹居住的老屋再度开始冷落,我家是后期搬走的,离村最后一夜,父亲作为工作组长最后留守,村干部过来陪父亲喝酒,半酣时一位姓廖的村支书才告诉父亲说你们住的是"鬼屋",恐父亲一个人住害怕,还自告奋勇要陪父亲过夜,父亲不信邪,把村干部一个个赶回去,一觉睡到大天光,啥事没有。次日,村人都竖拇指,说父亲胆大,一路敲锣打鼓,鞭炮连天,几里路不停,把父亲送上返城的船。童年的经历,古老的海昏,使《海昏:王的自述》有"空穴"来。

在刘贺眼里——豫章海昏,红尘之外的有着瘴厉、蛇虫和湿雾的神秘渊薮,传说那是南方偏远荒蛮的梦魇之地。据说过去有游吟诗人和他的盲人琴师浪游于此,当地人提醒他们,这里经常有梦鬼出没,不宜久留！梦鬼又被当地称作魇胜。人若被梦鬼缠上，必受痛苦折磨。故夜里入睡，千万小心！梦鬼虽无力伤人，可被其迷惑者阳气尽失，寿命不长。而当他历经千山万水来到海昏，又看到了与传说中的神秘与荒蛮大相径庭的海昏另一面。"我只能告诉人们，在我的足迹未抵达这片土地之前，仙人异兽的羽翼与尾巴早已出现在它的空山灵雨中。只是空山看不见，处处充满荆棘，寸步难行。而此处山清水秀，鸟语花香，白鹭在田陌上用翅膀划出清晰的黛色山际，鳜鱼在银亮的河水里肥美欢畅地游弋，丰茂的香樟树像一座座绿色的城堡，枝叶里筑满了晨昏发出清亮尖叫的鸟巢，杨柳袅娜多姿的美人身段，散发着妩媚撩人的韵致，仿佛细腻而悠扬的遥远骊歌。我的海昏侯府邸坐落在豫章散原山下的一片江南的桃红柳绿中，带有屏风上描摹的图画意境。"

刘贺之谜

自海昏侯的祖父武帝父子，祖母李夫人兄妹，到对刘贺的立废起到决定作用的大司马霍光家族，以及连带出来的一批响当当为人耳熟能详又极具传奇色彩的人物：霍去病、卫青、卫子夫、李广利、李延年等，他们的记载史籍汗牛充栋，与刘贺一生在史籍上的寥寥数语相比，差异巨大。史书不仅没有把他列入西汉第9位皇帝的序列，而且将其继承皇位的前后时期两头——在昌邑5岁袭其父刘髆昌邑王位，至18岁被霍光迎立赴京城继帝位的13年，只简略带过。他废黜后还昌邑食邑三千户的12年庶民生活，也只有山阳太守张敞一份上奏文字简单说到他的废亡之状。刘贺30岁就封海昏侯至死于海昏的最后4年，更只有从扬州刺史柯的一份上奏文字里摘要的几句他发表的不合时宜且导致其削减食邑的言论。而刘贺在位27天的记载,班固写入《汉书》的是:"受玺以来二十七日,使者旁午,持节诏诸官署征发,凡千一百二十七事。"其结论是"荒淫迷惑,失帝王礼仪,乱汉制度"。可海昏侯墓里出土的万余件出土文物,发出7音阶的编钟、圣人屏风、雁鱼灯、铜剑、昭明镜、玉佩、大量汉简,似乎件件与史书所记相比都有谜团,都有掩饰,都有隐秘,都在做着穿越千年时空的无声诉说。按照汉葬风俗与葬制,"事死如事生",这些直接来自刘贺身边的物件,有些是他生前挚爱和用过的,带有他生命的气息,是其一生最有说服力的见证者,然而,谁来为他开口?是他一度面对的屏风,还是手握的玉器,抑或曾留住他面影的铜镜?当更多的人在以他庞大的家族群体顺理成章捡故事时,我要做的则是通过文学的想象还原两千年前的历史现场,这是具有相当难度和叙述风险的。

而与刘贺身世有关联的汉武帝与李夫人的传奇情爱故事是何等耀人眼目,北击匈奴的西汉名将霍去病、卫青、李广利的宏大作战场面更是将刘贺遗落在一个尴尬的历史当口:英雄已逝,来者何继?旷世乐伶李延年的如歌行板已成绝唱:宁不知倾城与倾国,佳人难再得。

当在中国乃至世界历史上都少有的,有过如此大起大落经历的刘贺,带着满身创伤,似乎又绝处逢生、喜忧参半地来到海昏,一度居庙堂之高的他真正身处江湖之远。海昏与京都长安是相对的,与山阳(他的老家)是并置的,前者由其父刘髆和两代昌邑王经营多年,他在昌邑出生,5岁袭父位为昌邑王,直到18岁应诏入长安承帝位,不过27日贬为庶民又回到昌邑,尚存食邑三千户,11年后封为食邑六千户的海昏侯,他带着喜忧参半的就封。喜的是他又重获贵族爵位,忧的是他要离开昌邑故土。在他眼里海昏是不能与昌邑同日而语的,但命运把他撂到了海昏,他也无可奈何,只能在对异土的不适与对故土的怀念中将海昏侯国视为"南昌邑",而将内心的故国视为"北昌邑",有人认为现今"南昌"之名由此得来。海昏的四年虽然天高皇帝远,但他仍是受监视的。由于心境压抑与严重水土不服,他虽在盛年,身体却每况愈下,每当他坐在榻上面对从故国带来的画着孔子像的漆器屏风时,他忧郁的目光会看到他的来时路:少年生长之地昌邑——曾经憧憬的诗意梦想,如《论语》中所描述的:"暮春者,春服既成,冠者五六人,童子六七人,浴乎沂,风乎舞雩,咏而归。"毁灭他梦想并使他沦为"上天所厌弃之人"的长安未央宫;他在不堪境遇里所珍视的人性星火;他甚至看到了自己的死亡和葬仪。有限的史料无法完成刘贺"帝王生涯"的心路历程,只有借助合理的文学想象。我把这种想象建立在史料和文物的基础上,尤其是那一件件"五色炫耀"的海昏侯墓里出土的精美而华丽的器物,像漆器屏风、古剑、青铜雁鱼灯、蝶形玉、琥珀、昭明铜镜、羽觞、汉简残篇、棺木彩绘的翼人仙怪等,每一件都藏有故事,都是构成我的小说的细节的关键原型意象,它们华美而瑰丽,造型奇艳,散发着历久弥新的神奇魅力,这就注定我的小说语言与结构必须是精美而华彩的,非如此不足以写出海昏侯,不足以还原他的华美而又黑暗如深藏在古墓里两千余年的生存境遇。

　　写长篇就是织锦,织出一匹匹在时光中不肯衰朽的锦缎,是为我愿。在动笔写《海昏:王的自述》前,我花了大量时间和精力阅读相关史料及出土文物考古资料,反复琢磨器物。像青铜雁鱼灯的造型与结构——雁鱼灯整体作鸿雁回首衔鱼伫立状,雁和鱼,本身就是中国古代充满了暗喻的象征物。鸿雁南飞,寄寓相思。鱼水之欢,皆合男女情思。而雁鱼灯的造型,雁口将鱼衔在嘴里,我的想象是其已暗喻着爱与死亡,也就是我所叙述到的刘贺在沦落时所邂逅的一位刺客女子,他们在对决与刀锋上产生的情愫是面对死神的舞蹈。而出土的昭明镜是从两千年前的墓中出来的一面阴阳镜,镜子是刘贺夫人按西汉葬俗置于墓中的,其隐喻极丰富。我设想或许刘贺在生前就有这么一面镜子,是其祖父汉武帝宠爱其祖母——那位史上著名的"北方佳人"李夫人而赠予她的爱的信物。李夫人临死前转给了他的独子刘髆,而刘髆又转给了其子刘贺,我想象那面出土的铜镜是真正照见过汉武帝刘彻和李夫人以及刘贺面容的唯一见证物。它将李夫人演绎的由她哥哥李延年作词曲的那精彩的一幕——"北方有佳人,绝世而独立。一顾倾人城,再顾倾人国。宁不知倾城与倾国,佳人难再得"的故事都藏在镜子里。人所能见的,镜子见得到;人所看不见的,镜子也能看到。而有一天,刘贺忽然从这面镜子里看见了逝去的祖父母和更多无法理解的事。还有出土的一枚琥珀,在灯光照射下可以看到琥珀呈金红色,内有一昆虫清晰可辨。从一只囚禁在琥珀中的昆虫上我仿佛看到了刘贺遭软禁、没有自由的命运,而那也暗示着看似决定他命运的权臣霍光的命运。霍光是能清醒认识到自己命运并能看到自己结局的人,他曾服侍汉武帝二十年,谨小慎微,不得自由,方得宠信,成为托孤之臣,权倾天下,然而他又陷入权力的囚禁中、世人各种目光的包裹中,与那琥珀之虫无别。霍光死前对儿子说:我死后会得到皇帝的厚葬与加封荣耀,但过不久皇帝必诛我全族。他是大智者,然大智者也无法改变自己与家族的命运。我想象他在废黜刘贺把对方送出长安时,把这枚充满寓意的琥珀意味深长地塞到了刘贺手里。而引起世人关注的圣人漆器屏风,上有最早的孔子像及早于史书对孔子生平记叙的文字,只是出土时,屏风断裂变形严重,图像与文字若隐若现,黑暗、冷遁、神秘。我认为那既是刘贺的心史,是他对儒乡故土的观照物,又是打开另一个世界——他想构建的世界——的一扇神秘之门。我设想屏风之后是藏有一个"海昏密室",

它引发出惊险故事,为此刘贺的家臣付出了血的代价。看着那些当年历史现场的东西,以及其图案、造型、颜色、寓意,渐渐地我意识到,我的这部书的写作价值,就是通过文学意象把器物还原到两千年前的历史现场,而这种"还原"首先必须是器物的主人刘贺的内心的还原。

对此我认为找到了我惯有的,通过历史缝隙深入历史内在本质进行文学创作的通道。我不屑在我的小说里做史料性的重述和对若干史料的拼凑与浅表性故事演绎。我一直清晰地将历史考古、研究与文学创作明显区别开来,当别人在考证出土文物的时候,我在拷问不朽的灵魂。只有刘贺自己的灵魂才知道他是个什么样的人,这里面没有谜团,只有他自己的反思,也许是欲理还乱,但在时光的铜镜中刘贺的祖父母的身影无法遮蔽,刘贺自身局促不安的灵魂镜像更是无法遮蔽,他的轻狂与冤怨,懦弱与犹疑,挣扎与浮想,他被废被贬的命运与其说是朝廷的戏弄,不如说是因为他性格的缺陷。

由此我认定刘贺其人具备文学人物经典性的命运,如同莎士比亚的李尔王、哈姆雷特等。刘贺是什么样的?你只需将其内心呈现给人看即可,没有必要写出脸谱化的标准答案,这是我的《海昏:王的自述》不同于其他海昏侯书籍的地方。我是作者,我知道作家应该怎么写这类题材,才是无可替代的。江西在古代中国的地理位置与它长期被边缘化是直接相关的,"海昏"一词点明它的宿命性,"太阳西沉之地",就是海昏,也是被贬黜的帝王刘贺的宿命。不好说是刘贺贬黜江西南昌,开了这么个头,但历史上直到近现代都有很多大人物被贬到此地,给江西文化增添了历史的厚重,江西文化又以这种看似"负"的能量,与中国的大历史进行了对接,进而又产生独到的无可替代的影响。

灵魂之重

　　我在小说中所描述的便是对那一件件器物在有一定考古依据的基础上进行的文学的大胆想象。那些器物本身充满美感，作为意象，也是刘贺整个人生的隐喻。一盏雁鱼孤灯，烛照和温暖着他凄凉、黑暗、沉沦的一世，也让他洞悉他人内心的阴面覆蔽与暗影浮动。把器物化为美妙而精巧的文学意象，还原到海昏侯当年的历史现场，探知那一件件神秘的器物并获得种种文学的想象性答案，是这本书的写作动力之一。

　　我无意将千年的历史用于时下的取悦与应景，更愿意呈现一部独一无二的不可复制的《海昏：王的自述》。这部书里藏有的是洞穿千年的灵魂密码，在考古人员考证文物的同时，我动用文学的手段拷问历史深处的灵魂。所以《海昏：王的自述》是灵魂之书，历史往事都会随风飘散，唯有灵魂酬答于光阴。

　　《海昏：王的自述》通过海昏侯刘贺在人生的最后归宿地海昏，回溯式地观照自己跌宕起伏的一生——他百口莫辩的诬名，他突遭宫变被废黜时被斩杀的二百昌邑亲随的冤魂，他无力抗拒的命运沦陷，他激荡人生里可能邂逅的真实情爱，他成于霍光而又毁于霍光的奇特际遇，他童年时见到祖父汉武帝的零星记忆与对曾经倾国倾城的祖母李夫人的追怀，对父母亲情的重温和他们离世时留下的幼年恐惧与失落，他性格优柔与迟疑，他身体病痛带来的感官体验——灰暗与恍惚，他试图重建一个精神帝国——收藏诸子百家典籍，以修复祖父"罢黜百家，独尊儒术"导致的百家凋零的秘密。这一切无不与情感与人性相关，使一个在千年古墓里朽化、在史书上空洞的海昏侯恢复肉身与魂灵，由对人物内心的还原,灵魂的观照,还原一个血肉丰盈的海昏侯。显然,海昏侯的灵魂是沉重的,不止于物理和数学意义上的21克重量。

这个海昏侯源自史籍和对史籍的怀疑,源自出土文物及由文物生发的文学想象。这些都是我视为的历史的缝隙,也应该是一个成熟的作家在写所谓"历史小说"下手的地方。我甚至想象我写的《海昏:王的自述》就是考古人员在挖掘海昏侯墓时注意的堆在那里的黑色淤泥,细看之下,原来是成千上万有文字的断简残篇,再一清洗,上面有着两千年前的第一手文献及其记载的真实情状,有的是刘贺亲笔所写的奏书,有的是他收藏并喜欢的书籍,更多的是彻底朽烂成泥而永远无法得知的简牍,我宁可看作那是刘贺帝王生涯的最终自述,与其说是在他生前完成的,不如说是他死后葬于海昏的灵魂独白,那就是《海昏:王的自述》。这是一部长篇小说,不是海昏侯墓挖掘与文物考古成果介绍读物,也不是对刘贺相关史料的梳理与历史普及性书籍,它是以全新的现代视角重述与阐释历史,是一个当代人的思想、灵魂与历史深处的另一个人物的思想与灵魂的激烈交融。

我在完成《海昏:王的自述》时长长舒了一口气。在写作此书的两个月里,我仿佛跟着书中的主人公海昏侯刘贺走过了漫长的两千多年。《海昏:王的自述》写作的日日夜夜里,我如海昏侯灵魂附体般,无论白天和晚上出入我脑海间的都是他的所思所想,我好像只是用笔记录下了他所经历的一切。在写作中,我和主人公的心境是一致的,他生命中的好与坏,我和他都共同经历,既有源自灵肉深处的喜悦,也有铭心刻骨的悲哀。这次写作,我在精神上的投入是巨大的。我想,这本书无论如何都会是独一无二的,如果刘贺能看到,他会首肯。历史性文学书写不是用小说或是其他什么形式来复述历史事件或演绎过去的故事,而是重返历史人物的内心,触摸他们的生命本真,以及在其心灵驱动下的所作所为，才能看清历史的现场。沟通现代人与过去，是与历史深处的人物的灵魂共鸣，从而看清历史中的人性内在真相，这才是文学书写历史的价值所在，也是文学作为人的心灵史的独有魅力。

那些史籍资料上所能看到的表象故事，不是我写作的重点。我是从历史的缝隙入手，去深入历史背后的内在灵魂图景，你也可以把它说为历史真相。宫廷权力斗争这种一般历史小说书写的俗套已不是此书的重点，我更关注的还是主人公在起伏跌宕命运当中显露的人性，我相信黑暗中的一点火星，对于在黑暗世界里沉沦的生命而言，那就是一个辉煌的宫殿，它比长安的未央宫更伟大，也更瑰丽。我在此书写作过程中犹如在黑暗的墓道里前行，当终于看到光亮时，是考古人员而不是盗墓者打开了墓葬，海昏侯带出了一个"黄金时代"。海昏侯墓倍受公众瞩目的亮点，正是黄金之巨，仅灿灿夺目的金饼就达285枚，还有马蹄金、麟趾金、金板等，西汉将金子视为上币，皇帝颁赏功臣，动辄万金，海昏侯墓出土的金饼有大有小，大的重达250克，从幽深、黑暗、湿黏、阴森的古墓里挖掘出来的灿灿黄金，震惊了世界。海昏侯似乎是在黄金中引起人们关注的。而我在《海昏：王的自述》的"后记"中说："这本书的完成意味着我与海昏侯刘贺的告别，从此他的灵魂可以在这本小说中安顿下来，并向有兴趣的读者讲述他的奇特的故事。我也如释重负，晚上可以安安稳稳地睡觉，不再梦见他，受他打扰。因为他在我的文字中已经复活。"

收笔之际，顺带说说《海昏：王的自述》的书名。有人问：为何说是"王"的自述？他刘贺不明明是海昏侯吗！执此疑者，或许对刘贺的生平不甚了解。刘贺在其短暂的34年生命里，做昌邑王13年，为帝27天，贬为侯仅4年，应该说他是委屈的，有满腹怨尤的，这么一个人在他回顾自己一生时会甘心为一贬侯，而无视在自己生命中无论时间之长和地位之重都占有相当比重的帝王身份吗？现今，一个退休的县处级局长,回到家待着还以局长自居呢!而且在海昏侯出土墓葬中发现,刘贺死时虽为侯,但他葬制待遇远远超过了一般的侯。其车马坑埋葬了20匹马及5辆木质彩绘马车,按照汉朝制度,乘坐四匹马是王侯出行的最高等级,5辆车20匹马,刚好4匹马1辆车。西汉随葬编钟也有严格规定,皇帝16枚,王14枚。刘贺墓葬编钟是14枚。这都表明了刘贺非同寻常的身份。

2018年3月的一天,雨后,阴晦,我行走在昌邑乡,被当地人带到一处荒芜之地,说,这里就是当年的王城。多少年来,本地老百姓不知他是谁,只叫他王,至今犹是。

海昏侯昌邑王城遗址

油菜花开得灿烂而忧伤
像给大地打造的一件黄金盔甲
又像对于黄金的模仿,却并不等于寻找
令身世迷离,摁住心头鹿撞
春风拢住马头,飞扬在金黄的田野,
又舍弃黄金,追逐灿烂和忧伤
我双手空空如也,捞起一条赣江
它在草绿中扑腾,又听从神的旨意流淌
江岸上有王的影子,水波收走他逝去的光

2018年3月

孺子亭记

大凡一个城市古风沛然,都与这个城市的人相关。

灌婴筑城 300 年后,南昌出了第一位土生土长的名人,他就是史称东汉豫章高士的徐稚——徐孺子。

1997 年,南昌市为纪念徐孺子诞辰 1900 周年,邀请徐氏后裔及海内外专家召开了盛大的研讨会。研讨中,使人们为难的是,徐孺子没有任何文字著述流传下来,除了史料记载和历代文人对他的诗赋题记之外,几篇民间口头传诵被今人整理出来的歌赋之类,又多为经不起专家推敲的伪作。但这位一不作文、二不为官的徐孺子之大名,却是传扬千载而不衰,这就使我在产生疑问的同时,也产生了好奇。直到我无意间翻读到宋人戴复古的诗时,才豁然开朗。戴诗中吟道:"千载清风徐孺子,门前共此一湖水。"

徐孺子正是以"清风"传世的。除了一缕尚德清风之外,他还有必要留下一些什么呢?好在他故宅门前的湖面上,有一亭翼然,那便是几经重修的孺子亭了。这也是历来文人墨客沐孺子清风,倚栏凭吊,发思古幽情,题诗作赋的地方。翻一翻与此相关的资料,到这里来作文作诗的名人还真不少,张九龄、曾巩、晏殊、黄庭坚、刘克庄、胡俨、袁枚,乃至杜甫、戴复古、王安石、苏辙、洪朋、杨万里等人都吟咏过徐孺子。

徐孺子的魅力究竟何在？为什么历代文人墨客对他发出不绝于耳的吟咏？为什么后人一再为纪念他而修建孺子亭，铺设孺子路呢？

从史料上看，徐孺子终其一生，只是一介布衣。他以读书、授学、耕稼为乐，德行清洁，学问渊博，被公认为当时全国高士之首。他不是没有当官的机会，相反机会太多了。他曾五次拒绝到宰相府去任职，四次拒绝被荐举为孝廉，甚至朝廷准备好了礼品车马接他到太原去赴任太守，都被他一概辞谢了。东汉乱世，他是以隐逸之姿态来应对。他不想标榜自己，也不想乘机谋取私利来玷污自己的名声。他以隐逸的方式来坚持自己的操守，但他同时又德化闾里、关怀乡邻、扶弱助残、尊师重教、笃实守信，以自己高贵的人格力量着实为当时也为后世带来了一股清风。

后人推崇他，一是因为他淡泊名利的高洁之志，二是因为他德化闾里的垂范之风。这正是世人把他尊称为高士的地方，也是后人很难做到的地方。

因此，在历代咏叹徐孺子的诗文中，我们也不难看到另一类的心迹。

王勃在南昌时写的那篇著名的《滕王阁序》里提到"徐孺下陈蕃之榻"，看似在抬高徐孺子，实则在颂扬陈蕃太守的礼贤下士，这也正符合王勃以一才子身份来南昌拜会"都督阎公"的情境。

不难推想，王勃是希望阎都督效仿陈太守礼待贤士的。事实上，王勃刚在阎都督面前出现时，不被对方看在眼里。这也是过去文人类似的遭遇，所以当他们来到南昌，凭吊徐孺子时，便自然会流露这种真实的心迹。被陈蕃或阎都督这样的人礼遇，恐怕是过去不少文人的愿望，因此他们在咏叹孺子高风的同时，便念念不忘陈蕃太守曾专为徐孺子所设的那一榻，从而也表露出他们对徐孺子能受到那样的礼遇的羡慕。

王勃之后,即便是像杜甫这样的大诗人,在湖南送一位当官的朋友到另一处赴任时,也希望朋友能像陈蕃那样"还将徐孺榻,处处待高人"(杜诗《奉送韦中丞之晋赴湖南》)。

说到豫章太守陈蕃,他也是个极有名士风度且很有意思的人。《世说新语》里就把他视作魏晋名士。而在《汝南先贤传》中,对他有这样的记载:陈蕃,字仲举,汝南平舆人。有室荒芜不扫除,曰:大丈夫当为国家扫天下。

这种看似荒诞的举止,实则很有深意,像阮籍的青白眼一样,是魏晋名士惯有的风度。就是这样一个陈蕃,他出任豫章太守时,"便问孺子所在,欲先看之"。而主簿官却说:"群情欲府君先入廨。"陈蕃答道:"武王式商容之闾,席不暇暖,吾之礼贤,有何不可!"可见,陈番确是难得的一个心中装有贤士的好官,徐孺子能遇上他实在是一种际会。一官一民,两人的情谊变得格外感人。

除了史料上记载陈蕃在自己的府里为徐孺子专设一榻,他来时便放下,走后使悬起之外,民间还有一"心送"之说,很能看出他们的友情深度。徐孺子每次从太守府告辞时,陈太守都要亲自把他送出大门,一直送上高士桥,亦即现在的高桥。而陈太守从孺子处离去时,徐孺子仅送到门口。陈太守的随从不解,认为徐孺子不近人情。陈太守却说:"我送孺子是身送,孺子送我为'心送'也。"随从不信,跑回孺子住宅,果见孺子虔诚地闭目盘坐,口中轻声念诵:"太守已到高士桥了,太守已入巷口,太守快到府了。"

这个故事在表明陈蕃礼贤胸怀的同时,多少也能从中透露出作为高士徐孺子的某些矜持,然而他的内心对陈蕃这样的朋友却是真诚且又敬重有加,所以陈蕃也能完全理解和接受,因为那个时代的名人高士在今人看来都是有些怪诞,这种怪诞的个性与他们身处的乱世背景分

孺子亭记

不开,而到了魏晋时期,名士的怪诞之风则已达极致。可见陈蕃正是以一种名士的洒脱来与孺子相处,并把它演化为一种美谈。因此,往往后人在表达对徐孺子的追慕之时,更像是抬高了豫章太守陈蕃,这无疑是表明了过去人对于善待人才的官员的一种渴望。徐孺子那种无意仕途、宁静淡泊的高士风范,犹如明亮的湖水上掠过的一阵清风,对他们更是一种无限的慰藉,足以平复他们心头的狂躁与不安。我想,这自然也是历代文人墨客在孺子亭题诗作赋的一个原因。

现在的孺子亭,仍重建在西湖原址。亭基由湖石叠垒,三面临水,一桥牵引入亭,亭畔垂柳倒映,清风拂波,颇有"绿树围而俗情远,碧湖映而清光生"之韵味。著名的"豫章十景"之一的"徐亭烟树"便指这里。只是今日,已很少有人在此怀古了,倒是每天早晨不少附近的居民尤其是退休老人,喜欢到孺子亭所在的孺子公园里锻炼身体。

或许某日,你在烟柳如画的湖边,遇上一位看似超凡脱尘而又面带宁静淡泊之色的老者,你能信他不是今日的徐孺子吗?

> 你一生清白如玉
> 干净的身上没有一点俗气
> 而手中的书,案上的字
> 乃至豫章太守特设的那张榻椅
> 都优雅了你的姿势
> 飘逸的胡须被岁月之刀
> 削成了一支尖尖的笔,在清风上写意

在徐孺子之后,南昌历东汉、三国、西晋,500余年里,还有一位我认为颇有风度的人,值得一提。

他就是晋代的豫章太守殷洪乔。殷洪乔的出现虽然还算不上是与徐孺子的一种精神呼应,但仍可以说是在南昌这块土地上的一脉风流之延续,有了延续,就有再度光大和弘扬的可能。毕竟,徐孺子为南昌留下了一股清风,开了一种风气。所以徐孺子之亭在今天不只是为纪念一位高士,其实是在倡导一种健康的社会风尚。

由此我想:历史,在一个人身上体现出来时,往往会折射出五彩的光环。历史人物的定位,除其原色之外,后人的眼光和价值取向,又常常使他在斑斑驳驳的色彩中闪现出迷人的光芒。

遗址：长春殿

> 此前所有的道路，都是通向这些宫殿的，
> 那些道路的价值，是由这些宫殿确认的，
> 道路是过程，宫殿是结果，
> 没有宫殿，所有的道路，都将变得毫无意义。
>
> ——祝勇

1

　　中古时期南唐皇都的鸣鸾路，现为中山路。当年皇宫的长春殿就在东湖边上，其遗址，为现今的心远中学和南昌市保育院直至上营坊一带。南唐中主李璟是从金陵移都南昌的首倡与实施者，他和南唐后主李煜——南昌短暂国都的终结者，共同撞入了我们的眼帘。当然，过去的历史在现代钢筋水泥浇铸的世界里往往是看不见的。现在南昌城里所剩唯一能与长春殿沾边的，是一个叫"皇殿侧"的地名。从皇殿侧去青云谱，沿鸣鸾路上走，出今中山路右拐一直走，可通向那边立着的一

人——朱耷(八大山人),而这头是李煜。李煜可能没来过南昌,他也是极力反对移都南昌的,依他的奢华的胃口,绝对是瞧不上在当时远不能与金陵相比的局促而偏僻的南昌城(洪州府)。但出于偏安计,他老爹李璟硬是把南唐那套首脑机构搬过来,提前差人在南昌大兴土木建造宫殿,并花了一个月时间一路龙辇乘舟而来,而李煜则受命留守金陵。

李煜是大才子,内心只有艺术和美人。帝王和隐士两种身份,他个人更愿意选择后者,但是历史没有放他一马,还是要他来接受自己的宿命。他迫不得已接了李璟的班,做了南唐后主,仿佛是历史选择他担当了一个亡国之君的角色:从一个纵情歌赋声色的宫廷王者,沦为北宋的阶下之囚。其身份的骤换、生存境遇的逆转、内心的落差,把他推到了一个书写哀音的舞台。在这里,他与多年后的朱耷当有相同的伤痛。那些感时伤怀哀国的词和朱耷饱蘸亡国之泪画出的一纸纸山河破碎的图画,是异曲同工的。南唐之所以让人从文化角度上一再提起,就是因为李煜,而从千年青云谱提炼出来的代表符号就是朱耷(八大山人)。

如果这头有李煜,那边有朱耷,另一头有王勃立着,外地人来南昌一看,哎哟,哪还敢造次,谁好意思在这儿卖弄文化,不是太无知吗?

南昌这地方,两千两百年的历史积淀,没别的,文气厚!几年前余光中从台湾来,我陪老人家冒九月酷热登滕王阁,上去往赣江一瞧,千古悠悠,流淌的都是历史,都是诗文。他就说:南昌是中国文化的故乡。

这帽子大,余光中说得却真诚自然,说得情不自禁。我一时却不好接话,心想,小老头是识货的,人越有智慧就越怀有大敬畏,由此赢得我对他的无比尊重。

从青云谱到长春殿的距离不好说远近,在地理或空间范围上乘车仅二十分钟,如果堵车,时间会加倍。但从历史时间或朝代的截点来说,我给它们截定的历史时间分别是清初至北宋初年。

为什么?

因为如果我们认定朱耷是青云谱的文化符号的话,那么,南唐李煜父子,及其背后出现的一个南昌画家群,就有特别的意义。

我一向以为,南昌出现一个八大山人,绝不是凭空而生,它是冥冥中承继了这方水土的文脉,在他之前这块土地上就凸现过艺术的群山,所以多年后才会托举起更高的奇峰。

虽然南昌跟那些皇都大邑、数朝古都之类的城市相比,总是稍嫌气短,稍有自卑,但好在做过一回南唐的国都。一个懦弱的朝廷,却因其懦弱而有异质之才的国君,而有了一种艺术的奢华和感伤气息。

对历史,我们不是全知的上帝,尤其对于历史的叙事与探寻,我们永远是局部视角——这才是符合叙事者真实的身份,所以探寻的结果只是一鳞半爪,而未知总是更多。作为叙事者,谁也没有权力宣布自己掌握的是上帝交付的金钥匙,掌握了绝对的真相。每个叙事者和艺术家一样,都没有秘径可行,他只有用手中的笔像钻探机一样,不停钻探,深入,再深入,才能探到历史的秘藏,才能触及深埋的金矿与宝石,即便八大山人也不例外。

我想,作为没落王孙,八大山人不一定对滕王阁有兴趣,他却少不了会去东湖边的南唐长春殿遗址,去凭吊那个已然坍塌、颓败、凋敝、腐烂的朝代,一如他心中的明朝。

2

南唐,华丽的天空如破旧的丝绸,李煜的词,教坊的管弦,妃子的舞蹈都在为它最后的退场,留下颓靡的注释和凄美的挽歌。南昌东湖倒映着南唐废都的一江心事和惆怅,如一张翻不烂的线装书页,又仿佛博尔赫斯的"沙之书",你怎么翻那一页都好像粘在手指上,翻不完。孔子弟子澹台灭明置草堂课读于左岸,东汉徐稚隐居于湖西,三国东吴操练水军于此,唐代韦丹筑下东湖万柳堤,南宋张澄设讲武亭于湖上,陆游职事于湖城,苏云卿灌园于百花洲,明代汤显祖唱和于湖畔闲云馆,唐伯虎教画于湖心杏花楼,清初罗牧与八大山人在湖畔创立"东湖书画会",林则徐感怀于东湖,辛亥革命党人举事于湖岸长春殿,蒋介石北伐南昌成功时亦想迁都南昌,后来设"南昌行营"于东湖北岸……东湖的湖波里都潜藏着南昌历史的密码,等待着我们的解读。

可以肯定,出现在东湖岸边的长春殿应该是南昌有史以来最大的宫殿建筑,也是级别最高最豪华气派的建筑——明代南昌的宁王府没法与它相比,且宁王朱权是受到限制的贬王——但它毕竟还是大不过当时金陵的宫殿,那见证着南唐建国时富足的符号与江南丝绸之国柔美的宫廷生活方式。当长春殿出现在南昌,不仅意味着一座不起眼的南方内陆之城一跃而升为国都,同时也意味老实而朴拙的南昌人——洪都府城民也成为皇城的子民,这由早期私下的传闻,小心的谈论,到兴奋地期待转为因可以看得见的现实而令人睁大惊讶和迷惘的眼睛。长春殿在南昌的出现,或许是对一座内地之城的额外机遇与厚赐,却是预示一个国家的皇权走向了不可逆转的衰落。

南唐(937年—975年),五代十国之一,定都金陵,历时39年,有先主李昪、中主李璟和后主李煜三位帝王。南唐一朝,最盛时35州,大约地跨今江西全省及安徽、江苏、福建、湖北、湖南等省的一部分,人口约500万。南唐三世,经济发达,文化繁荣,使得江淮地区在五代乱世中"比年丰稔,兵食有余",为中国南方的经济开发做出了重大贡献,南唐也因此成为中国历史上重要的王朝之一。先主李昪曾以继承唐祚为己

南昌行营老建筑,过去的人影掩隐在荒凉中

南昌行营老建筑,日影,风声

任、求天下一统而走上了中国历史的舞台。其"息兵安民"国策,带来过梦幻般的安定与富足,而南唐也是一个艺术的王朝,它在文学、美术、书法、音乐等方面都取得了卓越的成就。李昪设太学,兴科举,广建书院、画院,使南唐成为饱经战乱沧桑的文人士大夫理想的诗意安居之所,"儒衣书服盛于南唐","文物有元和之风"。"北土士人闻风至者无虚日"。南唐文风之盛,在五代十国甚至中国历史上所有的割据政权中绝无仅有。然而文风之盛的安逸与虚飘,毕竟不能替代和充当强劲的武力,割据、偏安、自保,终使其丧失一统的良机。中主李璟继位,太学、书院、画院仍是迷人炫目的文化景观,李璟的诗画之笔一方面在与文士潇洒酬酢唱和,而另一方面与诸国的兵戎几番交锋,终使他前半生的作为付诸流水,南唐的宝剑已经磨钝。

公元 955 年(保大十三年)至公元 958 年(交泰元年),后周三度入侵南唐,寿州一战,唐军一溃千里,淮河水军全军覆没。李璟上表柴荣自请传位于太子,划江为界,南唐尽献江北之地,包括淮南十四州及鄂州在江北的两县。同时,南唐对后周称臣,去年号。为避后周锋芒,李璟迁都洪州,称南昌(今属江西)府,自此南唐国力大损,不复大国之强盛。

这就是长春殿出现在南昌的真实背景,我想这样的历史"背景",当时处于荣升"国都"喜悦中的南昌人绝对是不明就里的,即便是有一定社会地位的士人恐怕也未必清楚。而沿东湖西岸建起的"鸣鸾路"就是为中主李璟开道的,那一路响鸾和华辇铺陈出南唐最后的喘息与华艳,李璟的马车停在湖岸,他白皙微胖的脸上并没有初入新都的喜色,而是带着一抹湖水般深碧色的忧愁。

3

长春殿,这项浩大且繁重的工程,最先由风水师和皇家建筑师在南昌堪舆,动用数万民工夜以继日地奋战。金陵隔江的威胁使李璟寝食难安,他不得不加快迁都步伐,以远避威胁,甚至他在整个计划中的南昌宫殿没有全部竣工的情况下,就开始了朝廷迁移。王公贵族在仪卫校卒和妃子美姬的簇拥下,蜂拥而来,名流富豪、歌女骚客,以及一个庞大的画家队伍,随之跟进,大量的古玩字画、金银珠宝运往南昌。我想,那些留在这块土地上的种子基因:美人的,艺术的……肯定为日后南昌的艺术优化埋下了伏笔。

这次皇都的迁移,为南昌带来了潜移默化的绝对受益。或许今天南昌的美女,面孔和身材就有一定的南唐的基因——然而,当皇室的舟辇抵达这里时,他们对"皇城国都"的局促难免心怀沮丧,但这并不影响南唐惯有的生活方式。他们使这座偏安的内陆之城最大限度地散发着南唐宫廷的艺术气息。皇帝自然要饮酒吟诗作画,自然要携妓登高,在宫墙和寺庙画"拔壁而飞的龙,天王、部众、弓弦斧柄、潜鳞翔羽、罗汉、蜿蜒的河流、松林、墨雨"。最后这一切荡然无存,被时间的魔变召回,但我们可以记住一些画家的名字,他们被宫廷雇用,用他们的才华回报赏识者的目光。李璟李煜父子在这一点上绝对是行家里手,在处理"国事"之余,他们不会放弃对艺术的欣赏和感官的放纵。尽管国事日衰,内心的驱纵仍使他们牢牢抓住艺术的彩羽,仿佛这是上天赐给他们最后的精神与身体迷幻——他们不能拒绝,他们无法拒绝,即使那是毒鸩,他们也饮之如饴。

可以想象，李璟是爱好并异常重视文艺的南唐国主，他所到之处，天下艺术从业者与爱好者云集，当时的南昌不仅成了南唐的政治之都，也成了"艺术之都"，如同路易十四时期的法国巴黎。庐山书院是当时南唐设置的国家最高学术机构，翰林图画院是南唐的皇家画院，一如路易十四筹建的法兰西科学院和法兰西油画雕塑学院。这使南昌的艺术得到了空前的繁盛，前后出现了一批了不起的艺术家——董源、巨然、贯休、徐熙、徐崇勋、徐崇嗣、徐崇矩、蔡润、李颇、艾宣等。这样一批南昌杰出画家密集出现，不能不说是得益于李璟，南昌的政治、经济、文化的地位空前提高，尽管他们有些人在此之前就出了名，有的在此之后，但他们恰恰都经历了南都这一南昌历史上乍然一现的黄金时期，这个时期的聚光灯自然落在他们身上，把他们照亮、放大，最大限度地吸引关注。

一次，李璟偶然看到一幅描绘南方舟船的画作，上面的河流、舟楫摹绘技艺精微，仿佛与日常在南方见到的同类景象形成一种美妙的叠映，李璟大为惊叹，询问这位画家是谁？当听说此画是出自一位南昌的普通手工匠人蔡润之手时，李璟更是惊奇，当即召见了蔡润，并破格录取他为翰林图画院待诏，成为皇家专业画家。蔡润后来画出的《楚王渡江图》，李璟格外欣赏，将此图视为"国宝"，并郑重吩咐将图仔细收藏于内府，且制成图轴以便让它完好地流传后世。

而另一位善画竹的南昌画家李颇也进入了皇家画院，《南昌府志》称其所画之竹"气韵飘举，落笔有生意"。而像董源、巨然这样的山水画大家，如果不是南唐宫廷的艺术偏好和其所处南方的权力地位，恐怕世人一时不会把"董巨山水"放在江南画派开创性的位置。尤其董源虽非画院专职画家，却是极受李璟看重的皇家北苑副使，当年烈祖时期，他就奉命作《庐山图》。李璟、李煜父子对他更是欣赏有加，闲暇起来想同画家们"雅集"一下,必会想到董源。澄心堂上的画屏,少不了出自董源之手。董源画在屏风上的宫娥,几近活人,以致臣下受召晋见,发现宫门口立着宫娥,竟不敢进去,后来才发现那是董源的画。而巨然却在开元寺做画僧,南唐崇佛,寺院也是一个作画的好地方,他的山水画师法董源,却比董源更为苍郁,终成南方山水画派的重要推手。后人称为"南唐处士"、终身布衣的写意花鸟开创者徐熙,不是皇家画院不收他,而是他艺术家"志节高迈,放达不羁"的性格,使他不愿受皇家艺术观念的束缚,他更愿意将花鸟在自己的笔下自由而烂漫地放飞。李煜却格外喜爱他的画,将徐熙的花鸟画作为宫殿里专门张挂的艺术品,还称之为"铺殿花"。徐熙不仅自己了得,他的三个孙子徐崇勋、徐崇嗣、徐崇矩也是当时的花鸟画名家,皇室一有书画活动总邀请他们参加。

董巨山水、贯休诗画、徐熙的花鸟及其同时代一批优秀的画家绝对为南昌的艺术留下了扎实的文脉。我认为八大山人艺术在南昌出现不是一种偶然,其另一重原因是南唐时期的南昌就出现了一批画坛的顶尖人物,他们为八大山人的出现埋下了深深的伏笔。在董巨山水和徐熙花鸟里孕育了八大山人的艺术胚胎。

4

南昌城四面环山,前依赣江,后倚抚河及锦江,河流纵横,丘陵绵延,从战略角度看确是易守难攻,李璟选择从完全暴露在赵宋面前的金陵城移都于此,绝对不无道理。然而,这同时又是一座浮躁又安静的城市,它有着狂暴的夏日和湿冷刺骨的严冬,有僻静的山和无言的大水。每年只有春秋两季,会像梦一样缓慢舒展、古色斑斓,仿佛所有尖硬激烈的事物都会在此时此地消失——"比如时间、暴力或者呼喊,有一点像死亡,安详、寂静、唯美,具有销蚀一切的力量,它似乎在那一刻代表着时间在毁灭"——李璟的身体和他的南唐时代如"绚烂萎靡"的宫殿从阳春三月的那一刻起,渐渐在南昌积郁成疾。而江北之国的间谍与杀手也在这里日夜活动,伺机发出对这个脆弱王朝的最后暗袭——这已是我筹划多年的一部长篇小说的构思。

我甚至想,如果要刺杀这样一个国王,最好的办法就是收买或派遣一名画家去接近他,当他欣赏画时,他会完全丧失戒备,刺客便可一击而成,比荆轲刺秦王的成功率高百倍。显然当时后周的赵匡胤是一位有雄才大略的君主,他早看到这一点:一个如此痴迷艺事的国王与其让他被杀,不如让他活着,以便南唐自然而然地瓜熟蒂落,那时再吃上一口,才是最甘美的。

为了这次的抵达,中主李璟力排众议提前三年施行实质性的迁都计划——"金陵与敌接土壤,又处长江下游,且宋日来雄震中原,威逼江南,大有过江之势。敌兵若至,难以御制,今吾徙都豫章,据上流而制根本,此乃上策"——他令大弟李景遂为洪州大都督,升洪州为南昌府,辖南昌、丰城、奉新、靖安、武宁、分宁、建昌七县,府治所在地为南昌,于是,一场修葺城墙、拓宽街道、大兴土木营造宫殿、楼堂、馆所,将南昌城改建成南都的运动轰轰烈烈地启动了。历时三年,南昌府与此前的洪州相比自然是大为改观。但与计划要达到的预定国都的标准比,尚差之太远。可时不我待、形势逼人,公元961年(宋建隆二年)二月,李璟亲率文武百官和金陵富豪贵族水陆并进,逆长江而上,经湖口入赣江,迁往南都——"沿途旌旗麾仗、六军百司,水陆途中,车船连接,迁都队伍浩浩荡荡,千里不绝"。乘着打造与雕饰皆精良的大船而来的李璟及其嫔妃,车船载马,"躺在暗色浓重的车后座上,/眼前轰轰的夏夜在灯里轮转,/我们豹子一样顺流而下,/轻过了风花雪月"。那些华贵的衣饰与缤纷的裙袍飘带,仿佛是突然向南昌卷过来的一场盛雪,"今晚房事浩浩荡荡,/灯里轮回降生了遗产"。

李璟迁都行程光在路上,就花了一个月时间。到达南昌章江门,当时,江南西道及南昌府文武百官夹道相迎。据说,此后,宋太祖赵匡胤曾专程派人前来劳问。

鸣鸾路通向的长春殿矗立在东湖岸边,在婆娑的垂柳陪衬下,倒映于深碧的湖水中。它的宫墙与琉璃瓦的船形屋顶出现在南昌,恍如磅礴巨日,吐露金辉,使这座城有了一个非同一般的隐喻。无疑,宫殿建筑是对帝王绝对权力的修辞——"此前所有的道路,都是通向这些宫殿的,那些道路的价值,是由这些宫殿确认的,道路是过程,宫殿是结果,没有宫殿,所有的道路,都将变得毫无意义"(祝勇)。浩荡千里的路途,旌旗麾杖、六军百司,水陆途中,车船连接。从南京到南昌现在乘飞机也就一小时左右时间,而李璟一行却在路上走了一个月,水陆车船来到了这里,都是为了得到宫殿的"确认",这固然是一种身份与价值的认定,对于李璟迁都一行队伍来说,这不是问题。反过来是他们——这帮来自故都金陵的迁客,对新都宫殿的"确认"与否,更为关键。

也就是说,南昌是否堪当南唐的国都呢,这需要得到一种无可置疑的"确认"。一座宫殿或许建起来不是难事,但它建在什么地方,建在什么时候,为谁而建,却至为重要。换言之,南昌是在何时,被何王朝,被何人选为国都,这不仅关系到城市的命运,更影响到一个王朝的命运。

按理说,三年建起来的南都宫殿应该不会是豆腐渣工程,可李璟前后转转,就觉得不对劲。事先,身在金陵的李璟对南昌知之甚少。他只想尽快把长江对岸的威胁甩得远远的,躲到千里之外的南昌"偏安"喘息,没有想到这座建于公元前201年汉开国名将灌婴手上的城市竟是如此狭小,狭小得如同一个隐逸的古人的草庐。它曾以素朴与简单拒绝一切庞大和喧嚣的事物,把任何一具古琴可能发出的声音都藏在流水里,而南唐释放了它们,释放了一座内地之城向大地、向天空打开的最大可能性。尽管它的局限那么明显,以至金陵的帛袖不能完全地舒展,帛袖下的宫仪、百司、部吏、贵胄,不得不因狭窄的空间而愤懑,很可能在连一个屁也打不出的窄巷里就挤着几个国家级的机关。轩辕马车不得不停在巷口,官吏们不得不在窄巷里徒步穿梭来去,如一群被放逐的白日梦游者。他们诅咒这个狭窄之地,诅咒它没有金陵所具有的国都的宏伟——这使李璟开始怀疑起自己迁都南昌可能是个重大的失策。他徘徊于按照他的要求建造的散发着木头和纸墨气息的澄心堂,也怀念起不久前还那么斩钉截铁要离开的金陵来。

5

澄心堂,原是李璟的父王南唐烈祖李昪在金陵时宴居、读书、阅览奏章的便殿,也是李氏王室特有的一个文化空间——"浸润着纸的巨大幻影和一阵阵由纸荡漾开来的柔和雪光"。澄心堂原名"诚心堂",后据《淮南子·泰族训》"学者必须澄心清意,才能明于天人之分",改作澄心堂。李璟迁都南昌,这里自然为李璟建了澄心堂——他专用的"上书房"。澄心堂被后世视为一个书画符号,李璟不仅在澄心堂吟诗填词,还招来宣州有名造纸匠,自己脱去黄袍,穿上工匠的围裙,充当下手,一起研制书画宣纸,将宫殿澄心堂变为纸工场,其所产纸便称"澄心堂纸"。此纸:"肤如卵膜,坚洁如玉,细薄光滑,冠于一时",李璟又为之命名为"黟川雪",清同治《黟县志》载,自南唐始,"黟产多良纸,有澄心、凝霜之号,长者五十尺,自首至尾匀薄如一",乃宣纸中珍品——"肉艳的盛宴之后,嗜于文艺的国主喜欢这种凉寒。如梦如幻的他,需要偶尔的静醒作为调剂"。李璟除了自己享用澄心堂纸,偶尔也恩赐给有功的大臣,以示奖赏。李璟视这种纸为珍宝,赞其为"纸中之王"。

坐在澄心堂,李璟满腹心事,他想起了父王李昪开创的江山基业,何以一步步走到如此地步,何以从金陵至南都?在李璟眼里南都虽没有金陵的虎踞龙盘之气,但尚可藏龙卧虎,南都的宫殿是对金陵宫殿的仿制,然而父王当年的王者之气能够仿制吗?思及此,李璟是黯然的。南都格局局促,街衢狭窄,百司官衙铺展不开,官吏贵族怨气冲天,足以让他寝食不安。

他想到了留在金陵监国的太子李煜,李煜也是不情愿他迁都南昌的。李璟离开金陵前便招来吴王从嘉(即李煜),对他说:"吾已决定日内迁都南昌,立汝为太子,留在金陵监国,以严续和殷崇义为汝辅佐,朝中大事申奏南都,日常政事就由汝裁决!"李璟没有将自己的意志强加到这个与他有同样"雅好"的儿子身上,他甚至是顺从了爱子想留在金陵的意愿。

南昌的澄心堂纵有上好的宣纸、笔墨,也有细润的明月清风,然而他的诗心却被惆怅占据。每日退朝下来,他会北望金陵,郁郁寡欢而又心事重重,为了不至于让他一双愁眼老是北望,侍臣将一幅秀美的山水画屏摆在他眼前,看着画屏,他又想起金陵的风雅旧事:"保大五年元日,大雪,命太弟已下登楼展宴,咸命赋诗,令中人就私第赐李建勋继和。是时建勋方会中书舍人徐铉、勤政学士张义方于溪亭,即时和进。乃召建勋、铉、义方同人,夜艾方散。侍臣皆有兴咏,徐铉为前后序。仍集名手图画,曲尽一时之妙。真容,高冲古主之;侍臣、法部、丝竹,周文矩主之；楼阁宫殿，朱澄主之；雪竹寒林，董源主之；池沼禽鱼，徐崇嗣主之；图成，无非绝笔。"李璟仍然清楚地记得董源一笔笔画出松林的景致时自己发出的赞叹，董源谦恭地说，我只是把我家乡的景致描绘在纸上而已。董源的家乡不就是南昌钟陵吗！李璟想，现在我把国都也搬到董源的画上来了，只是一幅澄心堂的宣纸怎承受得了一个王朝呢？

6

　　李璟迁都南昌，是希望这座城市能够作为他的朝廷的避风港，金陵风大，南昌的地理位置很适合，能为朝廷提供安全的庇护。他当然知道南昌是一个隐居之地，过去不少隐士都待在这里，南昌都对他们实行了完美的庇护，还使这些人获得了不错的声誉，像徐稚、梅福，一直让诗人咏叹着。李璟正是要找这样一个可以将自己隐藏起来的地方，像一个隐身人潜藏在风景中，到时突然现身，令世界大吃一惊。但他没有想到的是，南昌固然可以让一个人很好地隐居，却不可能将一个朝廷、一个国都也隐藏在此——南昌实在没有这种力量，它的山水适宜修道、炼丹、悟禅，它的城市可以让一些对世界所求不多的人在相对僻静中获得些许自适与灵魂的安慰，它的外省地位可以远离那些滚滚尘嚣，仿佛能让迅疾变幻的时间放慢一些，但这并不等于它能使人置身事外。南昌没有"世外桃源"的条件，它甚至算不上是李璟心中的"乌托邦"。对于一个王者和一个国家的首都来说，它根本就不具备那种宽宏与大气，无论在空间环境，还是人文环境方面。它也缺乏李璟像氧气一样必需的那种优雅、高级、轻盈与温暖。当他三月天到达南昌之时，明显能感受到的是这座城市的潮湿与燠热，天气的阴晦不定。从陈旧木头里释放的霉味与大量苴壮的绿色植物疯狂散发出的青涩且浑浊的气息混合着。他打了个响亮的喷嚏,像是对这座城市的第一声招呼。接下来的日子,他陆续听到官员们对所处狭窄空间的抱怨,这种抱怨日甚一日,好像他们赶到这里来就是为了抱怨这座城市——将一腔激情化作滔滔愤懑。李璟跺脚:别说了,都滚开!群臣这才带着抱怨声散去,他的眉头上却堆起了一吨重的阴郁。

李璟由对自己迁都失策的怀疑渐渐转为对身体的不信任,他开始觉得头痛、四肢乏力、胸闷、呕吐,太医诊为水土不服,又不好明说,只说是圣上操劳国事所致。李璟慢慢变得吃什么吐什么,只能吃一点蔗浆,他的身体垮了。有人认为皇上患的就是思念旧都的病,一迁回金陵,病准好!

动迁,谈何容易,从金陵迁南昌,南唐已是伤筋动骨,耗资巨大,折腾得国库拮据。再从南昌迁回南京,更何以堪?但不管怎样,有的人说,就是爬也得爬回金陵。可是没等到动迁,李璟就于此年六月病逝长春殿。他在遗诏中留言要葬于南昌西山。可后主李煜没有听从,而是将李璟遗体运回金陵,葬于顺陵。在这期间,李煜为迎葬父皇,处理南都后事,应该是来过南昌的,但他不会留在南昌,而是更加迅速地把国家机构迁回金陵。

7

南唐人奢靡、颓废、华丽又黑暗的生活,如风中的鸟雀在飞翔中坠落。

南昌作为南唐国都实际上仅四个来月,勉勉强强有一个春季。然而仅短短一季,这里也弥漫了南唐的丝帛锦绣奢华气,它颓废与浮艳,仿佛东湖水面变幻不定的光影,折射着一个时代的镜像。

南唐迁都南昌不是李璟的错,是历史使然。南昌可以让人在这里偏居、隐逸,消退掉内心的欲望,甚至与世无争,但前提是必须要对这座城市有忍耐力,对它的偏僻、狭隘、局限性视野所形成的短见和习惯性遗忘要有包容的胸怀——它不能包容你,你只能包容它。如此,你可以在这里做一个获得好名声或受人敬重的隐士。但是,如果你需要它满足作为一个国都的需求,其结果必然相反。李璟和他的百官移都南昌就是被这种"相反性"折磨,以至无法忍受。南昌并不是李璟在金陵所虚构的南唐"新国都"——纵使它能原样复制金陵的宫殿,但在"复制"中是大打折扣的,它是具体而粗糙的,有温度、气味和视觉的一个地域。这个地域原本只是出现在人嘴上或写在纸上的一个名词,然后半模糊半清晰地出现在大脑里,最终让他置身其间——使他身体的每一处感觉器官都毫无保留地与之发生接触——以至他的身体开始出现排斥,他甚至不能接受那里的食物。他的感官越与此地相抵触,他就越来越清楚地认识到,这里是他的宿命之地。

迁都南昌对于李璟来说,并非出自他误以为的"个人抉择",而是有一股他远远不能操控的大而无形的力量把他推到了这里,他貌似"主动"的一切行为都是对那股力量的被动接受。在李璟闭目的那一刻,他已然完全明白,这是他的命运,也是南唐的命运。但这对于南昌和很多人来说,却是一次千载难逢的机遇。

李煜在父王死后急于迁回金陵,并不是对李璟迁都南昌所做的修正,他也是"宿命"之人,知道自己无法"修正"南唐的命运。他仅是顺从生命的意向——李煜诏命林仁肇为南都留守兼南昌尹后,便赶紧拔腿走人了。公元972年,宋太祖用反间计使林仁肇被李煜派人鸩杀,南昌城随即陷落。

一出看似昂贵而奢华的宫廷大剧,将南昌作为实景舞台,匆匆演罢,匆匆收场,华丽的布景和帷幕却没有随之拉上——南都的建制一直持续到公元975年(开宝八年)南唐覆亡,其南都的角色方告终止。南昌为南唐名义上的首都前后17年,贯穿整个李后主时期,然而没有帝王的国都即便保持国都的建制,也只是一座废都。也就是说南都自李璟死后就已名存实亡,长春殿在苍凉的暮色中颓然老去,"像一件苍老的木器",此后一千多年中,宫殿也因年久而逐渐坍塌,至清代初年仅剩长春殿。1853年,太平军西征军赖汉英攻打南昌3个月不克便炸毁顺化门(现展览馆)一带城墙而攻入南昌,附近民房被大火焚毁。至1928年4月,国民党南昌市长伍毓瑞拆城墙修环城路,皇宫的古城砖瓦就彻底难觅踪影了。南都也成了南唐的一个虚拟的名词和东湖的幻影,仅余皇殿侧的地名供人用想象填充它的空白:

　　南唐废都的

　　遗址

　　也消失在空气里

　　就为一首词

　　买回四百页废纸

　　长春殿

　　故国的春衫

　　包裹妃子的乳房

　　在南昌鼓舞了一次

　　就返回了金陵

　　烧饼老五

　　抓一把空气

　　在鼻尖嗅了一下

他的糖烧饼
在这里卖了半辈子
皇上说好吃
倾斜的华盖
一路鸣鸾而去
东湖水软
澄心堂的四尺宣
再也承受不住
一个比纸还薄弱的
朝廷

　　对于南昌人而言,南唐国都留下的那一抹金粉气息似乎早已在遗忘中消失殆尽,除了史书、地方志里简短的文字表述,甚至宋朝乃至明清的诗人到南昌,也懒得为这段短暂的"南都史"稍做凭吊。而在另一些南昌人的眼里,"南都"也好像是一处"失语地带"。仿佛那是一个避之而唯恐不及的疮疤,一个短命王朝的陪葬——却没有真真切切地把它看作上苍和历史所赐予的机遇。

　　南唐无言,南都无语。

洪崖梦记

　　这是一个现代人的古典梦境。它古朴、典雅而苍茫,你带着一身都市的尘嚣进入其中,像进入我们的前世,进入一个梦境,然后被其意境洗涤。出来时,你面对滚滚红尘的一座城市,仿佛是应答着一种苍凉的承诺。略有点文史知识的人,都知道"洪都""洪州"和"豫章"同是南昌的别称。在历史上,南昌一度以"洪都"为名。而那个时代,南昌也确曾热闹过,有"东南都市"之称,其辖境相当于今日江西的修水、锦江流域和南昌、丰城、进贤等地。那个时代就是皇皇大唐。王勃在他那篇名序中开笔就写道:"豫章故郡,洪都新府。"这洪都的得名便来自古老的洪崖。单凭这样一个由头,就足以吊起我们的胃口,勾起我们的兴致,取道洪崖去索解一番。

　　洪崖是个什么样的地方?时至今日,它仍吸引着许多南昌城里的人引颈西望。

　　距南昌以西30余里的湾里伏龙山中,有一处颇具神奇色彩的名胜,与投书浦遥遥相对。它便是洪崖所在地,被誉为豫章十景之一的洪崖丹井。你一接近那里,就会听到泉水咚咚,仙乐飘飘,仿佛整个身心都沉醉在久远的传说和音乐里,使你感受到山水与生命的神奇魅力。洪崖丹井和南昌的其他历史胜迹最明显的不同之处在于,它具有相当的传奇性,而且它又和炼丹、音乐这些很有些仙气又虚无缥缈的东西连在一起。这与那些有确凿记载的历史人物和史迹有较显著的区别,但它是南昌最古老的名胜古迹。洪崖,其实是一条山涧两岸陡峭的石崖,崖下长年流水击石,淙淙作响,积瀑成潭,深不可测。据说,这就是有"音律之源,洪都之根"之称的洪崖丹井。想一想,大地上处处管弦丝竹,都曾由此发出,便足以令人驻足而观,发出惊叹。史载:4500年前,黄帝乐臣伶伦,又称洪崖先生,在此凿井炼丹,断竹而吹,创制音律,因而成为中国音乐的鼻祖。

设想洪崖先生断竹而吹的时候,一定如天乐开奏,百凤齐鸣,一种难以想象的境界被音乐打开,而乐声又充溢在山林野谷之间,犹如繁花竞放。想必其时,风也屏息,鸟也无声,猿也不啼,兽也驻足,都在侧耳倾听满山的仙乐。那些生灵一定是有福的。洪崖先生正是在与大自然天地万物的交流中,发现了音乐的神奇力量,创作了天籁。当洪崖先生的乐声,从伏龙山谷飘出去时,遍天下都响起了美妙绝伦的音乐之声。今天,当我们听到那些美丽的管弦乐时,不能不感谢洪崖先生,不能不感念洪崖陡壁下的那泓发出乐声的淙淙清流。

为了纪念乐祖洪崖先生,历代名人雅士到此寻访不绝,至今峭壁上仍留有多处摩崖石刻,尽管有不少镂文因年久而被风蚀,但拂开岁月的风尘,我们仍可清晰地欣赏到几处珍贵的石刻。最早的是南宋淳熙乙巳年(1185)冬的石刻,记载:"海陵周次张、龚苏中、邺枚帷,以淳熙乙巳冬,携樽访药臼,徘徊不觉暮矣。曝西日,掬清泉,相与乐而忘归。"这则石刻实质上是一则宋人小品,颇值玩味,也很见性情,使人产生悠远的联想。清康熙丙辰年(1676)笑堂白书刻"洪崖"二字于壁。此外,还有一处石刻令人耳目一新,那是闽长溪、游起南题刻的一副漂亮的联句:两峡悬流联瀑布,一泓活水喷洪崖。把这处自然景观描绘得生机盎然。

有诗文在山水上镌刻,这里不出名、不吸引人,也就不可能了。

隋唐期间,南昌曾数次更名为洪州、洪都,便是源于洪崖。在历史的岁月里,不少名人,如谢庄、欧阳修、岳飞、汤显祖、张位等都曾在洪崖驻足,留下了十分难得的诗篇。唐朝茶圣陆羽则将洪崖瀑布品为天下第八泉。洪崖丹井附近还有著名的翠岩寺和紫阳宫,一直是游人流连之处。

现今的洪崖丹井旁,塑立了洪崖吹竹的雕像。徘徊塑像前,令人产生无限神思。

你所吹奏的/不是乐器,是你自己/在你吹响生命的瞬息/山和岩石,都注满了生机/我听到的,不是乐曲/是你飘飞的头发/扬起的胳膊/腰间的兽皮/你身体的各个部位/都合上了音乐的节拍/你嘹亮的生命/使音乐弥漫了世界

——《题雕塑:乐祖洪崖》

这么一块可说得上是"风水宝地"的地方,对我而言,曾经是隐藏得很深的一个神奇的梦,又是一个在现实中撩开面纱的瑰丽传说。说来有趣得很。20多年前,也就是20世纪70年代中期,我父亲在湾里工作。我家就住在洪崖丹井附近,我童年一半的时光都是在那里度过的,那里留有我童年的梦想和欢乐。只是当时我们根本不知道,在那溪水流淌的茅草丛里还藏着一个有这么大来历的名胜古迹。可以说,那时洪崖丹井还湮没在杂草丛生的岁月里。除了一条草木荆棘掩蔽的山涧之外,其最大的特点,也是当时最吸引我们的地方,就是山涧上方修有一座水库。水库的水清澈且沁凉,夏季到来的时候,那里就是我们游泳的乐园了。放眼四望,只有寂寂青山,因此,除了夏天,这里都是幽静异

常的,但我和童年时的伙伴常常放浪形骸于此。说不出喜欢这里的什么,大概就是看上了这里的清寂,不会受到大人干扰,可以尽情地把童年的快乐洒落到此处的山水间。

搬回南昌市内以后,在长达十几年的时间里,我都常常梦见那里幽寂的青山、沟壑。也许正是那种幽寂,使我在潜意识的梦境中,会出现一些令我醒来时都为之惊讶的景象。我梦见山间的沟溪上总有一团蒙蒙的亮光,使周围的草木显得特别圣洁,而清幽的山坡上,则出现了一层层宽大的阶梯,一直通向山顶,那梯阶又平整又洁净,令人产生神圣之感。这种梦幻中的景象一直伴随着我,直到几年前我到湾里参加一场作家笔会,会间安排到洪崖丹井和翠岩寺游览。

我步出车门,顿时产生一种故地重游而又与童年中的故地绝对不同的陌生感,看着原先沟壑间开发出来的洪崖丹井及清幽的山坡上立起的翠岩寺,我真觉得梦中的景象成了现实。难道冥冥中远古的洪崖先生曾在梦里给过我昭示,或者我内心对那块童年中流连过的不寻常之地早有感应。可见南昌确是一块神奇的土地。一个人真正留有梦想的地方不会多,而洪崖丹井对我而言,实实在在是一个留有梦想的地方。这种地方对海内外所有游人来说,都是值得一观的。只是对当今绝大多数人尤其是对外地人来说,洪崖丹井仍是"养在深闺人未识"。据我所知,这也是令当地想开发这处旅游资源的领导颇为头疼的问题。我想,要把"洪崖丹井"作为旅游项目来开发,首先不该再立足于把它作为"豫章十景"之一来宣传,那只会被其他几景冲淡其文化价值。应该把"洪崖丹井"作为"中华一绝"的名胜来做文章,立足于洪崖为"中华乐祖"来宣传。这里是中华音乐产生的圣地,洪崖吹竹发出的乐声是空前的绝响。这首先要使音乐界认同,让搞音乐的来看一看,做一番认真考证,举行与此相关的研讨会,尽量请当代的大学者、大文化人来走走,让洪崖丹井给他们留下一点难忘的印象，使他们留下一点笔墨或在心有所感时写出一些文章，使洪崖丹井传于山外。要有旅游的大文化意识，不是等人走到南昌才知有"豫章十景"，来到湾里才知有个乐祖洪崖在此。不要自寻借口说洪崖地处偏僻，交通不便，事实上它与全国许多名胜相比，应当是交通便利的名胜之一，乘车几乎可直接到洪崖丹井。这样一个地方没开发出来，实在是可惜了，会令世人少了一个能够让心身浸润山水之秀、音乐之灵的机会。

余秋雨到南昌后觉得南昌不好玩，青云谱又太闹。我们是不是应该向他介绍南昌城外还有个乐祖创制音律之地呢？是不是顺便领他到洪崖丹井走一走呢？如果他去了，是否会有新的感受，发而为文呢？在当今实在不能小看了文化的力量，文化效应对旅游来说往往是可直接带来经济效益的呀。若是有名人来南昌，不妨尽量让他们到洪崖丹井去走走，给他们留下印象。

> 无限静卧于此
> 岩石叠积
> 岩石在空气之上
> ——帕斯《风景画》

洪崖丹井不是见不得人的地方，而是真正的大雅之地，是大雅之堂上的上上之品呀！在南昌因洪崖而得名的岁月里，洪都城里建起了一座著名的宝塔，那就是始建于唐朝天祐年间的绳金塔。每当风起时，塔檐的风铃便会发出音乐般的悦耳之声，那声音在明代诗人吴国伦的诗中演化为"百铃声彻大江寒"的恢宏，在岁月的长河里经久不息。

投书浦：一个典故产生地的消失

一位颇负盛名的当代文化学者说过大意如此的话："一谈起魏晋，仿佛就有一阵风扑面而来。"他还举了"魏晋风度""魏晋风流"等例子加以说明，我深以为此言不虚；当我今天站在南昌市郊的与那个年代有些关联的投书浦，就能隐约感觉到——有风自魏晋来。

投书浦，也叫投书渚。它的原名是石头津，或石头口。位于昌北车站约两里的凤凰洲西北侧，是一处濡染着水光山色的地方。这个地方现在虽不太引人注目，甚至被人遗忘了，但在历史上很有些来头，也蕴有魏晋人物故事。我想，它在南昌的历史上是应该留下一点笔墨的，哪怕是一星余墨。关于此地，《水经注·赣水志》有载："赣水西有磐石，谓之'石头津步'。""步"通"埠"或"铺"。魏晋年间这里曾有城，《晋书》上谓之"石头城"。陈、唐二代都在此处设西昌县，《江城旧事》载："唐武德中于宜丰（今新建县吴城镇）旧地设西昌县，即今石头铺也。"过去此处也曾设驿，故称"石头驿"。该处原为赣江冲积平原，部分为凤凰洲。后来此处东源水与赣江间被凤凰洲所塞，因此自石以下，非涨水季节不能与赣江相通，平时多半都是由渚形成的小湖，这就是通志类书上所称的"石头渚"了。在我所能读到的历代诗人的诗作，诸如郎士元《石城馆酬王将军》、韩愈《次石头驿寄江西王十中丞阁老》、王直《投书浦》、王守仁

《夜泊石亭寺》等诗中提及的几种不同叫法的地名,都是指此处。这个地方值得一提,乃至为历代诗人题咏留墨的真正原因,不在于它历史地貌的沿革演变,而在于那位晋代的豫章太守。

殷洪乔,除了曾为官豫章太守之外,还应该是个有些名堂的人物,他的个性和为人都颇能体现其时的魏晋名士风度。他的事迹不仅在《晋书》里有记载,就是在以收集魏晋名士风度事略为能事的《世说新语》里,也居然把殷洪乔的行为事略收集在"任诞"篇内。由此可见,殷洪乔是个很有些意思且不寻常的人,将他仅仅当作曾任豫章太守的官员来看,是太片面了。在此颇值一提的事,是他在赴任豫章太守时发生并流传下来的。

殷洪乔,名羡;洪乔,是他的字。史称他为长平人,性格刚介,永和年间被任命为豫章太守。据说,他临离都城金陵前夕,不少人托他带了上百封书信。行至石头渚时,他启开书信一看,发现大多是嘱托人情,他非常反感。一怒之下,他索性把这些信全投入水中,并说:"沉者自沉,浮者自浮,殷洪乔不能作致书邮。"可见,这位老兄是位十分憎恨徇私之辈的人;而且,他的做法很书生意气,似乎根本不考虑什么后果。难怪后世也有人把殷洪乔看成是不负责的传信人,以致有"洪乔贻误"的典故流传。好在世人终归还是有判断是非的眼光的,为了表示对殷洪乔秉公无私、刚正不阿之举的赞赏,人们将石头渚更名为"投书浦"。

清代还特地为此建立了石碑、石塔、石牌坊,石碑上书"晋殷洪乔投书处"。我在一大堆南昌老照片里看到一张投书浦的照片,应是几十年前的风物,照片上的石碑显然已是被岁月的风沙埋去了大半,只露出三分之一,也只能看到碑上的"晋殷洪"三字。下面的四个字和一大截碑都深埋在泥土中,且泥土上已有丛丛青草,想必湮没的时间也不短。在"文化大革命"之后,此碑被毁。

文章写到这里时,一位朋友看到"投书浦"的那幅老照片,连问了几个:"这是什么?"我解释了一番后,他又把照片往桌上一丢,说:"这算什么。"

我想,投书浦在现在确实算不了什么。殷洪乔投书之举在今天看,也确实不算什么。然而,要是今天有些人身上连秉公之志、刚正之风都荡然无存,那这种世俗才真正不算什么了。所以,我从内心希冀能够升起一股清风,平息我们思想上的浮躁。

从历史和文化的角度看,洪乔投书之举,其实是魏晋人较典型的一种风度的体现。从中可看出他们率意的性情,使人想到另一位乘兴而往尽兴而返"雪夜访戴"的名士王徽之。在洪乔的率意里,他刚直不阿的个性表露无遗,使他的这种率意显得尤为可爱。别人要做出这样的举动,肯定是会有重重顾虑的,说不定那上百封信里,有的是上司的,有的是亲戚的,更有的是朋友的,尽管内容都是"嘱托人情事者"。读一封这样的信,或许还不会太留意,但两封、三封,甚至几十、上百封,都是如此,洪乔的眉头便拧成了结,于是他举起那捆书信往水中一投,便投出了千古佳话。我至今为他的这种举动激赏不已。也许,有人会有疑问,洪乔私拆信件,不是太大大咧咧违背常理了?那么我要说的是,洪乔投书的整个行为都不能按常理而论,魏晋时期正是个反理规的时代,而魏晋名士充当了反理规的先锋,如果没有洪乔那种大大咧咧,也就不会有投书之举了。那么石头渚也泛不起潇洒的清波,只能是一泓静水,渐渐在沙土中流失。

想想看,魏晋名士率意独行、狂放不羁的风格,都在洪乔这洒脱得不沾半点风尘的一投里体现了出来。这就是真正的魏晋风度啊!

所以后人会说"是真名士自风流"。我真为南昌历史上能出现这样一位太守而高兴,他无疑为我们城市的历史添上较有个性的一点彩墨。

这点彩墨那么不同寻常。唯其不同寻常,才特别可爱,使我们能以这位古人为荣,追慕先贤风范。

在写这篇文章时,我曾问熟悉南昌历史的老人能否再在投书浦看到一点当年的遗迹,老人摇头。在他缓缓摇动的头颅后面,我仿佛看到了一个典故产生地,一处有可能成为人们慕名前去瞻仰的名胜的消失。

绳金塔记

塔的形状,总使人想到帽子。

曾看过一场泰国电影,片中泰国女子戴着状似金色宝塔的帽子跳舞,很有其民族特色。

中国的塔文化崇高繁丽。作为一类风格奇特的古代建筑,塔源于印度,东汉传入中国时,即与博大精深的华夏文明结合,从雕塑到砖、石、木刻,从琉璃到冶金、铸造,从音乐到书法、绘画,从典籍到诗词、文赋,华夏文明的精妙无一不在塔上得到体现。可以说,塔是我国古代各类文明的综合体。

无论从塔的内涵,还是造型看,在中国古代,塔就是城市的帽子。当时的城市建筑,极少有比塔还高的,且塔又多半建在城里较高的地方,它往往成为古代某一城市的显著标志。

大雁塔,是古西安的帽子。

北寺塔,是古苏州的帽子。

而绳金塔,便是古南昌的帽子。

记得1995年到苏州参加中国作协召开的一次会议,独自下了火车,接站的人还没来,我便怀着与千年古城约会般的心情进入苏州城。走在街道上抬眼便见一座塔立在那儿,像是一个向导,指引你去接近它,好像那是个约会的地点,又抑或那本身就是个约会的人儿,令人觉得激动又镇定。因为你一眼就认定了一个标志,看见了对方,找准了目的。与其说这是对于一座城市的初步情感确认,还不如说是文化确认。

在有着2500年历史的苏州古城的北寺塔下,我想到了故乡南昌的绳金塔,一股情感电流仿佛顿时被接通了。

在古代,一座塔之于城市,那是有着几近神圣的地位。绳金塔在南昌民间传说中,便是镇城之宝。对此,民谣曾有"藤断葫芦剪,塔圮豫章残"之说,可见绳金塔当年在人们心中的地位。通过这座塔,我们也可以看出当时南昌的一些历史状况。

绳金塔的得名颇具神秘色彩。相传唐天祐年间(904—907)建塔挖地基时,从地下挖到铁函一只,内装古剑三把,金绳四匝,舍利子三百粒,故称绳金塔。塔顶是一只铜制镇火鼎。传说鼎上镶有一颗宝珠,后被人盗去。

根据盗宝与护宝的传说,后人还编了不少曲折惊险的故事。有些有史可考,有的穿凿附会,但都体现了南昌人对绳金塔的永久情结。古塔无言,它的历史只能由文字来叙说。

公元1709年,亦即清康熙四十八年,绳金塔因年久失修而倒塌;康熙五十二年五月开始动工重建,历时一年零两个月才竣工,费银一万多两。塔身为八面七层。高50.86米,底周长33.8米。飞檐回廊,四通八达,每层每面都有通往回廊的拱门,是南昌最高的古代建筑。绳金塔的塔顶层为镏金铁顶。据文献记载,旧时南昌房屋密集的地方,常有火灾,故绳金塔特置一"镇火鼎"以消火患。此鼎于乾隆五十三年,用袁州府(今宜春)之春台水熔铁而成。"镇火鼎"高约0.9米,围长3.6米,周围画有卦位及水星水兽,择水年水月水日安置,以镇南昌地区火灾。并镌《绳金塔铭》:"系兹星鼎,金铁之精。陶熔二气,罗列五行。象取坎止,法配离明。熊踪永敛,灵液常盈。浮屠并峙,瑞应胥呈。水火既济,坐镇江城。"塔下原有一座千佛寺,又称塔下寺,内有法华堂、宿觉堂、圆觉堂。建寺年代与塔同,现寺院尚存。此外,南昌县在明熹宗天启元年还建起了一座高七层的"蜚英塔",与南昌城里的绳金塔遥相呼应。

在绳金塔1000余年的时间里,它和南昌古城一样,既有太平盛世时的壮观,也有遭逢乱世时的颓败不堪。而今的绳金塔已修葺一新。在有关部门的规划构想中,绳金塔下将建成类似南京夫子庙一样的去处,要让人觉得"没有去过绳金塔,便没有到过南昌"。我觉得这是城市特色营造的一个重要方面,有着独特的城市历史文化内涵,是后人对一座历史文化古城尊重的表现,也标志着一座城市的建设迈上了一个新的文化高度。

我对塔的最早认识,便是来自绳金塔。小时候,在南昌城里途经绳金塔,由于塔下房屋密集,不能近观,只能远望。当时塔虽破落,但仍耸立,在那一带属最高最显眼的建筑,令我心怀崇仰之意。记得塔下还有一个水塘,塔映水中,透着一种宁静和古雅的美,煞是好看。那水中的塔影,大概已深深印在不少老南昌人的脑海中,并会时时浮动,泛起岁月的光与影。

从文化的角度看,塔是一种精神外化的象征物,它提升一种精神,镇守一方宁静,是一种极有宗教内涵和文化色彩的建筑。金庸的小说《书剑恩仇录》里,有一些很精彩的篇幅,描写反清组织红花会将乾隆囚禁在杭州西湖的六和塔内,其中一段情节写塔内红花会头领与乾隆谈判,塔外反清侠士在与前来营救乾隆的大内高手斗剑;塔内优雅镇定,塔外争斗激烈,塔身内外在攻击与防守之中一层一层上升。金庸写得有张有弛,有静有动,娴雅里透出紧张,紧张中释放出潇洒,把一座塔写得真个儿在动静之内繁丽异常,好看得不得了。须知,我没有到过杭州的六和塔,在阅读这段情节时,是把我们南昌的绳金塔作为六和塔的对应物来想象的。

想象一下吧,在古人的眼里,绳金塔如何壮观奇伟:"古塔崚嶒万象蟠,西山如鹜捧危栏。"而在今人的眼里,它与比之要高出数倍的现代建筑相比,仍是独特显眼的,因为它是塔,是古代,是文化,是历史。

在我眼里,它是唐朝。

百花洲记

1

百花洲,一个充满诗意的地名。它的身影就像现代都市里闹中取静的一位潇洒蕴藉的隐士。听听这名字,闭上眼睛仿佛就能看见满目的花朵和彩蝶,上上下下翻飞与舞蹈的,都是美丽的诗句,都是梁祝爱情幻化的翩翩蝴蝶。在一座建筑拥挤的城市中心,嘈杂与繁忙突然消失了,眼前奇迹般地出现了一片平湖,城市的浮躁好像一下便被湖水涤净,剩下的只是如梦般的平静。平静的湖上托起一座群芳争艳的花洲,如同城市眼睛里的瞳仁,里面收纳和折射出的是我们城市中的美。这种美与陶潜"采菊东篱下,悠然见南山"不同,却暗含了"结庐在人境,而无车马喧"的况味。百花洲的美,是现代都市中一阕古典的词,是林黛玉吟咏的诗句,是我们看惯了都市繁华的眼睛里的一滴醒目剂。

"百花洲"一名在南昌出现,应该是始于宋代词人向子諲填的《蝶恋花·咏百花洲》一词。戴复古诗中,也有"百花洲上万垂杨,白鸥群里歌沧浪"之句。曹雪芹在《红楼梦》里,亦借多愁善感的才女林黛玉之口,吟咏"粉堕百花洲,香残燕子楼",读来颇易牵人情丝。

其实百花洲是由东湖北、南、东的三个小洲组成。这东湖却是有些来头的,早在郦道元的《水经注》里就有记载:"东太湖十里二百二十六步,北与城齐,南缘回折至南塘,本通章江(赣江),增减与江水同。"并有"水至清深,鱼甚肥美"之誉。东湖有堤,垂柳袅袅,春日游人如织,尽显江南风情,令人想到身在台北而心向往着在江南柳堤上随如花的表妹们漫步的诗人余光中。古人也曾将此堤称作"万柳堤"。南宋著名豪放派词人辛弃疾曾吟道:"二月东湖湖上路,宫柳嫩,野梅残。"给一条柳堤增添了不少韵致。

南宋绍兴年间,豫章节度使张澄建讲武亭于南洲,以操练水军。清康熙年间,南北洲之间架起了一座"百花桥",并将讲武亭改名冠鳌亭,移亭址于北洲。乾隆十一年(1746),江西布政使彭家屏书"百花洲"碑,立于南洲,后断损。现今我们见到的石碑,上面"百花洲"三字,是1983年有关部门集颜体字,选用金星石刻立的。

讲武亭为何以"冠鳌"名之?我曾感到好奇,问老人,亦摇头。此名来历,我在史书上也没见到有什么说法,倒是手头正有一张小报,其中一文谈到"百花洲北叠石成峰,土阜孤耸,亭即峙然其巅,故更名冠鳌"。这么说来,"冠鳌"是指亭立于石上的象形,我专程去考察过,或许此说可信。

谈到冠鳌亭,其亭柱有两副佚名亭联,颇值一读,其一是:

今月古月,桑海苍茫,展开扑地间阎,缀兹胜境;
明湖鉴湖,故乡仿佛,愿把在山泉水,贮作清波。

其二是：

地辟百弓，喜楼台近水，揭来载酒寻花，秋月何如春月；
险开一镜，乐鱼鸟亲人，是处淡妆浓抹，东湖不让西湖。

作者称"明湖鉴湖"为故乡，可见是浙江人。绍兴鉴湖，原名为镜湖。第一副上联咏月，感慨沧桑世情。下联咏湖，表露关爱南昌之心。作者思接千载，情意深挚，辞采明畅。第二副上联写湖中寻美，载酒寻花；下联写湖中赏美，东湖不让西湖。可见作者是个潇洒风流的才子，二联一出，无疑为这座曾名讲武的冠鳌亭，披上了一袭儒雅的风衣，仿佛一位贤士立于百花洲上。

1920年李法章《赣江归棹记》里有关于那个年代些许影像般真切的文字描述："百花洲对面为江西民报馆。编辑部蒋蔚文及同学俞济川，留午餐。……余以不曾脱稿辞之。略话近状，即出报馆西北行，过小桥及彭公雪琴祠，约三十步，至陈列所。右折过铁栅栏，有高二丈之石碑，当前挺立。百花洲三字，直入眼帘，书法甚佳。蒋君告余曰：'此先祖芳手笔也。'余诺之。北折过三洞桥，垂杨夹道，绿荫森森，即至江西铁路总局。其西为沈文肃公祠，即清代中兴功臣沈葆桢也。祠共三进，甚轩敞。前年江西物产会，曾开幕于此，楹联颇多。最后一园，花木甚众。其第二进之西偏，夹巷深邃。右转两角，有梯可上。辗转三十余级，达其巅。广厦五间，尘痕半寸，若无人管领者。中悬一像，花翎红顶，年过五旬，方面微须，身材瘦小，惟目巨有光，一望而知为沈公遗像。盖沈公初为江西玉山县令，洪杨之役，有守土功，擢广信太守。得夫人林氏助，有林夫人乞援饶廷选书。保全郡邑，升巡抚。后人立祠，崇其功也。西行数十武，登一阁。三面临湖，天然风景，为夏赏绿荷之胜地。

小憩下楼,穿花径,过曲桥、湖堤百步,即至冠鳌亭。亭踞山顶,怪石嵯峨,可卧可坐,故摄影者恒借此以布景。下亭东向,有长堤。约五十步,至苏公亭。亭内有苏云卿之神龛。楼之上层,位置极窄。惟四面洞达,亦足以畅叙幽情耳。南望孺子,北接冠鳌,鼎足成三天然图画。"

1936年冬,东湖水位低落。时南昌市长龚学遂趁此枯水时机,设立疏浚东湖工程处。原计划将湖泥清出,运填城外壕沟,废物利用,一举两得。省主席熊式辉直接指示工程处,将湖泥运至豫章路北端东边其住宅围墙内,构成山丘,植树栽花,成为园林。

熊式辉,有一张关公式的红脸膛,好像一年到头都在醉酒中,可他是个美男子,后来受命为淞沪警备司令,乘飞机途中失事,幸得命大,只摔残一腿,成了个拄一根手杖的跛子。熊式辉从小习武,六岁读千字文,熟读《四书》、唐诗、《易经》、《左传》等;十五岁考入江西陆军小学;十八岁考入南京陆军第四中学,并秘密参加了同盟会;1920年他东渡日本,在日本陆军大学深造了四年。熊式辉是国民党陆军二级上将。曾两度担任淞沪警备司令,担任江西省政府主席十年之久,后任东北九省行辕主任。他曾外派访美任军事代表团团长,当年深得蒋介石的宠信。熊式辉虽然戎马一生,却有着儒将风雅,他把毕生的心迹通过五百多首诗,在自己的诗集《雪松吟草》中展现得淋漓尽致。1949年,熊式辉因不满蒋介石"一柄两操、以夷制夷"的伎俩,与其分道扬镳,从此退出政坛。这个安义人,他主政江西时是能干事的,有的事干得还挺漂亮,南昌城市拓展,拆城墙填壕沟,辟沿江路、"八大乡贤"路,及成立江西首座大学(中正大学)都是在他手上办起来的。当时南昌只有几条马路,多是坑坑洼洼,常年积水,街上到处都是垃圾,秋风一吹,满城垃圾飘扬,很不像话。熊式辉改良街道,兴建城市设施,疏浚东湖与河道,在当年是很不易的。他坐一辆黑色面包式的汽车上下班,出门时院子里一个仪仗班，要奏乐，回来时，要奏乐。这种对于仪式感的强调，与他早年留学日本陆军大学，想建立内心的秩序有关。他甚至用东湖清出的淤泥，堆到住所院子里做假山，须知那淤泥不仅浓黑、黏稠、稀烂，而且臭气熏人。

2

说及贤士，便不能不提及曾隐居于百花洲的宋代名士苏云卿。百花洲又被人称为苏翁圃，即得名于这位先生。

我想，隐士之姿也正是百花洲的姿态。

苏云卿，原籍广汉（今四川绵竹）。南宋绍兴年间来到南昌，在东湖小洲之上结庐隐居。这位苏君是个美男，《宋史》上说他身材高大，须髯修美，仪表非凡，却布衣草履，终岁不易，这副打扮使我想到桃园结义之前的关云长。只是苏君不要大刀，却在东湖的小洲上白天挑水种菜，晚上秉烛织履，手头若宽裕，便周济邻里。因而附近的老少长幼皆尊敬他，称之为"苏翁"。苏翁闲暇，便闭门高卧，或正襟危坐，颇显高深。现在想来，其时豫章的节度使张澄正在东湖折腾水军，那稀里哗啦的水声，是否会影响苏老高卧的清兴呢？真不得而知。

但不久，豫章郡长史便收到了宰相张浚的书信，方使人们认清了苏翁的来头。张宰相信云：云卿为其乡人，才比管仲、乐毅。因无心入仕，遁迹江西，灌园东湖。张宰相还明言：云卿高风亮节，非一纸书简即可传到。望节度使和转运使亲造其庐，请他出山，辅佐朝政。二人奉张浚之命，找到苏云卿，得到的答复却很教人摸不着头脑，"此独有灌园苏翁，无云卿也"。二人一愣之余，第二次便很识相，不带随从，只穿常人服装,尽量使自己看上去与一般人无二,苏云卿才出来相见。问及张浚,云卿直言道:"贤人也。弟长于知君子,短于知小人。德有余而才不足。"次日,官府派人去迎请苏云卿,他老先生却飘然而遁,仿佛"小舟从此逝,江海寄余生",给百花洲留下一道隐士之风,让人长久探寻,品味不绝。

于是,一座众芳摇曳的百花洲与一道隐士的命题紧紧联系到了一起。

在南昌的历史上,从百花洲到梅岭,再从梅岭到伏龙山,从伏龙山到孺子亭、青云谱,无一不和隐士相关,而那几位隐士,从洪崖先生、梅福、徐稚到苏云卿和朱耷又无一不是大名鼎鼎。这些隐士为什么要隐居于南昌?他们为南昌带来或提供了什么?这应该是个值得讨论和深入研究的命题。

但简而言之,那么多大隐士选择南昌,与南昌地偏而寂,不引人注意,加上还算过得去的风景有关。隐士之风作为一种文化,南昌这座城市自然受到了一些潜移默化的影响,那就是相对的超脱和与世无争,这一点在当今竞争激烈的时代,有着明显的负面效果,但它也赋予了南昌人一种无欲则刚的秉性。

3

隐士,实在是个很有意思的文化命题。

我在1995年第2期的《百花洲》上,曾发表过一首以"隐士"为题的诗,大概阐述了我对"隐士"的某些认识,全诗如下:

隐士隐居于名山大川,/与飞鸟、树木、花草为伴。/隐士结庐的地方,是出自国画大师笔下的风景。/隐士雪夜饮酒,香气在寒气中弥漫/使后院的梅悄然展开了花瓣。/隐士的红泥火炉从古诗里,一直温暖到今天。/隐士读书,多半是官府禁止的那种,/不是黄色小说,而是一种自由的言论。/其思想更接近飞鸟和高山,/有时也能追过一片出岫的云。

隐士赋诗属文,把肚子里的学问倒出来,/像开花一样自然。/隐士脱去绸布做的衣衫,披一袭暮霭或轻烟,出入山林。/隐士无身外负担,/像鸟一样没有钱。/隐士活得简单,却拥有一床书和一窗的云。/隐士独立黄昏,想吟诗的时候,已被苍茫的景象吟成唐诗中最动人的部分……

隐士不爱做官,斜着眼看长安街头走过的华盖高车,/逢人不报自家的姓名。/隐士曾经在朝为官,/为人耿直,得罪权奸。/隐士不喜富贵,只爱妻子亲手酿制的小酒。/隐士年约半百,见过最豪华的场面和最美的女人。

隐士淡漠功名,远离朝廷,/逃避熟悉的朋友和事情。/隐士置身异乡,以另一副面孔陌生地做人。/隐士与世无争,/选一处荒村,课三五弟子或辟几亩薄地为生。

在下昨日逢一隐士,/面貌与野老村夫相近,/谁能认出,这是昔日京都的翩翩才子,/朝中进出的赫赫高官。

隐士的一切努力,都是要做一个没有钱和没有名的人,/与当今世上的大多数朋友,正好相反。

屋檐雪滴

雪在房顶写诗

我想，隐士的特点大抵如此。隐士作为一种文化现象和历史现象，其先决条件也是文化，若是一个胸无点墨和身无所长的人，他怎么隐也是个庸人，成不了隐士。隐士要有文化积累，还要相对有一些建树，甚至还不可缺少一点知名度。有的隐士是故意而隐，但更多的是自愿或迫不得已。

故意隐居的隐士，多是想出仕为官的人。选择一处天下闻名的地方隐居，无异于当今在中央电视台的黄金时段做广告，以便待价而沽。自愿隐居的隐士，多生性好静。隐居以便潜心钻研，自得其乐，是一种高人的生存方式。迫不得已隐居的隐，多是生逢乱世，或官场腐败，隐居是为了避祸或表示一种与官场不合作的态度。在我看来，第一种隐士，南昌没有。

洪崖先生隐居伏龙山炼丹，创制音律，应是一种生存方式。西汉梅福知王莽必篡权，挂冠而去，退隐南昌西郊飞鸿山，专事学道，超脱尘世，是故飞鸿山由此改名为梅岭。徐孺子生逢东汉统治最黑暗时期，外戚宦官专权，党锢相争激烈，孺子以隐士之态回避官场，并劝忙于为官的人说："大树将倾，非一绳所维。何为栖栖不遑宁处！"苏云卿灌园东湖，隐身百花洲，当朝赠金求聘，他却始终不肯为官，可谓与徐孺子一脉相承。朱耷身为明王室后裔，国破家亡后，隐居青云谱，以书画当歌哭。这些人都应该是属于第二种与第三种的隐士。在他们身上，世俗名利之念，几乎没有；他们的人品也都正直、干净，他们在为南昌这座城市注入一种文化品格的同时，也留下了一股清正的遗风。作为南昌人应当意识到，这也是一种可珍视的财富。

4

　　一座芳名远扬的百花洲,实在不是以花闻名的,在所能见到的有关诗文乃至历史图片里,也难有涉及花卉的内容,倒有两段布满兵戈之气的历史:一是南宋张澄在百花洲上设讲武亭操练水军;二是民国肇始,百花洲上兴建江西省图书馆,由省库拨款五万余元,1928年秋动工,1930年夏落成。馆分前楼、后楼,楼高五层,主楼墙厚半米,均为钢筋混凝土建筑,占地3300平方米。馆舍布局合理,规模宏伟,与当时江西大旅社、民德路邮政局大楼并为江西民国三大著名建筑。此处既有湖山助兴,又有诗文娱情,"极登临凭眺之美,具钓游箴泳之乐"。1930年12月,蒋介石将刚竣工的江西省图书馆改造成国民党"陆海空军总司令部南昌行营"。其范围从中正公园(现八一公园)南门沿中山路至乐群电影院(后为百花洲电影院),四周均用宽厚的高墙围彻,上面有精美的浮雕。院内花草茂盛,松柏蔽日,果树林立。微风吹来,老桂花树散发出扑鼻清香。葡萄架下,巧夺天工的盆景与满院的花卉相得益彰。岗哨林立满院,戒备森严。南昌行营办公楼五层楼上,架起了江西省内第一座广播电台。为军事需要,将馆内所藏数十万册藏书,运往环湖路南34号和29号矮旧平房,腾出洋楼做军事行营。并将临近百花洲的省内第一家电影院——乐群电影院,改为南昌行营礼堂。风光秀丽的东湖和景色迷人的百花洲,皆为军事禁区。

　　百花洲经历代名人诗文之灵气和隐士脱俗之风的熏陶,经过映有东湖夜月之波光的清新过滤,其芳香仍在,并且在今天仍不断地为一座日益繁荣的城市输送芬芳。

现在到百花洲去看看，那里真是名副其实地有百花在争艳了。

在百花洲后面的东湖岸边，也有一座小小的杏花楼在飘香。它几乎成了百花洲的一个注脚，但隐藏着惊艳而凄绝的一段历史，使我们在提及百花洲的同时，不妨再告诉人家，其后还有一座朦胧着烟雨之美的杏花楼。

她应该是百花洲的妹妹。

汪大渊之蓝

说要寻一只古船,盛放那些无人认领的记忆。

1

红土地,在色彩上是有强烈视觉冲击力的,但作为土地本身,早已由它的内部成分决定了它的宿命。在中国,南昌地处内陆,一色丘陵红壤。红壤——土壤酸性,色红!土内铁质氧化后沉积,逐渐形成炫目色彩。绿色植被之下是红得黏稠、红得厚重、红得震撼、红得忧郁、红得骇然的土地。因这令人惊心且不无亢奋与骚动感的红土地意象,曾让人浮想联翩,而其结果竟是让红色意象板结和固化,从另一种层面上固封了这块土地自我超越的可能性。其实这方土地千万年前因地质原因就是这种颜色。记得读到过这样的话"其实在人的内心里,悲怆仿佛是山河赋予"。这种仿佛摆脱不了的红让我们长期忽略了:在中国历史上,它竟然是大航海家汪大渊的故乡;它竟是欧洲传教士利玛窦带着蔚蓝的海洋文化在中国停靠的一个陆地"港口"。

汪大渊之蓝,这种历史记忆的提示,使我脑中的南昌变成一艘陆地之舟,它航行在想象的红色海洋之上,给我带来激动和狂喜。

至今令人惊叹的是,在将近七百年前的中国,一个身处内陆城市的南昌人,如何会产生航海之念?南昌是座临水之城,一条赣江逶迤而过,其支流抚河延伸入城,形成大大小小的湖汊,城里多桥不假,也有小船泛行其中,但要把它说成是"东方威尼斯",显然言过其实。南昌所处的江西无直接与海相连的陆地,如果要看海,最近的也得到邻省福建,或者前往广东。

时值中国元朝,虽然这个王朝前后历时不到百年,却是中国历史上最有锐气和开拓性的王朝之一。成吉思汗的蒙古铁骑横扫欧亚。看一看元代的统治史,它几乎是一部霸气十足的征服史。

元朝,这个至今被美国作家雅各布阿博特称之为"弯弓射下的帝国",是剽悍而骁勇的。蒙古铁骑,仿佛起自东方的超强"台风",给西方世界留下过极为深刻的印象。

关于蒙古骑兵作战,身为成吉思汗子孙的蒙古族作家鲍尔吉原野有一段很精彩且令人神往的描述:"从视觉角度说,骑兵在战斗中的表现比步兵好看,骑兵在冲锋中显示威力,他们高举着马刀,马刀与身体是一条直线,同马背形成四十五度夹角,蒙古马在枪声中永远向前奔驰。战士也许有临阵逃脱的,但战马从来不会临阵脱逃。他们的主人把马镫踏直,呐喊着往前冲。这是一种决死的状态。当遇到敌人时,骑兵把马刀向左晃一下,然后右劈,那个刀下鬼可能连头带肩膀全被劈下了。""马刀是不开刃的,倘开刃,会卷刃崩豁,"他接着写,花刺子模的守军如铁桶一样箍成圆阵,神色漠然的蒙古马队像海青鹰一样冲过去,然后沿着圆阵包抄,接着是一支又一支马队射出,最终将圆阵撕裂。这是目前还在沿用的世界三大战法之一的"成吉思汗战法",铁木真自称"海子阵"。而战马,正是战马把蒙古帝国的帷帐一直推到中欧和南亚。

天苍苍,野茫茫,风吹草低见牛羊。蒙古人在游牧中求生存,苍天大野赋予了他们纵马狂奔的豪气和蒙古长调里的悲怆,其天性剽悍好战。众多的蒙古部落原为金国的臣属。随着金国的衰落,蒙古势力开始壮大,逐渐脱离金国统治。1204年(金泰和四年),蒙古诸部领袖铁木真通过残酷战争统一了蒙古高原各蒙古部落。1206年(金泰和六年),铁木真被各部落推举为"成吉思汗",建立政权于漠北。蒙古草原各部从此结束长期混战,铁木真开始不断发动扩张疆域的战争,大汗的明月弯刀以狼烟为帜,牧野流星般奔逐不息。1218年灭西辽。1219年西征中亚花剌子模,一直进攻到东欧的伏尔加河流域。1225年东归。1227年灭西夏——成吉思汗死于远征西夏的途中。1234年灭金国。1241年一度逼近东欧腹地。1246年招降吐蕃。1253年灭大理。至元十一年(1274)和十八年(1281)两次攻打日本但失败。蒙古汗国大汗蒙哥于1259年在四川攻打合州时暴死,终年52岁。其四弟忽必烈与七弟阿里不哥开始争夺汗位。1259年11月,阿里不哥在宗王等大多数蒙古正统派的支持下于蒙古帝国首都哈拉和林通过"忽里勒台"大会继承大汗位。与此同时,忽必烈与南宋议和后返回开平府(今内蒙古正蓝旗)。1260年3月,忽必烈继承大汗之位。成吉思汗时,蒙古没有固定的首都。1235年,窝阔台汗建都哈尔和林(今蒙古国境内)。1263年,元世祖忽必烈定都上都(今内蒙古自治区正蓝旗东)。1272年定都燕京,称为大都(今北京)。

这里必须指出的是,蒙古军队曾两次试图征服海上的日本,然而蒙古舰队却在不可揣摩的大海风暴里全军覆没。

远征日本的海船便是造于南昌。

对于海,横扫欧亚的蒙古铁骑束手无策,高亢苍凉的长调戛然止于海边。但蒙古人创建的元帝国的疆域如同雄阔壮丽的史诗在马蹄上展开,今天的新疆、西藏、内蒙古、蒙古国、澎湖,济州岛及南海诸岛,都在元朝治内,延伸至东西伯利亚大部分、中西伯利亚,东至白令海、库页岛、克什米尔东半部、东南亚半岛、朝鲜半岛北部。由此可以想象元朝人的胸怀也像其的疆域一样阔大。由于蒙古的势力扩展到西亚地区,使得欧洲与元朝交往更加频繁,技术交流更加迅速。帝国的经济仍以农业经济为主,生产技术、垦田面积、粮食产量、水利兴修及棉花种植等都超过前代。因漕运、海运的畅通及纸币的流行,使元朝成为历史上第一个大规模以纸币作为流通货币的政权,建立起世界上最早的完全的纸币流通制度。元代商业也极度繁荣起来,其成为当时世界上最富庶的帝国之一。汤因比在《历史研究》中说:"忽必烈的帝国从中国延伸到黑海,在他的统治下,这片广袤的疆域处于前所未有的太平时代。"尽管元朝的时间跨度并不长,在中国历史上只存在了 97 年,但它确实成就了古中国一个阔大的梦想。

公元 1311 年(元至大四年),被西方学者称为"东方的马可·波罗"的汪大渊在南昌青云谱出生。

2

关于马可·波罗,四川随笔作家钟鸣有一段有意思的文字:"马可·波罗的文化程度不高,土头土脑的国际混混(今后会出现许多类似的人),后来被关进监狱证明了这点。他遇到了一个宽容的游牧族皇帝(忽必烈汗)而能深入腹地,但问题是他没给这边带来什么,甚至一根火柴头,但至少给那边带去了关于丝绸和香料更详细的传说。其中很多丝绸出自我们的城市,但那也是在他之前很久的事了。据说,当波斯人第一次和罗马人打仗时,波斯军队突然展开了他们描龙绘凤的丝绸旗帜,旗帜在天空猎猎作响。罗马人没回过神来,立即被这丝绸上花枝招展的涂鸦吓傻了,颜色带来的恐慌使他们大败而归,这是我们唯一的一次间接性的胜利。很快,罗马人了解丝绸,丝绸开始在贵族间秘密流行起来,再后来,甚至撕开来擦鼻子和屁股,在公共浴室里垫背,以解除魔咒。最后连输送它的那些中转站和类似耶路撒冷或伊斯坦布尔这样的东方也一块被他们吃掉。"

就这么个家伙,汪大渊是否乐意贴这张西式的国际性标签呢?而其出生地——青云谱,是一个充满隐喻的地名,它既传达了道教的信息,又暗示着某种轻盈的力量。它对于南昌乃至中国而言,隐约有一种巴黎"左岸"的气息。汪大渊出生在 700 年前的南昌,这是个历史上隐者偏爱的地方,此前传说中的大隐伶伦、西汉梅福、东汉徐稚、晋代许逊、唐代施肩吾、宋代苏云卿等皆蛰伏于此,道教、理学、禅宗仿佛为南昌增加了故步自封的理由,这种自封恰恰是其偏寂与闭塞的佐证。而道家、儒学、佛禅之气氤氲着西山赣水,令这里的人似乎太缺乏冒险精神,而执迷于抱朴守拙。航海家汪大渊的出现绝对是个异数。生于斯长于斯的他不可能一开始就能说标准的官话、懂外语,只能与父母亲戚乡党说音节响亮而急促,外人听来晦涩的南昌方言,与态度隐晦又作亲热状的街坊邻人相处,读书,呼吸,吃产自现今南、新两县一带的大米。我是说汪大渊不可能做出超离南昌人几乎约定成俗的行为,可他的所为完全出乎人的意料,跟那些一辈子甚至几辈子老死也未曾出过远门的邻人相比,他不仅走出了南昌人的视线,走到了在当时看来远得不能再远的地方——他的行为与前代的隐士所走的路正相反,前者走向内心深处,他走向了大地远方,由此成为一个南昌的传奇。只是那时候人们还没有明白这个传奇的价值,充其量人们只是对他的背影充满种种想象与揣测,因为从物理意义上说,那个年代还真没有一个南昌人比他看得更远,见得更多。

我至今仍然好奇,在元代内陆的南昌,汪大渊如何会有那么大的勇气走出人们的视线,走向大海,漂游诸国。在他走出国人视线的同时,他就走进了历史的视野。究竟是什么吸引了他,给了他力量,是什么样的勇气使他在没有官方资助完全靠自己的情况下两度出海,完成他的人生航海历险之旅。今天有人这么做不难理解,但在600多年前,比1405年明成祖命三宝太监郑和率领240多艘海船、27400名船员的庞大船队下西洋还早75年,比世界大航海家哥伦布发现"新大陆"还早162年,当西班牙人还以为海洋的尽头有魔鬼守候时,汪大渊早已在海洋里跑了两个来回,而葡萄牙航海家麦哲伦、达·伽马更是在汪大渊之后才开始他们著名的旅程。在这里我们有理由说中国人向海洋的进发甚至早于西方很多航海家,但海洋带给我们的收获远没有西方人大。中国广阔的陆地面积反而束缚了我们向海洋索取回赠,虽然说我们的航海时代从汪大渊就已经开始,但到现在还远远落后西方。汪大渊几乎和马可·波罗同处一个时代,他们一东一西进行了各自伟大的旅行,前者向历史交出了《马可·波罗游记》,后者交出了《岛夷志》。在他们后面的郑和、利玛窦身上,几乎都能看见二者的影子,抑或他们的影子在隔代相遇、重叠、印证、循环。

在汪大渊出生的这一年,元仁宗即位,推行"以儒治国,以佛治心",并革除武宗弊政。而此时西方的意大利正在开始文艺复兴,文艺巨匠但丁·阿利吉耶里(Dante Alighieri,1265—1321),是现代意大利语的奠基者,欧洲文艺复兴时代的开拓人物之一,以长诗《神曲》留名后世。恩格斯评价说:"封建的中世纪的终结和现代资本主义纪元的开端,是以一位大人物为标志的,这位人物就是意大利人但丁,他是中世纪的最后一位诗人,同时又是新时代的最初一位诗人。"意大利早期文艺复兴时期的著名诗人、学者,人文主义的奠基者是彼特拉克。乔万尼·薄伽丘(Giovanni Boccaccio,1313—1375),是以故事集《十日谈》留名后世的意大利文艺复兴时期的作家、诗人,意大利文艺复兴运动的杰出代表,人文主义者,其代表作《十日谈》被视为文艺复兴的宣言。但丁、彼特拉克、薄伽丘合称"文艺三杰"。这欧洲文艺复兴的"三杰"和汪大渊并世。在汪大渊出生的前一年,但丁写出了《论世界帝国》,里面有这样激动人心的论述:"只有出现一个绝对的、权威的世界统治者,建立一个囊括四海的尘世帝国,才能协调不同人、不同民族的意志,谋取盛大的和平。"但丁论述的这一切似乎在东方的元世祖忽必烈大帝的手中实现了。

3

1275年当来自意大利的青年马可·波罗闯进草原帝国忽必烈的帐篷时,他不能不承认,在东方所看到的一切,或许恰是中世纪西方人心里的辉煌梦想。以致二十世纪的意大利作家卡尔维诺仍在他的杰作《看不见的城市》里,向忽必烈表达敬意。

可以想象在那样一个时期,东方和西方人都在心潮涌动。尤其古老的中国正由元人统治,马背上飞翔的梦想和激情没停歇,不会被元大都的宫殿所固定,草原上的青草气息和飘动的白云总在牵引着人对远方的向往。帝国上下无不试图在土地疆域或是思想的疆域上往前迈出一大步。在这样的大背景下,内陆城市南昌在元朝实行的十一个行中书省中,为江西省治所在地隆兴。其时隆兴是个手工业非常发达的城市,尤其经过两宋以后,丝织、陶瓷、造船、印刷等行业都堪为江南的翘楚。而仅造船一项,这里就为善于陆地飞奔的蒙古军队提供了向大海扩张的可能——元军两次东征日本,隆兴都是为其打造战船的基地之一。王勃在《滕王阁序》中曾提到"舸舰迷津",说明唐朝时便有很多楼船战舰布满了南昌的各个渡口,可见当时南昌的造船业非常发达。宋代,很多远洋船也在此造出来,到元朝时从这里冒出个大航海家汪大渊来也便恐非偶然。而当时南昌在刻书印刷之术方面更是全国的一个中心,白纸、观音纸、清江纸等优质纸张闻名遐迩,元世祖将象征朝廷威严的"文化名片",帝国颁发的"历日"特批给隆兴刻印。当时官方推行的儒学典籍《春秋纂例》《辩疑》《微旨》也都由隆兴刻印,可以说,在元朝南昌是仅次于帝都(北京)的全国第二大印刷出版中心。而浮梁的茶叶、景德镇的瓷器、南方的夏布、竹制品、木材、粮食等都是江右行商纵横南北的硬通货。可以想见当时南昌的赣江、抚河码头商贸船运的繁忙,大量外来的信息也吹拂和撩动着南昌人的思想。所谓"生意兴隆通四海,财源茂盛达三江"已不仅仅是贴在南昌人商铺两边的大红对联,一条船从赣水而行便可去追寻三江四海的财富。

少有大志的汪大渊,人生第一次在南昌广润门码头搭上了一条商船。与出外经商的人不同,他此行出外的目的不仅仅是学做生意,更是为了扩大胸怀,广闻博见,以此来扩充自己在书本上学不到的知识。

赣水的鱼腥气息和迎面吹来的风,使登上船的少年汪大渊兴奋不已。他身后的红色激壤正被两岸稻青色的景物所替换,沿岸的色彩在不同时辰的光线作用和不同植物的变化中闪出迷人的景致。只有江水始终捉住他的影子不放,仿佛一种提前告知的旅行者的宿命。而青云谱作为家的底色,在他内心永远处于不变的位置。

水,在中国古代不仅是生活的命脉,也是交通的命脉。对于远行者、货运者而言,船是大大优于马车、牛车、驴车等动物性代步工具的,在没有火车、飞机、轮船的年代,木头制造的船就是人们通向远方的工具。站在船头的汪大渊一定被江风将他第一次远游的兴奋撩拨成了波浪般激动的诗怀,他早年读《史记》时就憧憬着将来自己能像太史公那样壮游天下,其父母在他的名后,给他取字"焕章",寄寓《论语》中"焕乎其有文章"的期望。

现在,他的眼睛里闪动着诗意的波光,他要从水中看到自己的命运,也要看到将来所要走的更多更远的路,那印在水上的脚印必定会成就自己的生命和文章。

他内心已隐约萌动着更广大的宏愿。最先进入汪大渊游历视野并让他产生深刻印象的是泉州。元代泉州是中国最大的港口,是当时的世界性的港口城市之一,不比意大利同时代的商贸港口城市威尼斯逊色,是海上丝绸之路的出发地。

汪大渊像每个好奇的游历者一样,欣喜地看到各种肤色和操各种语言的人们——元代蒙古西征,大批中亚、西亚、东欧人通过投附、俘虏等渠道来华。元朝政府将他们按其原部族大小,做集团性的安置,这些东来的西方人多保持其原有的语言、风俗、宗教信仰,形成相对独特的一个社会阶层,亦即元代的色目人阶层。色目人,乃元朝对除蒙古以外的西北各族、西域以至欧洲各族人的概称。"色目"一词源于前代,意为"各色名目"。元人使用"色目人"之名,就是指其种类繁多。当时色目人有多少种,说法不一。元末人陶宗仪在《南村辍耕录》中列举了三十一种,清人钱大昕的《元史氏族表》则列为二十三种。色目人在元朝建立和统一全国的过程中大量进入汉族居住地区,他们作为蒙古人征服中亚和西域的归附者受到元朝的重视,被列为全国四等人中的第二等人,待遇仅次于蒙古人。元朝把治下人等划分为蒙古人、色目人、汉人、南人四等,并据其所处等级在为官、刑罚、禁令、赋役等方面做出了与之相应的政策或规定,色目的上层人物,有的是军队将领,有的是政府官员,有的是大商人。色目官员在元朝各级政府机构中占有一定地位,他们可以担任汉族官员不能担任的职务,因此像马可·波罗这样的西方人也能长期在华逗留并在元政府任职。

历史上泉州港起于六朝,兴于五代,迄至宋元是为其海外贸易的黄金时代。有关南宋泉州的海事,绍兴年间的叶庭珪,在繁忙的公务之余,把商务的枝枝蔓蔓记入《海录碎事》。宝庆年间的赵汝适,更是把泉州港与六十多个国家地区的贸易情况写成《诸蕃志》。今人研究泉州港的发展史,一般从《诸蕃志》入手。泉州城南的聚宝街古时是"番货远物,异宝珍玩"的集散地。蕃船浩浩荡荡地由后渚港驶入街边码头停泊,货物又经人挑马驮转运到这里,许多不同肤色、不同语言的商人谈得正欢。马可·波罗曾经断言:"假如有一只载胡椒的船到亚历山大港或到奉基督教诸国之别地者,与之相对应起来,必有一百只船到这刺桐(泉州)港。"元代泉州是当时世界闻名的海港城市。许多外国商人来到这里,经营各种进出口贸易,不少中国商人也由泉州去海外经商。

元朝人几乎已经在和欧亚地区的大半个世界在做生意,各色人等在这样一个港口交织互动如穿花蝴蝶,中国早年开放窗口在这显得尤为光怪陆离。东西方的商品交易居然如情人约会般热烈迷狂,港湾里世界各地的船只此出彼入,好不热闹,特别是那些中外商人、水手所讲的外国风情,是那样生动、有趣。这些都深深地感染了汪大渊,也使他从赣江南昌的广润门码头至泉州港口大码头,在眼界与思想上有一个飞跃。他看到了景德镇的瓷器从这里抵达非洲,那些目力所不能及,甚至连想象也处于盲点的远方国度,此时仿佛在向汪大渊招手并且发出呼唤。这些促成了他后来两度远洋航行的壮举。

4

1330年从南昌到泉州,二十岁的汪大渊以现在年轻人来看,不过是个大学二年级的学生,或许正谈着他生命里的第一场恋爱,正在经历"生活在别处"的人生成长的重要转型,正在接受思想和学业上的八面来风,正在跟自己的理想抵死相缠。而实际上,汪大渊正经历着第一次远游,在远游中不仅接受了现实对人生的洗礼,更重要的是领受了他生命中至为壮丽的一次头脑风暴,并且找到了一生中努力行走的方向。在泉州出现的景象仿佛是他在青云谱的梦中反复闪现的画面,一个港口,陈旧而色彩斑斓,来来去去的船,色目人,耳朵里嗡嗡飞舞着各种外国语言,蓝色的眼睛,如同海水。这熟悉又陌生的事物又似渗透了前世今生的体验,他兴致勃勃地穿梭在那些商人和水手中间,谈论货物、商品、贸易,更关键的是打听海上的消息,诸如从泉州出港的船只将驶往的国度等。

汪大渊以一个商人和旅行者的双重天赋与敏感捕捉到历史给他提供的机遇,使这个南昌的青云谱人完全突破了红壤地域的包围而吸取蓝色海洋的元气,在大脑风暴里完成了精神的涅槃,从而令他拥有了和内陆人全然不同的思想与行为,他将比自己早年崇拜的内心偶像司马迁走得更远,他要做一个海上的徐霞客。

帆船以海上穿行的美丽的旅程诱惑着他,仿佛宣纸上写下的一行诗,如同早年随口的一句话,竟是生命里无法逃脱的谶语。

然而,航海远不是诗意呈现的那样,在远洋轮船还没有出现,航海业仅仅以人的肌肉里蕴藏的能源为动力的年代,与今相比极其原始的木质海船、绳索、帆和粗鲁的水手,几乎就是与不可捉摸且反复无常的大海打交道的全部。显然在这方面,西方人更善于与他们的海神波塞冬周旋,马可·波罗先于汪大渊渡海而来。现在轮到汪大渊了,中国千年的历史选择了南昌青云谱人汪大渊,在那一刻,他好像灵魂附体,就如米沃什在《使命》中所言:

> 在恐惧和战栗中,我想要实现我的生命,
> 就必须让自己做一次公开的坦白。

出海去!这早年耳边常常无端出现的冥冥呼唤,在这一刻成为具体行动,除了死亡,再大的海洋风暴也不能制止他了。汪大渊知道与征服海洋相比,最大的战场还是内心,内心是个比海洋更让人恐惧的深渊,正如成吉思汗所说:"最难的战斗在自我,在内心——"

仿佛是身后激烈迷狂的故乡红土地把他推向了海洋,此时,汪大渊已决定闯过这一关,如历人生不可逃避的大劫,但机遇和奇迹也恰恰就在这里。吊诡的是,人被历史推到了如此境地,自己往往浑然不觉。汪大渊当时绝对没有想到他出海的决定,对于一个古老的大陆国家来说是迈向蓝色之海走向世界的历史性的一大步,他不仅挑战了自我,也挑战了世界。

耳畔的元杂剧唱腔在勾栏瓦肆间流转,仿佛花团锦簇的盛宴还在高潮,而内心与世界签订的契约已尘埃落定。

这一年(元文宗至顺元年),汪大渊搭远洋商船从泉州港出海了。

航船出海的日子可能风平浪静,白色的海鸥擦过深蓝的海平面,划出耀眼的弧线,汪大渊为这一天的到来还是做了充分的准备。面对航

汪大渊之蓝

船徐徐驶出的港口,面对前方不可预知的风暴和全然陌生的国度,他不是国家使节,也没有担负官方责任,更未获得任何官方资助。他对这次踏向未知的海途绝非心血来潮,更不是出于纯粹好奇,而是发自内心的自愿。他唯一的身份是江右商人,他在船上囤积了瓷器、茶叶、丝绸,这是流通世界的中国名片,也是他远行的经济保障,他可以一边做生意,一边考察异国的风土人情,将自己的所见所闻记录下来。

对于一个商人而言,海上没有养尊处优的生活,只有一次又一次翻肠倒胃的呕吐在等着他。尤其对于一个生长于内陆地区的人来说,海上的日子颠簸异常,此时,他才发现飞翔在波峰浪谷中的海鸥是如何骁勇,它们像水手一样是大海的真正骑士,比蒙古人的骑兵还要勇敢。

汪大渊经历过晕船、呕吐,突遇台风、狂雨的鞭打,他在海船上根本站不稳,大海仿佛有意要把这个内陆人从甲板推落水中,汪大渊让大胡子水手把他捆绑在船杆上,才经受住了海暴考验,他渐渐开始适应航行,学着跟水手观察海水、云气、风象、天色,慢慢也能熟悉海的脾气。他看到了如荷马史诗中所记的"玫瑰般的黎明",海洋里的鲨鱼骸骨,腐烂的船骨与锈蚀的锚,听到了水妖的歌声。遇到异域的女子向他露齿粲然一笑,他会突然心有感伤,想起故乡汪家坡邻家女孩那笑靥如花的脸和离别时缠绵哀怨的眼神。每至此际,汪大渊会深深吸一口咸湿的空气,平复内心的激动。这次航行从泉州经海南岛、占城、马六甲、爪哇、苏门答腊、缅甸、印度、波斯、阿拉伯、埃及,再横渡地中海到西北非洲的摩洛哥,再回到埃及,出红海到索马里,折向南直到莫桑比克,再横渡印度洋回到斯里兰卡、苏门答腊、爪哇,再到大洋洲,从大洋洲到加里曼丹岛,又经菲律宾群岛,他见惯了岛国的棕榈却愈发思念故土的香樟林。1334年(元统二年)夏秋间,汪大渊返回泉州。

出海时是一个满身书生气的小伙子,回来时已是一个衣衫被海洋染成蓝色的双眼阅遍异域风物的航海客。有人说汪大渊发财了,赚了很多外国人的钱!也有人说,汪大渊亏大了,几经风暴,穿行异国他乡,九死一生,能带自己一条性命回来已不容易了。汪大渊笑而不语,他的生意仍在做,从内地贩来的货物再次装上了出海的商船,他要用行动来告诉别人,赚钱亏本都不是大事,重要的是外面的世界更精彩。

1337年(元惠宗至元三年),汪大渊第二次从泉州出航,游历南洋群岛、印度洋西面的阿拉伯海、波斯湾、红海、地中海、莫桑比克海峡及大洋洲各地。

汪大渊到澳大利亚后近二百年,欧洲人才知道世界上有这一大陆。

水手们从汪大渊的脸上很容易读懂两个字——乡愁,他那独特的中国南方乡土气质在海洋世界穿梭交汇,而遍历风浪与异彩的目光,能够一眼看穿海洋和陆地,洞悉世界内部的忧伤。他对海鸥说:该回家了!

5

汪大渊此时几乎是用一个老练的海上客独有的方式在与他所漂流的海洋告别。他感谢海浪塑造了他的意志,感谢风暴锤炼了他的体魄,感谢咸腥的鱼让他结识了海洋的神灵,感谢每一次停泊的岛屿与港湾、城市和异邦,给了他广博的见识与眼界。他见到异域的美丽女人和天使般的孩童,他拜谒了先知般的老人和与神无别的僧侣。他既是传奇、神话、寓言般故事的见闻者,见证人,亲历者;又是各种奇异秘事的冒险主人。多年的航海生活使他本身就成了传奇,这是汪大渊在未出海前想都不敢想的,现在他都亲身经历了,见闻了。两年后从海上再次回到泉州,他也许两手空空,但他心里清楚自己胸藏富矿。接下来的事,就是将航海的珍贵见闻写出来,这同样是上天仿佛冥冥中交付他的此生使命,也是他曾经想象用一生的时间和经历来模仿汉太史公所做的事业。

动荡颠簸的航海旅行生活一结束,汪大渊进入平稳安静的书斋生活,他校对前人志载,整理自己的记录。由大动而大静,静中的汪大渊的身影叠印着动荡的海上的船帆,他用了整整五年的光阴,以记在纸上与刻在内心的真实见闻来校对前人的记载,发现其中许多"大有径庭"。那些未曾实地考察而是通过抄录他人文字及收集道听途说写下的东西,怎能经得起一个"老江湖"的毒辣眼光。有意思的是,无论隔朝隔代还是天各一方,有些人往往能在书本的文字上相逢。五十一年前一个身份几乎与汪大渊相同的西方旅行者兼商人,在中国游历四年后回到故乡威尼斯撰写了他的东方见闻录《马可·波罗游记》,但马可·波罗似乎没有汪大渊幸运,他因在一次威尼斯和热那亚之间的海战中被俘,不得不在监狱里口述旅行经历,让别人代笔。汪大渊却是以书斋中皓首穷经的严谨态度著述——"皆身所游焉,耳目所亲见,传说之事则不载焉"。为它作序的泉州地方官、著名文人张翥说:"汪君焕章当冠年,尝两附舶东、西洋,所过辄采录其山川、风土、物产之诡异,居室、饮食、衣服之好尚,与夫贸易赉用之所宜,非亲见不书,则信乎其可征也。"汪大渊有两度航海的六年游历,又费五年案头功夫,完成了他的《岛夷志》。全书共分100条,前99条记载和涉及的地点总计220个,均系作者亲睹,其说可靠;其第100条"异闻类聚",是摘录前人旧记《太平广记》等书而成。此书是元代中外海上交通最有价值的地理著作。他为后来的航海者提供可以信赖的经验和参考,同时打开了元代中国人的眼界,让人们把眼光投向海洋,可以看见更广阔的世界。1867年以后,西方许多学者研究该书,并将其译成多种文字流传,公认其对世界历史、地理的伟大贡献。

此前，威尼斯著名商人和冒险家马可·波罗撰写的其东游的沿途见闻，以大量的篇章，以热情洋溢的语言，记述了中国无穷无尽的财富、巨大的商业城市、极好的交通设施，以及华丽的宫殿建筑。在他笔下，中国仿佛一个繁花竞放的世界。

这一东一西的旅行家似乎在相近的经历和同类型的叙述里相遇，尽管一个是向西方人介绍中国，而另一个人是向中国人介绍东、西洋。我仍记得《马可·波罗游记》那令人激动的开篇是这样写的："皇帝、国王、公爵、侯爵、伯爵、骑士和市民们，以及其他所有人，不论是谁，如果你们希望了解人类各种族的不同，了解世界各地区的差异，请读一读或听人念这本书吧！"

这开篇语如同在广场上吆喝的广告，这个比喻也适用于汪大渊的《岛夷志》。

1350年（至正十年），汪大渊从泉州回到故乡南昌青云谱。在乡邻看来，汪大渊并非像为官者那般荣归故里，而是满身疲惫与沧桑。从泊在广润门码头的船上卸下的几只描粉涂金的箱子却是挺沉挺沉的，里面十之八九装满了财宝——确实是宝，但不是常人眼里的金银，而是汪大渊航海途中收集来的奇异珊瑚、贝币等各种稀奇古怪的东西。真正的财富在他内心，那些航海的珍贵见闻和阅历是他这些年来的最大收获，也是人类航海史上的宝贵财富。也许那时的南昌人还意识不到英雄返乡，因为与汪大渊带回的物质财富相比，人们显然没有注意到他行囊里带回的《岛夷志》书稿，乡人对商人身份的汪大渊的认同以及对他物质财富的热情，无疑远远高于他曾经的航海经历和著述。左邻右舍只知道汪大渊到外面甚至很远的地方做了很多年的生意，现在回来，虽不能跟做官的相比，算不得衣锦还乡，却还算赚了些钱吧！只有南昌的不多的几个文人,知道汪大渊带回来了宝贝。当时南昌著名文人虞集,读到汪大渊的著作惊喜有加,他们甚至赋诗唱和。于是,百花洲头,乌遮塔下,东湖酒楼,又能看见几个文人熟悉的身影。他们谈诗论文,倾听航海冒险故事和异域趣闻,每每兴味盎然,乐此不疲,已往的感觉好像又回来了。汪大渊的返乡,不可能敲锣打鼓,鲜衣怒马,与官员相比,其声势可能是零,正如他当年悄悄从广润门码头溯江离开。他的回乡只对少数几个朋友来说是大事,不下于烹油着锦、煮酒青梅,那样精彩绝伦,那样山高水长。

汪大渊向豫章故郡的朋友们出示了一支珊瑚,那是大海给他的信物。一支采自大佛山(今斯里兰卡)附近海域的奇异珊瑚,那是大海内在语言的特殊凝固,包藏着海的声音、色彩、信息,是对来自内陆航海者探险家的勇气与智慧的赞赏,是蓝色海洋对红土地的馈赠。其颜色、质地、形状,在让汪大渊看到的那一刻,就完成了一种交流。

相关资料记载,汪大渊采得奇异珊瑚很兴奋,"次日作古体诗百韵,以记其实"。回到故乡后,"豫章邵庵虞先生见而赋诗,迄今留于君子堂以传玩焉"。

珊瑚暗喻着古老的时间和等待,仿佛一句凝固的箴言,而时间在海水(时间)里弯曲,伸出妖娆的手,期待与谁相握,美丽、耀目的色泽是沉淀,更是对海洋浮光掠影的摹写与雕琢,是偌大的海洋藏在内心的珍品——涅槃与永生。

我可以想象由于汪大渊的特殊经历,即使他穿行在南昌的街巷沉默不语,知道他的人也能从他的眼睛、面孔,及身体语言里读出丰富的叙事内容。海洋、异邦、岛国、蓝色的太阳——我姑且将那不同于红壤上的阳光称为蓝色的——无一不在他的身体细节上留下了痕迹。如果是今天,像这样一个举国无双的航海家,完全可能成为民间英雄和无数怀有蓝色梦幻的少女心中的偶像,但元代的中国,少女可能崇拜蒙古武士,而不知道人还能航海去那么远。那是一个未曾远航的人的想象根本无法抵达的,所以未激起闺房中的汉家女心中的任何波澜。而他的传奇只属于少数有限的几个文人朋友。他过滤掉个人叙事成分的"客观"见闻,尽管那些"见闻"里也充满了奇趣,仿佛只属于文字和纸张,他的身体似乎不在场,于是史料几乎同样抽空了汪大渊的个人叙事。

汪大渊回南昌要做的重要的一件事,是将《岛夷志》刊印成单行本,南昌作为当时全国刻书印书最为发达的城市之一,是《岛夷志》刊印发行、广为传播的不二之选。据查现存的《岛夷志略》,在吴序之前有张序,即源于南昌所刻的单行本。

6

2002年3月,全球各国媒体都报道了同一条消息,63岁的前英国潜艇指挥官加文·孟席斯曾意外发现了一张1459年绘制的航海图,图中画有中国帆船,经他长达十四年的研究,写了一本书《1421:中国发现世界》。书中指出,600年前中国有位叫郑和的航海家带领世界上最大的船队七次跨洋远航,到过东南亚、西亚和非洲大陆,还到了美洲、大洋洲,甚至南极洲。然而早在郑和前,南昌人汪大渊几乎就航海到了大洋洲,郑和的航线是参考过汪大渊的航海记录《岛夷志》的。孟席斯试图证明:是郑和而不是哥伦布最先发现了新大陆。此说固然有争议,但有一点是清楚的,哥伦布毕竟是新大陆发现的命名者,西班牙王室在他的艰难劝说下,仅仅用了两餐王室宴会的钱,就换到了一个新大陆(金钱、金属、香料、珍珠和其他资源),郑和与汪大渊纵然远远早于哥伦布到过那里,可都没有命名这块大陆。按现在的说法,没有命名就像没有注册一样,享受不了知识产权。这或许是中国人的弱项,这是缺乏扩张性、占领欲和所有权意识使然。然而没有向世界宣布的事难道就真的仿佛没有发生吗?哥伦布航海冒险,就是带着海盗般的贪欲冲着黄金去的。郑和率领的是冠冕堂皇的大明帝国的皇家船队,目的是晓谕四海,宣扬明成祖朱棣治下的国威,他要送金银、丝绸、瓷器、茶叶给海外诸国,让别人蒙受他的皇恩,航海本身就不具备对任何一片土地的侵略和占有。而汪大渊作为一个民间航海家,不具备任何官方资质,人人都认为他是出海做生意,他的活动在当时不可能引起世人瞩目,如果他不留下《岛夷志》,很可能他的航海经历会被历史抹去。船划开海面,又悄然合拢,好像什么也没有发生。现在看,汪大渊与郑和都是与伟大的发现擦肩而过的人。仿佛当时只要他们开口,只要他们宣布,只要他们说出就会被人记住,但是他们没有。他们有航海乃至开创"大航海时代"的勇气和智慧,却没有试图向世界证明自己所到之处的发现意识,更没有命名意识,这也是东西方文化的巨大差异。汪大渊、郑和作为世界航海先驱,他们当时的航海经验和技术完全是领先世界的,但自郑和之后大明帝国颁布了"片帆不得下海"的严格禁海令,视海洋为禁区,导致中国人的海洋意识淡薄,航海远落于人后。至晚清与日交战,让人简直不敢相信出现过"航海英雄"汪大渊、郑和的国家的海军——"北洋舰队",竟全军覆没!

在这繁忙匆匆的人世,人往往来不及好好思索,上百年转眼就过去。我们一生低头做事,低头面对白米粒,抬起头时,已白发如云。远处有海,天边有白帆,空中有神祇。地球很大,星河宇宙更是浩瀚。纵然我辈庸碌,忽然发现眼前还闪着汪大渊之蓝,还有罗盘、指南针、航海、盐的咸味,世间就有召唤。

利玛窦之书

1

当我们面对记录着汪大渊蓝色行程的《岛夷志略》,不可不想到马可·波罗的游记,也自然会想到利玛窦的《中国札记》。尤其利玛窦,他和南昌还有很深的渊源。早在上世纪七十年代末,我就读过一本商务印书馆绿色封面的利玛窦的札记,其中有诸多对于明代南昌的直观描写,令我记忆尤深。这次又专门去书店买到一册2010年中华书局版精装本利玛窦、金尼阁《利玛窦中国札记》。从马可·波罗到汪大渊,再到利玛窦,前者比汪大渊早55年开始他的中国之旅,后者比汪大渊晚252年来到中国,并于1595年开始在南昌传教3年,1610年死于北京。他们三人身上有很多奇妙的关联。论身份,他们都是历史上早期具有冒险精神的跨国旅行家;论行迹,两位不远万里横渡大海历千难万险、九死一生,从西方的意大利来到元、明两代的中国,一位则从中国远涉大海作东洋、西洋探险之旅。而这其中,位于两位"老外"中间的汪大渊,在历史、地域与文化上都与他们密切关联着:汪大渊很有可能知道在中国逗留了四年并被忽必烈赏识的马可·波罗;尽管隔一个朝代,相距二百多年,在南昌待了几年的利玛窦肯定也听说过当地出过一位航海家汪大渊。他们的灵魂彼此隔着或长或短的时间相逢,他们的足迹在不同时间的同一地点际会,并且碰撞出人性和文明的璀璨火花,让我们从东西方历史文化坐标系上看清了他们的价值与意义。

一部《岛夷志略》可以看到汪大渊的航海行迹,一部《中国札记》可以看到利玛窦在中国大地的行迹,看到明代的南昌。翻开书页,回到记录者自身不朽的开头,回到汪大渊的故乡和利玛窦进入中国传播西方文化的一个重要地点——南昌。通过印在红色土壤上的一行湿漉漉的带着海腥气息的脚印,我们看见了利玛窦的蓝色背影。

可以想见,当利玛窦来到这里,面对无边的红色丘陵如大海般激烈起伏地伸展着,上面同样疯狂且肆无忌惮地生长着绿色植被,这身负上帝的指令——"你们要去,使万民作我的门徒"(《圣经·新约·马太福音》)的传教士,嘴里一定不由自主地念叨一句:"我的主!"

"这个国家在一个时候称为唐,意思是广阔;另一时候则称为虞,意思是宁静;还有夏,等于我们的伟大这个词。后来它又称为商,这个字表示壮丽。以后则称为周,也就是完美;还有汉,那意思是银河。在各个时期,还有过很多别的称号,从目前在位的朱姓家族当权起,这个帝国就称为明,意思是光明;现在明字前冠以大字,因而今天这个帝国就称为大明,也就是说大放光明"——当利玛窦在他的札记中写下这一段对中国朝代名称近乎"说文解字"式的阐释时,他在中国的前景却并非"光明"。他一路磕磕碰碰走来,简直就像当时的一个中国秀才吴承恩刚写完的《西游记》里取经的唐僧,正在历经九九八十一难。1583年9

月,利玛窦与罗明坚进入中国,在此前一年,大明帝国首辅张居正,缠绵病榻半年以后,于万历十年六月二十日,在痛苦和污秽中死去。他的死,成为明王朝愈加步向衰微的一个节点,而张居正的死也诡秘无比。《明史》未载他所患何病,据他自己在书信中说是因为痔疮,多年误治,访得名医割治后却消耗太大:"衰老之人,痔根虽去元气大损,脾胃虚弱不能饮食,几于不起。"但时人王世贞,文坛"后七子"的领袖兼史家,却在《嘉靖以来首辅传》中明言,夺了张居正的命的并不是区区痔疮,真正病因是他吃多了壮阳药,药性太过燥烈,又服用寒剂下火,因此发而为痔。数十年后文人沈德符在《万历野获编》中说得更详细,不仅认定张居正确因滥服壮阳药耗竭元气而亡,还指出张居正所服之药为腽肭脐,即高档滋补品海狗肾,此物药力强劲。沈德符所载,张居正"严冬不能戴貂帽",天天服食壮阳药自然暖和,只是苦了百官,再冷的天也只能跟着"太师张太岳先生"光着脑袋挨冻。还有明人笔记《五杂俎》云,张居正死时"肤体燥裂,如炙鱼然"。而送海狗肾给张居正的不是别人,竟是负责海防的名将戚继光。沈德符言之凿凿:此妙物"盖蓟帅戚继光所岁献"。读史至此,我不得不再次感叹历史的吊诡,也许恰恰是吊诡,才映衬出历史多面性。其实,"张居正之死"远远超出了他个人肉体消亡的本义,它暗喻出整个帝国的命运,利玛窦正是在大明王朝回光返照的昏黄时分来到了中国。

2

　　1595年,(万历二十三年)利玛窦来南昌也是迫于无奈,他的目的在于北上,由于正逢中日交战,国人排外,其北上计划受阻——这也是他本人在札记中记述的——利玛窦随北上任职的兵部侍郎石星之子治病,而获得了去南京的机会。但是到了南京以后,局势迫使利玛窦无法北上,他又找关系想留在南京。然而这一盘算也落空,他几乎是被这位曾经熟悉的官员朋友、工部侍郎徐大任不客气地驱逐出了南京:"这位官员贪婪到在家里只过极其节俭的生活的地步,活像个叫花子。他生活的唯一野心是从一个高位爬上另一高位……一见到利玛窦神父,他似乎对他的意外出现表示惊愕,但他要获得诱人的礼物的愿望打消了他的惊异。他大声嚷叫,告诉他的客人说,他到这城来是打错了主意。南京不是外国人住家的地方。奉劝他尽快离开,动身到别的地方去。"他只好折返南昌,利玛窦一踏入南昌就被听起来尖利、急促、聒噪的方言所包围,与此形成对比的是每当他独自步行或沉思,又往往被没头没脑般冒出来的满是慵懒、闲适且淡漠的鹧鸪声牵引——跟他所待过的澳门、韶州、肇庆那些沿海城市相比,这些是"内地"的声音——是当年漂洋出走前往异邦的汪大渊在海上苦苦思念且一辈子都不忍割舍的乡音。然而,这"内地"的声音对于异国他乡的利玛窦而言,则要花相当长的时间才能适应。利玛窦知道,要进入一个地方的人的内心,首先必须了解、听懂并习惯它的声音——方言发音、动植物乃至一些其他事物所发出的音响。一个地方有一个地方的声音、气息、颜色,而声音是直接抵达内心的。

作为传教士在中国传教,利玛窦当然想通过汉语著述天主教义来吸引中国人,"练习用他们的语言写作,作为一种吸引捕捉他们心灵的手段"。因此,他先在澳门努力学习汉语。开始学习汉语的利玛窦对与拼音文字完全不同的汉字感到很兴奋,觉得非常不可思议。此外,在澳门的时候正好有来自日本的天正遣欧使节团路过,利玛窦趁此机会还学了一点日语。

在南昌,利玛窦尚可以搬用他学会的一些带粤语口音的普通话,辅以手势跟内地人进行吃力的交流。但两种不同的声音一开始就在空气中产生了剧烈的摩擦碰撞。

事情是由利玛窦参观南昌万寿宫时引起的。万寿宫,是利玛窦落脚南昌的第一站,尽管他在未进入南昌之前就遇到过"下马威"——他在万安十八滩落入水中险些被淹死,"利玛窦神父被刮进河里,因为不善游泳,他只能听天由命,任凭在这特殊的方式之下丧生,他在水下觉得手被绳子擦了一下,他抓住绳子,拉了又拉,终于把头露出水面,绳子就系在他船上,所以他抓紧它,直到他爬上一根漂浮的木头,他就在那上面划动,终于碰到他自己的书箱漂过,他抓住了它才获活命"(《利玛窦中国札记》),然而他的一位同伴巴兰德布命丧激流。这一回与水无关,他在南昌人无比崇仰迷信的铁柱万寿宫,见当地人无不对供奉的许真君神像虔敬万分地跪拜磕头,他十分好奇。许真君——南昌人心目的地方保护神,自然与他心中的至高无上的神不同,他的神是天上的上帝,而许真君是地上的裤脚上沾着赣抚泥浆、散发汗味的平民之神,他得道后"鸡犬升天"的传说不足以取信于信奉"洋神"的利玛窦,而利玛窦的上帝更无法对地方神祇万分膜拜的南昌人产生有效说服力。反之,对于在一旁发出怪声怪调的利玛窦,万寿宫的香客甚是恼怒,几番话语摩擦,惹得香客火起,硬要揪着利玛窦向许真君神像磕头下跪,心中装有上帝这座大神的传教士怎么也不可能向"异神"膜拜,他在决定侍奉上帝那刻就不再有二心,甚至愿庄严地为这份神圣的信仰"牺牲","牺牲"本身就是个宗教名词,他愿成为上帝的祭献品。现在他遇到了中国南昌万寿宫的神,那些香客们自然不似利玛窦有传教的口才,利玛窦有传诵他的上帝的口才,但面对愤怒的香客,他搬弄中国话的嘴皮子本就不利索,一张口说到"主",香客们就要以许真君的名义撸袖子以"中国功夫"揍这位"西方传教士"。好在有个见过世面,且嘴皮子利落的水手出来为利玛窦说话、打圆场,对激动的众人说:这个外国人是不拜偶像的。方才将他从万寿宫炽怒的拳头下拽出来。

牺牲,在中国传统文化乃至宗教谱系里更多只是一种仪式,丝毫与自己的身体无涉,而西方宗教中,"牺牲"一词是身体在场感的一种祭献或救赎之路。

因此当利玛窦踏上中国的传教之途时,他是怀揣着"牺牲"这一份圣徒之心志的。

3

每一个传教士的内心都有一座通往上帝的巴别塔,这种"巴别塔情结"被利玛窦小心呵护着带到了中国,他眼前的万寿宫以匍匐的歇山顶屋檐向大地展开,仿佛一只翅膀受伤的鸟,怎么也飞不起来,通向天空的梯级已经取消,信众(香客)如何亲近内心的神祇?这显然不是他认为的巴别塔——《旧约·创世记》宣谕"我们要建造一座城和一座塔,塔顶通天,为要传扬我们的名,免得我们分散在全地上"。利玛窦也要在南昌建一座巴别塔,那不是南昌几个朝代前就建好的绳金塔,也不是塔下的千佛寺、万寿宫,他起意盖一座教堂,让福音的传播有一个场地。他必须用一种语言解释另一种语言,他从穿着打扮到手摇折扇去尽量效仿一个中国的儒生,但他的基因、他的血脉、他的骨子和语言里浸润的上帝福音不容丝毫改变,他只是通过一种外在的改观来消除中国人对他古怪外貌的反感,以便有利于在这片红壤上推行福音。

但信奉许真君的南昌人根本不买他的上帝的账。这时有位医生朋友王继楼——"此人在官员中行医出名,特别为总督所知,总督很器重他。除了行医外,这位医生也以在交往中始终表现文雅和态度和蔼而知名"(《利玛窦中国札记》),利玛窦想通过这位医生介绍认识江西总督,以便打通关节,找到在南昌可以传教的途径。他所说的"总督",实为江西巡抚陆万垓。

陆万垓当然不会听利玛窦的上帝的话,但他对这位相貌古怪的"洋哥们"进献的"洋玩意"——玻璃三棱镜很感兴趣,当利玛窦要将其礼物送给他时,他却执意不收,并给利玛窦讲了一个故事。他说道,有一次,一个信教的人有一块价值连城的宝石,当一位一辈子身居高位、极有德行的人去拜访他时,他就把宝石送给此人。客人收下它,但马上又把它送回去,说:"这块宝石将永远属于你,别把它送给人,除非送给自认是有德行的人。但如果他确实是这样的人,那么他当然决不会接受它,所以宝石总归是你的。利玛窦,你和我都要遵行这同一条道德途径。"

自此利玛窦开始频繁地与南昌上层人士交往,尤其是在那位接受了他很多礼物的医生对上层人士的游说下,利玛窦在南昌渐渐有了"人脉"。他甚至和省城的"金枝玉叶"——建安王和乐安王有了往来。《札记》中说:没有任何人,哪怕是当官的,配得上这两人中任何一个的拜访,然而他们都派了管家带了重礼去邀请利玛窦神父到他们家里去。而至于他们的居所,《札记》中写道"这是真正的王宫,论规模和建筑,论园林的设计和美观,都称得上富丽堂皇"——写到这里,我必须说,明代受封的地方王室在他们的封地占有相当大的土地建造王府,今南昌市子固路自省歌舞团、省话剧团、省京剧三个院子连起来便是昔日叫明王府所在地。上世纪八十年代初,我常在省歌舞团院里出没,曾见到宏大的宫殿式柱石和墙基,以及古老的半圆形月亮门,但皆散发着陈旧、破败、颓废的气息,后来全被推土机推平建起了宿舍楼。明代江西南昌宁王府的遗址由是不存。

没有任何遗迹存在的地方,尤其被现代建筑物填塞的空间,即使过去它是历史的现场及重大与特殊事件的发生地,其"遗址"寓意也被埋葬,历史的记忆被填充物阻断,现场的叙事没有生发的可能。现在想来,利玛窦札记中所写的南昌王宫,应该就是那一带。而那一次见面,利玛窦向"穿着全副王袍,头戴王冠"的建安王献上了西洋自鸣钟、天球仪、地球仪、雕像、玻璃器皿和地舆书及利玛窦在南昌完成的著作《交友论》——可以说这是利玛窦在向中国王室输出西方文化——包括先进的科学技术、艺术作品和哲学思想。而且面对对欧洲物品兴味盎然的建安王,利玛窦一边演示那些仪器,展示地图,一边进行了细致生动地解说。这无疑大大打动了建安王,并得到了他的欣赏,使利玛窦在更多更大的官员群体和知识阶层中传播他的文化,甚至赣州有位知县还完全用中文把利玛窦的《交友论》加以重印,流传至各省,包括北京和浙江。

但是利玛窦要在这块红土地上盖起它的巴别塔来是何其艰难。他先是通过江西巡抚陆万垓的关系,找到南昌知府王佐,希望能根据他持有的护照,发给一份允许他购买房屋并在城里定居的文件。利玛窦认为"知府姓王,是个好人,但过于胆小,生怕受到连累"。为什么胆小而怕受连累?因为当时南昌人异常"排外",尤其对于这种如晚明学者张燮所描述的人——"长着猫一样的眼睛,嘴巴就像黄鹂,脸色灰白,胡子卷曲,像黑色纱布,而他们的头发却几乎是红色的",无论在他们本国的女人眼里是怎样的美男或帅哥,在当时中国人的眼里,他们的相貌都近似魔鬼。几年前我从北京飞欧洲,在法兰克福机场转机,在候机的几小时里,我的同伴、《陕西日报》的耿翔盯着走来走去的欧洲人,对我说:他们难看,样子很凶。经他这一说我也真发现身材普遍高大壮实、高鼻凹眼,脸部轮廓坚硬的"老外",跟面孔扁平、圆润、光滑型的东方人相比,确实"貌似不善"。何况是四百多年前根本没见过什么世面的南昌人,对利玛窦这般的"老外",不仅"少见多怪",而且心怀警惕,这种"警惕"由对他们面孔的质疑,到对他们身份的存疑——神父,不信菩萨、不拜许真君的"洋和尚""洋道士""炼金术士",他信什么？他嘴里叽叽呱呱妖言惑众,没准带来危害!

知府王佐好意让他们安顿到郊区的一座庙里去,但神父们自然不愿意,"那会妨碍福音的传播"。他们不得不又去找"总督"打通关节,叫朋友出面说项,又是送北极钟,又是送星盘,还将记忆训练法(《西国记法》)献给"总督的子女"——有趣的是,利玛窦在中国打通传播"福音"的途径基本上都是以西方科技来"攻关"的。西方科技(实学)的实用性,确实能够打动有一定素养的人,虽然在当时,他们只是大多数人中的"极少数",但这"极少数"人是在当时受到西方文化影响的人。于是事情似乎有了松动,南昌的官员们善意地同意他购置一所房子,且离知府衙门不远,从中可以看出利玛窦得到了官方庇护。

他们花了60金币,几乎是在南昌建立了一座教堂。1595年圣诞前夕,澳门的葡萄牙神父苏如望被派来南昌作为利玛窦传教的助手。

当然,他们清楚:"在这开教时代,自不宜建立大教堂,只可设立一所论道堂,和他们最有名的道学讲师一般做法。然后在论道堂里用谈话的方式代替讲道,传播教理,这样做似乎效果会好一些。"尽管老百姓对他们还有怀疑,但由于利玛窦摸索出了一套"中国特色的传教法",他的事业能在因地制宜中循序渐进。

4

意大利教堂上空的钟声已经回荡在利玛窦的血肉里,在他的肉体上布下一圈一圈的年轮,南昌上空只有鸟啼,他企图在鸟窝高的地方摆放教堂的钟声,让南昌人能听到上帝的声音。

那钟声有种沧桑感,浑厚且荡气回肠。

钟声的穿透力在他的血液里融汇。这座城市中的他,渺小得像灰尘,在幻想的钟声里飘来飘去。这个渺小的他却容得下上苍赋予他的整座美丽的城市。

他的生命与他的生活,他的梦此时都在这里。

西方传教士来中国的早期,他们往往以传授西方科技为手段,传播宗教为目的。现在很多学者似乎只放大了当时他们带来的"西学",好像传教士是来搞"科普"的,而没有客观认定人家是上帝福音的传播者、是"主"的忠实仆人。他们是为了内心信仰可以效仿耶稣被钉上十字架去受难的人。所以虽然在南昌传教有难处,但与钉在十字架上受难的主相比,就不算什么。

利玛窦前脚搬进新居,后脚就有保甲长去知府衙门打"小报告",说有"陌生人"住到他们地段,好在知府与利玛窦相交,只安抚对方,并担保说,人家在广东住过多年,从未打扰任何人,他是好人,回去告诉邻居们,就说我拍胸脯保证,叫你们放心!

有官方"罩着",利玛窦吃了颗定神丸,再检点从澳门带来的礼品,已大大超出了原来的预算,该量力而"送"了。"这些因阅历而变得聪明的教士们,比他们在广东时更善于切合目标地安排他们的住所。大约在这个时刻,利玛窦神父修订了他的教义问答(《天主实义》),把它增补、整理得好像是出自文人之手。"

利玛窦在南昌接触了很多文人,他发现南昌"文风沛然"。这给他传教奠定了一定的基础,尤其利玛窦在南昌成功预测了一次日食,这使他很快成为一个有名的人物。儒士权贵都愿与他交往,他还受当时名士章潢之邀在著名的白鹿洞书院讲学交流。而王室成员、各级官员都对地球仪、玻璃器皿、西式装订的书籍等礼物极感兴趣,利玛窦便在自己的住宅再一次举行"科普"展览,表演先进的记忆方法,出版《交友论》,并开始撰写《天主实义》,选择适合中国人伦理观的西方伟人语录加以刊行。他放弃建造教堂、公开传教的方法,进一步用中国自古就有的"上帝"阐释"天主"概念。利玛窦在南昌传教的三年,也是他的传教策略在探索和实践中逐步形成的时期:他与江西的官绅阶层进行了密切交往和友好的对话,并在这个过程中形成了一套成功的传教策略——"南昌传教模式"。

他在写给耶稣会的报告中解释了在南昌传教成功的原因:一是因为当地从没有见过外国人;二是利玛窦的记忆力非常好,以至于许多中国人都想学习,他也因此用汉语写了一本《西国记法》的书来介绍他的记忆方法;三是它能够运用四书五经来宣讲基督教的教义;四是他的自然科学知识;五是传说他会炼金术;六是有人向他求教基督教。

利玛窦永远不会想到若干年后他们西方传教士在中国传教的最大"成果"之一是——结出了一个怪胎——洪秀全,他以中国帮会的模式假借上帝之名,建立拜上帝会、太平天国——洪秀全篡改了利玛窦的上帝的旨意,为个人的私欲进行了至高无上的加冕——洪秀全戴八斤重的纯金王冠,嫔妃一千二百人。据说连天王府的尿壶,娘娘们骑马用的马镫都是用黄金打造的,当时的英国翻译官富礼赐,在《天京游记》一书当中写道,天王有王冠以纯金制成,重八斤;又有金制项链一串,亦重八斤,而他的绣金龙袍亦有金钮,如果富礼赐不是信口开河的话,那么这么算起来,洪秀全头顶颈挂的有16斤黄金,简直就是戴着黄金枷锁的囚徒。太平天国失败以后,有一本《江南春梦庵笔记》,说是王后娘娘下辖爱娘、嬉娘、妙女、姣女等十六个名位,共二百零八人;二十四个王妃名下辖婑女、元女等七个名位,共九百六十人。两者共计一千一百六十九人。以上都属嫔妃,都是要和洪秀全同床共枕的。天王府不设太监,所以另外还有许多服役的"女官"。以二品掌率六十人各辖女司二十人计算,合计为一千二百人。各项人数加起来,总计有两千三百多名妇女在天王府陪侍洪秀全一个人。

也许利玛窦听闻此事惊骇中嘴里又会吐出一个字:主!

然而西方上帝在中国的这个"怪胎"的终结地似乎又是在南昌。我们不妨看看当时曾国藩受命围剿洪秀全所发的檄文,也可从另一个角度还原历史。

为传檄事。逆贼洪秀全、杨秀清称乱以来,于今五年矣。荼毒生灵数百余万,蹂躏州县五千余里,所过之境,船只无论大小,人民无论贫富,一概抢掠罄尽,寸草不留。其掳入贼中者,剥取衣服,搜括银钱,银满五两而不献贼者,即行斩首。男子日给米一合,驱之临阵向前,驱之筑城浚濠。妇人日给米一合,驱之登陴守夜,驱之运米挑煤。妇女而不肯解脚者,则立斩其足以示众妇。船户而阴谋逃归者,则倒抬其尸以示众船。粤匪自处于安富尊荣,而视我两湖三江被胁之人,曾犬豕牛马之不若。此其残忍惨酷,凡有血气者,未有闻之而不痛憾者也。

自唐虞三代以来，历世圣人扶持名教，敦叙人伦，君臣父子，上下尊卑，秩然如冠履之不可倒置。粤匪窃外夷之绪，崇天主之教。自其伪君伪相，下逮兵卒贱役，皆以兄弟称之。谓惟天可称父。此外，凡民之父皆兄弟也，凡民之母皆姊妹也。农不能自耕以纳赋，而谓田皆天王之田；商不能自买以取息，而谓货皆天王之货；士不能诵孔子之经，而别有所谓耶稣之说、《新约》之书，举中国数千年礼义人伦，诗书典则，一旦扫地荡尽。此岂独我大清之变，乃开辟以来名教之奇变，我孔子孟子之所痛哭于九原，凡读书识字者，又乌可袖手安坐，不思一为之所也。

自古生有功德，没则为神，王道治明，神道治幽，虽乱臣贼子，穷凶极丑，亦往往敬畏神祇。李自成至曲阜不犯圣庙，张献忠至梓潼亦祭文昌。粤匪焚郴州之学宫，毁宣圣之木主，十哲两庑，狼藉满地。嗣是所过郡县，先毁庙宇，即忠臣义士，如关帝岳王之凛凛，亦皆污其宫室，残其身首。以至佛寺、道院、城隍、社坛，无庙不焚，无像不灭。斯又鬼神所共愤怒，欲一雪此憾于冥冥之中者也。

本部堂奉天子命，统师二万，水陆并进，誓将卧薪尝胆，殄此凶逆，救我被掳之船只，拔出被胁之民人。不特舒天子宵旰之勤劳，而且慰孔孟人伦之隐痛。不特为百万生灵报枉杀之仇，而且为上下神祇雪被辱之憾。

是用传檄远近，咸使闻知。倘有血性男子，号召义旅，助我征剿者，本部堂引为心腹，酌给口粮。倘有抱道君子，痛天主教之横行中原，赫然奋怒，以卫吾道者，本部堂礼之幕府，待以宾师。倘有仗义仁人，捐银助饷者，千金以内，给予实收部照，千金以上，专折奏请优叙。倘有久陷贼中，自拔来归，杀其头目，以城来降者，本部堂收之帐下，奏授官爵。倘有被胁经年，发长数寸，临阵弃械，徒手归诚者,一概免死,资遣回籍。

在昔汉唐元明之末,群盗如毛,皆由主昏政乱,莫能削平。今天子忧勤惕厉,敬天恤民,田不加赋,户不抽丁,以列圣深厚之仁,讨暴虐无赖之贼,无论迟速,终归灭亡,不待智者而明矣。若尔被胁之人,甘心从逆,抗拒天诛,大兵一压,玉石俱焚,亦不能更为分别也。

本部堂德薄能鲜,独仗忠信二字为行军之本,上有日月,下有鬼神,明有浩浩长江之水,幽有前此殉难各忠臣烈士之魂,实鉴吾心,咸听吾言。檄到如律令,无忽!

1862年,清军攻陷太平天国的都城天京,天王洪秀全"坐在龙椅上,他最后望了一眼自己的江山,吞金自尽"(祝勇《纸天堂》)——他太爱金子了。继位的新天王洪秀全的长子洪天贵福逃亡江西被俘,在南昌江西巡抚衙门,这个倒霉的"新天王",以一纸供状给轰轰烈烈的太平天国画上了一个句号,最后被凌迟处死。

5

1596年利玛窦被范礼安任命为耶稣会中国教区的负责人,由利玛窦全权负责在中国的传教活动,并且指示利玛窦想办法到北京去觐见中国的皇帝,以得到在中国传教的有力保障。而且他还从澳门送去了许多准备送给中国皇帝的礼物。

1595年至1598年利玛窦活动在南昌,在此期间,他还绘制过多种世界地图,其中《舆地万国全图》的摹本保存在章潢的《图书编》一书中。

地图以其对大地的摹写、微缩、记号化,简便而又直观地指认出我们目力所不及的博大与丰富,它试图揭示人类存在世界的隐秘。

当利玛窦把地图在红色的土地上铺开,蓝色的思想开始蔓延。

利玛窦的世界地图是明末清初中国士人瞭望世界的第一个窗口。它带来了明末中国士人闻所未闻的大量的新的知识信息和新的绘制地图的方法。明初郑和船队曾远航东非,《郑和航海图》也记录了东非的航路,使中国人对印度洋新航路有了比较确切的认识。但由于当时缺乏科学的测量技术,因此在地图上反映出来的,多是根据实际见闻的地理知识的印象,出现在地图上标识往往不成比例,有些不曾到达过的山岭荒漠及汪洋大海,因为所知甚少,不免画得非常简略和狭小。特别是郑和以后,中国与非洲的往来又告中断,因此中国人不可能有世界意识的"洲"的概念,对那些西方的"绝远"地区仍是模糊不清的。

利玛窦在《坤舆万国全图》中把当时已探知的地球上的大陆用中文写道:"以地势分舆地为五大洲,曰欧逻巴,曰利未亚(非洲),曰亚细亚,曰南北亚墨利加(南北美洲),曰墨瓦蜡泥加。"(墨瓦蜡泥加,指南极洲与大洋洲部分的想象)。利玛窦所说的"五大洲"与我们今天意义上的"五大洲",还有很大的区别,很大部分还属于想象中的大陆。但至少到明末,中国士人对域外世界的了解是处在模糊的状态,一直没有确切地看到过整个世界的面貌,只有"四方"和"四海"的方域,而没有"万国"的概念;因此,利玛窦最早把五大洲与"万国"概念介绍到中国,使中国士人第一次看到了一个未知的全新的世界整体面貌。(邹振环:《利玛窦世界地图在中国的传播与影响》)

利玛窦的世界地图中介绍的也并非完全是经验的再现,在对西方人文地理知识的介绍方面,就有着很大的选择性。他在介绍欧洲地理时特别强调欧洲宗教政法与物产习俗的重要性,目的都是让中国人知道,在远离中华文化的"绝域",同样有着与中国一样富饶的土地,也有着完全可以与中国典教仪章相媲美的礼乐教化,还有着影响波及整个欧洲的圣教——天主教。利玛窦在世界地图中对西方人文知识点的透露,使中国士人认识到在同一时空的遥远国度中,存在着另一些与自己相等,甚至更深厚的文明。

利玛窦在其札记里以他作为西方人的视角观察中国的风俗事物。例如关于明代的服装,我读过很多国人描写明代服饰的书,但都没有利玛窦的叙述真切,利玛窦不是用现代古服饰研究者隔时空写的没有衣饰体温的文字,利玛窦的文字明显有着切身的体温,是生命在"场"的叙述,他在中国为了便于传教,便拉近与中国人的距离,他也穿着中国服装,所以他写的明代穿着是有生活日常细节温度的:"男人有时候用马鬃、人发或有时是铁丝结的网把头发套上。这是一种像帽子的东西,戴在头顶上,把头发穿过它再编成发髻。妇女不用这种发网,她们把头发梳成一个大扁髻,插上金银发饰或花朵。她们也戴耳环,但手指上不戴戒指。男女都穿拖到脚面的外衣。男人的袍子在胸前交叠起来,用扣子把里褶固定在左臂下面,外褶则固定在右臂下面。女人是把袍子在前面扣住。男女的袖子又肥又长,威尼斯式的。但是女人的袖子在手腕处开口宽大,而男人外衣的袖口则小得只够把手伸出来。"他的叙述是感官性的,是他眼里的中国"文化",他借文字介绍给西方,同时也无意介绍给四百年后的我们,他从"头"到"脚"介绍,中间有着西方人叙事的跳跃性:"男人的帽子种类很多,制作精致,最好的是用马鬃织成的。然而,冷天也戴毛织或丝织的帽子。和我们的式样最不相同的,或许可以从中国人穿的鞋上看出来。男人的鞋是用布或绸做成的,上面绣的花甚至比我们贵妇人穿的还要讲究。他们不用皮革,连鞋底也是用很多层布紧紧缝起来的。只有最下等的人才穿皮鞋。有士大夫身份的人可以戴方帽,别人都是圆帽。每天早上梳头要半小时左右……他们习惯于在脚和胫上缠很长的布条,看起来像是很松大的袜子。他们没有相当于我们的衬衫那类衣服;反之,他们贴身穿一件宽大的白布袍子,他们常常洗澡。他们出门时经常要带一把很大的伞来遮太阳。如果用得起,他们就让一个仆人带着伞,否则就自己带一把小一些的阳伞。"这些对于古代中国的叙述,都是"在场"的叙述,因为是"他视角",有陌生化效果,读起来鲜活、有趣,是极有价值的历史记录。《中国札记》里还写到一种利玛窦所称的"忧伤之树",这个"命名"是带有西方诗意和哲学意味的,他所命名的就是中国寻常的杉木,他说:"杉木很普遍,它被中国人当作忧伤之树。它被用来做棺材。"我想,当利玛窦神父1610年5月11日死于北京,葬于阜成门外二里沟时他的棺材用的是不是中国的"忧伤之树"。

6

利玛窦得以在中国传教,无疑对中国有重大历史意义。他除带来了欧洲文艺复兴的成果外,更系统全面地学习了中国传统文化,开启了中西文化交流的历史篇章。在他传教期间传入的现代数学、几何、世界地图、西洋音乐等西方文明,使中国人的世界观从以自我为中心的观念到开始认知到世界是一个圆球,更为明末走向衰落的中国数学领域找到了新的活力。

利玛窦是"400多年前沟通中西文化第一人",即使在今天看来他仍不失为中西文化交流史上一个重要的人物。几年前同是南昌人却久居上海的哲学家赵鑫珊回昌,他谈到"若是能把利玛窦当年在南昌待过的地方,作为历史遗址,比如教堂或住址标明一下,该是件多么有意义的事"——在这里又涉及"遗址"这个词,我几年前因写一部考察江西书院的书,发现至今唯一一座似乎被官方所公认且尚存在的利玛窦遗址是南昌松柏巷教堂,但利玛窦是否真在此教堂待过,存疑。因据有关资料称该教堂建于1922年,为法国传教士孟德良主持建造。另据几个带有推断性的资料记载,利玛窦在南昌有可能待过的处所分别为:绳金塔以南的南昌精神病院附近;棉花寺,今称棉花市;戊子牌坊,位置在今太平洋百货商场;还有一处是杏花楼。

遗址是时间的废墟,过去的记忆,历史的碎片,而这一切都是要清理、梳爬、拼接的,这是过往与现代生活冲突的结果。

精神病院、棉花寺、戊子牌坊、杏花楼——这样一串名词,骚动、错乱、禅定、静穆、飞扬,似乎暗示着一个传教士在南昌的命运。

从汪大渊到利玛窦,在这片浓稠得几乎意象化的红色土地上出现的明显带有海洋蓝色彩的人物,是对这块千百年来外表平静内在却一直没有停止激烈躁动的土地的一种深刻洗礼。尤其在今天,我愈加真切地看到这一点。

正如我在《文化青云谱》一书中所写到的——南昌作为一座开放性的城市,可从青云谱的汪大渊渡海而去开始,至利玛窦"西风东渐"首站落脚南昌(一住就是三年)为一个循环。千万不要小看这个循环,它对东方,对世界,都有着无可取代的文化意义,汪大渊的航海把东方的文化带向世界,而利玛窦又把西方的科学和宗教传到了中国。利玛窦在南昌时交了一批士大夫朋友,和他们进行了文化交流,这其中有理学家章潢、文学家李日华等,他在民间传教的同时也传播西方科学知识,并且在南昌完成了《交友论》的写作,以及另一本介绍西方速记法的《西国记法》和传教之作《天主实义》。南昌由此成为中国最早对外开放的前沿之城,青云谱在中国勇于走向蔚蓝、走向世界的历史进程中拥有一个可以与哥伦布、郑和、马可·波罗等伟大的航海家、旅行家、发现者相提并论的名字——汪大渊,他应该是中国对外开放史上的一个节点。

然而在本文写作中令我时感遗憾的是,关于利玛窦,手头能找的史料明显远多于汪大渊。对一个四百年前来自西方的传教士,我们甚至能在当今的南昌指出三四处他传教的遗址,而汪大渊作为本土的历史文化名人,就因为他一生是个布衣商人、民间航海者,除了他记录航海的《岛夷志略》及附于其上的他同时代人用精练得不能再精练的文字作的序中的简单介绍外,对于他在故乡的行迹、家世,及其他人生情况,竟没有更多记载。我想原因不外有二。一是平民身份,他不可能进入官方所修的正史,即便他是了不起的航海家,如果没有官方头衔也被排拒在公家的历史之外,正史不可能把他纳入在册。平民英雄,官方历来视为体制外的"异端"。二是中国人不惯于书写自我。主体生命往往在事件书写中空缺,这是千年体制长期对于个体意识压制的恶果,不似西方文化经过文艺复兴、启蒙运动、宗教改革,人的个体意识萌发,并拥有生命的自觉。所以在利玛窦、金尼阁的《中国札记》中,他们个体的形象、内心的情感、具体的行为,乃至细节都鲜活而丰沛,即使相隔数百年,读起来像看纪录片一样历历在目、栩栩如生,尤其比较《岛夷志略》与《中国札记》,前者叙事的短板就出现了。东方文化尚意,西方文化崇实,于是西方叙事便成为长项,我们的写意留白,在书写中立见。基于此,有多少珍贵的史料在东方式书写下流失,给后世留下多少难以琢磨与考证的空白。

旅行摄影家严明近日在一组拍摄于各地的照片上自语:我在数年

的游历中发现,潜行在大国血脉中的沉默与优美,坚韧的放达、苦楚的浪漫,虽然点滴又都是明确的,我把这种收集看作是文化情怀的中式收藏。虽然是21世纪的中国,我仍觉得这话像是元、明两代的士大夫情怀,在这种意义上,汪大渊的《岛夷志略》有没有这种文化收藏的意味呢?而利玛窦札记却丝毫看不出类似感觉。利玛窦——一个天路历程的苦行者、一个上帝的使者和修士的形象跃然纸上,汪大渊的文字里其精神信仰是缺席的。所以严明最终说:我们是基因的俘虏,体制的败将,最终也都不是时间的对手,一切悲怆的故事莫不是时间的故事,一切浩大的成本莫过于时间的成本。

没有内心坚定的信仰和梦想,一切都是涣散的,没有救赎,没有彼岸,没有涅槃,仅此而已。我们该反思了。在时间的镜像里我们将看到长满白发的灵魂,在蓝色中飘浮。当我们仰望星空,自然希望天上的星星都以伟大的英雄命名,我们不能失落和遗忘一颗星星,也不会遗忘一个英雄。那么从现在起,我们就以星星作指南,引导生命前行。

著名美国导演雷德利·斯各特在20世纪就拍过《1492,克里斯托弗·哥伦布》的传记电影,影片结尾有一个饶有意味的场景。当哥伦布航海发现新大陆后回到西班牙,王室贵族却嘲笑他的梦想,哥伦布手指窗外,"你看那儿,"说:"你看到了什么?"贵族回答:"我看到城堡、尖塔、宫殿和文明,尖塔直插云霄!"哥伦布说:"你看到所有的这些,都是我这样的人创造的!无论你怎么看,有一件事不会改变,我做到了,你没有!"哥伦布说完这话随即退开,另一个人说:"哥伦布被所谓的梦想纠缠,简直一生都虚度了。"这时若有所悟的贵族纠正道:"如果你我的名字能被后世记住的话,也是因为有他。"

烟雨杏花楼

杏花楼是南昌的遗珍,它的名气不是太为人所知,也没有多少人知道它的内涵,它近数十年来也一度被办公机构、茶馆、闲庭这样一些外表所遮蔽,但在南昌市内,这应该是红尘闹市当中的一方净土。沿一条繁忙如《清明上河图》中的街道往下走,再斜逸转弯,便见从百花洲穿桥延伸过来的东湖。在水之上,有一粉墙黛瓦建筑,清新人的眼目,踏一石桥过去,仿佛便脱俗了。那便是建于唐代的水观音亭。环湖路上的行人,总是在有意与无意间向它投去深深的一瞥,这一瞥中,有向往,更有关切。当地人不一定都知道当地名胜古迹的来由,反被有心的外地游人弄得清楚不过,这已不是什么奇怪的事。尤其像水观音亭这样一个地方,行人立于岸边,它却在水中央。晴天,亭映水中,波光无尘,好像是它有意以一种明净的姿态拒绝存心向它步去的履尘。更多时候,它在我的印象里却是朦胧在一派烟雨中,烟雨像一层帘子把它与我们隔开,令人无法接近。

拨开历史的书页,我发现它被人书写更多的名字,不是老南昌们嘴上叫惯了的水观音亭,而是杏花楼。

小楼一夜听春雨,深巷明朝卖杏花。

陆放翁的诗句好像使我一下找到了去开启水观音亭的钥匙。

我曾在它门前踌躇徘徊多年而不入,尽管真正要动身进去,也只是举手之间的事。但我不愿那么做,不愿那么贸然闯入一个绝代美人梳妆的地方,或许她此时正散下如云的长发,饱蘸烟墨,用她那颗美丽的头颅挥发泼墨而书呢!我想她在这种时候,是绝不愿意见一个陌生男人撞进门来的。所以我一直在等待,在等待的同时也在寻找,寻找一个合适的时机和入口,直到一个烟雨迷离的下午,我偶然经过环湖路,无意间倒映在水波之中的杏花楼,落入了我的眼帘,使我内心为之一动,便随着这种心动的感觉来到杏花楼前。只见四周出奇地空寂,好像是专门等着我的到来,甚至连守门的人也不知哪儿去了。我想,或许这正是我拜访她的最好时机。我也曾在无数个月夜,沿湖边小径走到这里。月光之下,那扇门使我想到晚唐的贾岛,想到我写的一首《贾岛手势》的诗,其中一段颇能表现那种门前犹豫的心境:每当夜深人静/独自接近一扇门边。/食指/弯成新月/停在推与敲之间/就会想到一枚钥匙/这个不朽的手势/如同一种昭示/设想月中的主人/正在门内降下如雪的衣衫/游离蔓的手指。/从空中返回掌心/不真实的声音悬在门上/唤起悠远的感情。(原载1994年9月《人民文学》)。我的造访,毕竟是一个现代人向古典的叩问,来不得半点唐突,在南昌2200多年的历史上,唯有一座小小的杏花楼与一个令人尊敬且不让须眉的古典美人相关,我们在叩访她之前,是很有必要在心里为她空出一块位置,以便虔心地接受她的故事。

杏花楼的院落其实就是一座规模不大却还精巧的庭园,园内还有附设的一座"闲云馆",给人一种花木扶疏、台阁高耸、漏窗翘檐的感觉,透着一份独有的幽静与古雅。只是,人去楼空。历史中在这驻足或停留过的人和事,皆已成风。幸好杏花楼还在,闲云馆还在。踱步于庭中,徘徊于廊下,两面高八尺宽五尺的青石碑赫然入目,一碑书"屏",一碑书"翰",两碑隔杏花楼前的空地而立,显出一种博大的气势。碑上字体端庄,遒劲之势不让他人,令整个院落里都弥漫着一种无声的庄严与翰墨的香气。再仔细揣摩一下,这种庄严的墨香里还散发着一种凄怆和哀艳的成分。相传,这就是娄妃著名的发书"屏翰"了。"发书"一词,过去听过,但未目睹过人怎样用头发来作书,也没见过"发书"作品。立于"屏翰"之前,我想:若此碑果是发书的话,且又是出于明宁王朱宸濠之妻娄妃,倒真是值得好好研究。

"翰""屏"二字,笔势粗阔,墨力饱满,运笔飞扬坦荡,神态庄严。设想发书这二字的女子,一定要有一头长且浓密的秀发,不然便不足以披发如乌瀑,泼墨如烟云。我想有着一头长发的女子,也一定是美丽绝伦的。如果黑发深浓如夜,她的美丽的头颅便是一盏明灯,能够看清墨夜中的道路,并以头掌灯,运发铺路,一笔一画里书写出心中的经纬来。谁说那发书的字体笔画,不是一条条道路呢?可见,这是位深明是非大义的女子。在历史的黑夜里,她确曾一再给丈夫宁王指明道路,但宁王没有听,而是一头走进了黑暗。这个女子也悲痛欲绝,以她的美丽之身投入墨海。至今只留下发书的"屏翰"二字,而更多的人却是连什么也没留下。杏花楼这个地方,正是她的梳妆台,想必"屏翰"二字,也是在她梳妆之际,用飘逸的长发书就的。只是这两块"屏翰"刻石也是几经曲折挪移,最终才物归原位。

民国九年(1920)李法章对南昌做了一番周游,其在《赣江归棹记》中有一节写道当时所见的屏翰:"军法课属军政司,设前清布政使署中。光复后,吴复初、彭凌霄、马元良三都督,开府其中。其地即明宁王宸濠之故邸也。宅第连亘,为赣垣最大区处。惟园亭荒落,不易重修。前后套屋百间,亦倾圮殆尽。正所谓高明之家,鬼瞰其室矣。二门上一匾,

烟雨杏花楼

甚巨。悬屏翰两正字,大可丈六见方。其笔力之遒劲,结构之雄伟,世所罕见,相传为宸濠之妃娄氏所书。大堂东侧,树石碑二,刻屏翰两字于上,大与匾字同,殆保存之意欤？其正门一联云:庾匡千里开生面,章贡双流照此心。"又据傅朝梧先生回忆,"军阀时期的江西省长公署旧址,范围颇广,南面章江路,北至叠山路,东临星火路,西迄棕帽巷。一九三三年八月,旧南昌市政委员会设在这个公署的南半部(现省歌舞剧团内)。在它的中部空坪上遗放'翰屏'刻石两块,各宽一丈左右,长约一丈五尺,来往人员,熟视无睹,无人过问。一九三四年一月,国民党市政委员会改组为市政府,修葺头门(现门向星火路),改建二门为宫殿式门庭,以壮观瞻。并将'屏翰'刻石,屹立于门庭两边墙中,显得更加雄伟。"

最近,我特地前往探视"屏翰"刻石,不料庭门紧闭,便绕后门而入,发觉刻石外表砌了一层砖,无法看到。据在庭内操作的工人说,刻石完整无损,砖层是为了掩护刻石的。既然是这样,建议有关部门将这两块"屏翰"刻石转移公园,或放在其他适当地方,以供游人观赏。

杏花楼得名,并非来自陆放翁之句,而是得于"报道先生归也,杏花春雨江南"。而它真正在南昌历史上留名,应该是来自明中期(时约1506—1521)娄妃的发书和她的故事。

娄妃,原名娄素珍。江西上饶人,是明代成都训导娄谅之女,嫁给明太祖朱元璋之孙宁王朱宸濠为妻。娄妃博学多才,聪慧过人,诗文琴棋书画,出手不类于常人。江南著名才子唐寅应宁王礼聘,由专人自苏州请到南昌宁王府任职时,娄妃曾师从其习画,可见娄妃也是师出名家。

她的十指在琴上

以音乐洗手

划动一片不平

使秋天在七根很细的波浪上

浮沉

只是宁王朱宸濠却不安分,他一心想争夺皇位,听信术士之言,说南昌东南有天子气象,便暗中招兵买马,图谋起事。在中国历史上像宁王这种角色不是太少,而是太多,他们太明白"成者为王败者寇"这个道理了,所以一部中国古代史多有"谋反"与"平反"轮番上演。南昌的一座小小宁王府,便安不下朱宸濠那颗想坐皇位的心。这令娄妃很是忧郁不安。可能正是为了排遣这种忧郁和不安,她便常到这湖心亭来烧香拜佛或临水梳妆。她曾多次泣谏丈夫,不要不顾大局去惹杀身之祸,但宁王不听。娄妃还采用了诗歌这种形式,对丈夫进行巧妙的"诗劝"。幸有这"诗劝",才使娄妃除了为我们留下了发书翰屏之外,还留下了诗作,使我们能够真切地洞观她的内心轨迹。

初次以诗劝夫,是朱宸濠想到谋取帝位,激动之余,信手写了《秋怀》一诗,诗中放言:"莫向西风问彭蠡,盘涡怒欲起苍龙。"娄妃见后暗自心惊,知道丈夫有异图,又不便明言劝阻,打消他的念头。她灵机一动,有了,提起笔亦作诗一首,以《早行》为题,诗写道:"鸡声忽叫五更月,马足先追十里风。欲买三杯壮行色,酒家尤在梦魂中。"朱宸濠看了认为娄妃不理解自己,他希望娄妃支持他能有一番大的作为,专门送一幅《夫妇采樵图》给娄妃,亦是再次申诉自己起事不可动摇的决心。娄妃是王守仁(王阳明)的老师、上饶著名理学家娄谅之女,她是有洞察力的人,只是身为女子,又是他人之妇,她可以预见夫君一意孤行必是死路,只有一劝再劝。作为才女,她仍是用尽其才情来劝慰夫君,于是在朱宸濠送给她的《夫妇采樵图》上题诗赠夫君:"妇语夫兮夫转听,采樵须知担头轻。昨宵雨过苍苔滑,莫向苍苔险处行。"

娄妃这首诗有浓郁的生活气息,精准地道出了江西山间采樵经验,也可见娄妃并非是个王府养尊处优的贵妇,她深知世情冷暖,明了事物轻重。她与宁王朱宸濠在一件大事的决断之前,竟是以诗画这种艺术的手段来呈明截然不同的思考,也可见宁王朱宸濠本质上还是一个书生,老宁王朱权的谋略在他身上已沦为了智识的迷津。娄妃劝阻他悬崖勒马的良苦用心在朱宸濠眼里反而沦为妇人之见。

正德十四年(1519)朱宸濠举兵谋反,并命娄妃随军,直逼南京。岂知被以文官之身带兵的王守仁抄了南昌老巢,宁王赶忙回军救援。两军在樵舍地区相遇,发生激战。朱宸濠与王守仁相比,根本不是一个档次的对手。仅一个半月,宁王之兵便被击破,朱宸濠被生擒到王守仁面前时,方悔恨不迭,这时才想到娄妃的屡次劝阻,不由叹道:"昔纣用妇人言而亡天下,我以不用妇人言亡其国,今悔恨何及!"

丈夫一意孤行,终至犯险,难逃死路一条。娄妃悲痛欲绝,不愿独活,她决心投江自沉,随夫而去。死前,她翘首对苍天道:"妾前时屡谏殿下休负国恩,不从,乃有今日,殿下有负国家,妾不忍心有负殿下。"这位才女最后留下了一首《西江绝笔》,用斑斑带血的泪点为自己的一生画上一个哀婉凄艳的句号。诗曰:

> 画虎屠龙叹旧图,
> 血书才了凤眼枯。
> 迄今十丈鄱阳水,
> 流尽当年泪点无。

此诗"凤眼枯""泪点无",是一首"血书",更是一首用生命为诗的绝品。清人王国维在《人间词话》中说:"一切文学,余爱以血书者。"娄妃之诗,真血书也。

现在,我们的场景不妨再倒回到宁王叛乱之前,娄妃夫妻恩爱的生活景象。初春时节,夫妻并辔出游寻春,马踏芳草,蝶逐花香,娄妃与夫君并马吟诗,双双推敲,心情何等怡悦。娄妃有诗云:

> 春时并辔出芳郊,
> 带得诗来马上敲。
> 着意寻芳春不见,
> 东风吹上海棠梢。

而此时,这些美好的景象已成逝水,那么就把这生命也付诸赣江的流水,去追随那往日的美好回忆吧!娄妃最后梳理了一下那曾经泼墨而书的长发,它在风中飘荡着像是一缕缕挥之不去的哀怨。

娄妃纵身一投,便将自己美丽的生命付诸东流。写到这里,痛惜之余,我还要发出一声浩叹。

据说娄妃投江,尸身不沉,漂流到一个叫黄家渡的地方。一对黄姓父子正在钓鱼,突见漂来一具女尸,美艳异常,栩栩如生,顿生歹念,于是这对父子做下了那令人不齿的勾当。但也另有一说,说娄妃的尸体是被好心的黄家渡人打捞上来,因敬娄妃的节义,而厚葬之。前种说法很有可能是民间无聊心理衍生出来的穿凿附会,后一种更有可信度,但前种传说证明了娄妃的美丽,即使是死了,也能打动人心,何其美艳之极。

时至今日,人们从环湖路经过时,向湖心的杏花楼投去不经意的一瞥时,不一定知道它里面还藏着这样一个凄恻而艳美的故事。

杏花楼院中的闲云馆上仍然闲云悠悠,在诉说着娄妃故事的同时,也在回顾昔日备受人文气息浸润的繁盛。

娄妃投江自殉,杏花楼人去楼空,曾一度荒废。在此值得一提的是,到了明万历年间,张位看中了此地,将它改建成一所别墅,并以闲云野鹤之意,内设"闲云馆",成了文士结社吟咏之处。大戏剧家汤显祖对张位执弟子礼,曾在杏花楼留诗云:"茂林修竹美南洲,相国宗侯集胜游。大好年光与湖色,一尊风雨杏花楼。"除了末一句还像那么回事,全诗写得甚是平平。据说著名文人刘应秋、吴应宾等人也曾在此研讨学问,亦有题咏。张位之后,杏花楼亦曾几易其主。至清代,有位名叫李元鼎的人为祀娄妃,进行了一次募建,将杏花楼更名为"因是庵",又名"大士庵"。乾隆五十三年,由僧道果重建,改为"观音亭",亦即人所称的"水观音亭"。当时有人以诗吟:娄妃妆台何处寻? 传闻遗址在湖心。

此后,水观音亭亦经几度废兴,而到1980年代才修缮改建成现在的规模。

站在"屏翰"面前,总觉得有一张令人惊艳的面孔,在"翰屏"二字的笔画墨意间隐现。那是娄妃精魂化出的气韵非凡的字意,在"翰屏"中永生,使每一个前来瞻仰的人,都为之悚然动容。

"屏翰"语出《诗经·大雅》,大邦为"屏",大宗为"翰",喻国家之重臣,应以安邦定国为要,充分表达了娄妃的劝夫之情和对宁王寄予的期望。只是这一切都化成了流水,最后只剩下两块冰冷的石头,但纵使石头是冰冷的,被烈性的情感炙烫久了,也十分灼人,令人热血沸涌。

离开"屏翰",内心仍有一种情绪在起伏,以至走出杏花楼时,守门人问"有票吗?"也未察觉,当我反应过来时,已踏过了小桥,置身在熙熙攘攘的闹市里,而杏花楼又被一堵烟雨隔开。

我想,杏花楼是一个值得我们去叩问与探寻的地方。如果你要去,最好选择在一个蒙蒙烟雨天。

披一肩烟雨,进入掩藏在烟雨中的一段历史里,你会惊觉:外观看来宁静独处的一座小小杏花楼,是如何地不平常,如何地使人血脉偾张而又情丝万缕,直至像一场烟雨一样绵绵不绝。

杏花楼,从某种程度上看,在我眼里就是一首白居易的《长恨歌》。

歌声呜咽,此恨绵绵。

孤独者的光芒

所有的火都带有激情,光芒却是孤独的。

——阿莱桑德雷

墨点。雨点。泪点。狂泻而下。

一张苦瓜似的脸上布满了密密麻麻的泪,分不清是墨点、雨点,或是泪点。水墨交融,使这张脸阴愁惨淡、面目模糊。写到八大山人仿佛眼前就会出现这样一幕情景。

公元1661年,即清朝顺治十八年——吾乡人朱耷身为明皇室后裔(明太祖朱元璋十世孙)逢明清改朝换代,国破家亡,天崩地坼。据《朱氏八支宗谱序》谓"明祚式微,改姓易氏,匿迹销声,东奔西走,各逃生命",朱耷亦隐姓更名在寺庙道院里藏身,将心境完全寄寓于手里一支画笔上,与远在欧洲文艺复兴时期的诸多艺术大师一起进行着遥相呼应的伟大创造。"横涂竖抹千千幅,墨点无多泪点多",以大写意手法开一代画风,成为独步古今的艺术大师。

日本作家川端康成获得诺贝尔文学奖时,在斯德哥尔摩发表过一篇著名的演讲,他说:"日本古代的和尚在雪地里作诗,感叹生命和自然,然后在雪夜中去找其他和尚对和。"这种超然物外而又与自然和谐相融的情境，使西方人产生浓郁的兴趣与好奇，川端康成给西方人传导了一种陌生与细腻的东方精神。这种精神与情境，对中国人来说，是何等熟悉。南昌人朱耷，在历史上就是这样一位亦僧亦道、亦画亦诗的人物。

他自号八大山人，字雪个。"八大"这个名字究竟何意？学者赵力华近有新解，将"朱耷"二字拆开，"朱"字去"牛"，"耷"字去"耳"，去"牛耳"之后，便剩下"八大"——"八大"者，失去"牛耳"（统治权）之人也。"雪个"，白色的雪地仿佛一张铺开的宣纸，上面书写着一个个"个"字，像一个清晰的哑谜。后人考证认为，八大山人字"雪个"，有暗喻自己出家后，一尘不染之意，又有自己作为明皇室后代，对异邦占领江山，深怀雪恨他个痛快之意。但我更愿意单纯地把它看成雪地上美丽的鸟迹，让它如同传说一样引人遐想，令人难以忘怀，所谓"雪泥鸿爪"是也。那个为其留下鸿爪的地方，抑或说一张供雪个作画的大纸，即是吾乡。而其款识中我们还依稀可辨个山、人屋、刃庵、破云樵者等稀奇古怪的字号，它们都是八大山人用那支奇崛的笔勾画在上面的。八大处于明清交替时期，他身上固执葆有的仍是晚明文化习气，小说家格非对晚明的历史有如是看法。"那时比现在富裕、浮华、复杂、豪华得多。今天的人已经不可以想象了，那个时候的人怎么生活的？歌妓的吟唱、品茶，为了一点雪水、泉水，会去筑院子、造庄园，无数的游戏。""晚明文化发达，同时国破家亡，社会腐朽，同时有一种苍凉混杂在一起，浮靡肮脏，肮脏得有种美感。"然而，八大山人似乎又从中跳脱了出来，他用那种肮脏与苍凉为自己勾勒了一幅孤傲、乖戾、冷逸的造像。明末清初的八大山人，我们可以说他是明人，作为明王室的后裔，他早期相当长一段时间都是在做个有着光荣与高贵血统的明人，而江山沦丧后，他迫不得已将自己的更多人生交付清朝，做一个痛苦的遗民。所以他的脸是遗民的脸,少欢欣之色而多沮丧之气,像是沦落的江山,这恰恰是大多数清初人的面孔。

这副面孔上的每条皱纹,每寸皮肤,那些细微动静和光影组成的表情,都是所谓"残山剩水",八大山人画的是什么?他落下的每一笔花鸟、每一笔山水,莫不如是,莫不是在画清初遗民面孔上堆积的、挥之不去的深刻"表情"。他画的石头是怪的,鸟是怪的,即便是美丽的孔雀——经他画来,也奇丑无比。荷花,南昌的荷叶、青云谱的绿荷多么硕圆、丰润。不!在他笔下是垂头丧气、破败不堪的残荷,仿佛从来没有丰润过。他偶尔也会开心一下吧,脸上抽出一缕笑意,像难得的一丝阳光,那就在册页上勾几笔兰叶,这就很不得了了。你再看看那些眼睛——鹿脸上的眼睛,鱼脸上的眼睛,鸟脸上的眼睛,哪怕一只看似毛茸茸十分可爱的小鸡脸上的眼睛,都是翻着白眼很不待见人的。眼睛是面孔上传达内心表情的主要器官,这眼睛无论以鹿、鱼、鸟、鸡的形象在画上出现,都是八大山人自己的眼睛。还有那些怪石、败荷、丑雀,都是八大面部的自画像。八大的面目表情恰如他的画,正如当今一位朋友所言:他的东西不太驯顺,不易得到身居要津人物的提倡,又包含一些率性而为、啸傲自娱的成分,所以也不大好懂,难以成为大众茶余酒后点评狎玩的余兴节目。我猜,人们喜欢他,是因为他独特的感受世界的方式。他就像一扇门,通过这扇门,可以进入世界的另一层面。毫无疑问,人的身体由头部、主躯干和四肢组成,人生在世,绝对是以身体在场为前提的,它甚至超越了语言与喉舌的存在,但我们所存的历史记忆更多是以对身体史的忽略为代价,记录和保存下来的多是不在"场"历史,以至于今天我们对很多时期的历史境况即便在文化和艺术层面都难以还原。里尔克说:躯体就是它的喉舌。而这躯体,我们最后一次见到是什么时候呀?一层一层地,年代的衣裳已把它遮盖住,可是在这些尘壳的保障下,那潜滋暗长的灵魂已把它转变,而且毫不喘息地把它的面目修改了。

读画就是读画家的面孔,读他的表情,读出他的内在情感和精神世界。

我们看到与八大山人同为明遗民的黄安平为八大山人四十九岁生辰作的画像。八大山人当然没有一种古典式的"厚重、伟大的面貌",更缺乏"冰雪融化那一刻的俊美和优雅",离奥地利诗人里尔克所形容的"孤寂灿烂如先知的面庞"的艺术大师脸谱也相差甚远。他面孔瘦削,下巴短,尖鼻子,眼睛小,定定的,有些专注,有些淡漠,两撮焦眉,上唇两缕道士须,这样一副面孔,有一种久存的市民气息,还有些猥琐和压抑,隐约窜动着巫气与鬼狐之气。以这副面孔来看,即便年轻时,他做王孙时也不是个美男子,甚至从他脸上和整个神态上,看不出他画中的那种桀骜不驯的决绝气,看不出他存心的古怪,以审丑为能事,不合作,不待见,甚至满腹的凄怆。当然,他的与生俱来的王孙傲气、睥睨他人之气肯定会很好地藏在骨子里,否则,他就不是八大山人了。在我们面前《个山小像》画的是过去的一个"中国病人"。然而我又想,也许我们误读了八大,这误读与真实的八大相差甚远。抑或我们是将自己臆想的一个"非人"的八大、概念的八大以文化和艺术的名义粗暴而强行栽在人家身上。静下来,我要自己静下心来,一次又一次读八大山人的面孔,试图读出一点他的心迹。如果说面孔是人内心的脸,那么,我们从他的面孔上读到的又是什么?厌倦——四十九岁的八大历尽沧桑,他的面孔上似乎透露出他所画的正在逐渐枯烂的荷叶气息。他可以放低自己了,把自己放低到世俗的生活中,面上满是浮尘,南昌市井陋巷的馊臭与二胡拉出午后日影的悠长,以及歪斜酒肆茶楼里的寡酒清欢,他一一接受。孤漠——他不是那种待人热情,逢人便打躬作揖、称兄道弟的人,尤经世道人生"变乱",早看破了尘世,他脸上所保留的更多是些不咸不淡,而把内心收敛起来,好在有诗画一遣孤怀。阴晦——仿佛在南昌城外的坟地行走,心情总是压抑着,好像鬼魂在空气中游荡,即使光天化日也形单影只,八大的艺术是一个穿行在坟地的人的心境外化,他的脸上有黯然暮气,有死亡的影子,仿佛他是那个世界里不小心溜出来的家伙,这使他获得了打量世界的另一副眼光,也使他有了嘲弄与戏谑这个世界的理由。八大的画告诉我们,他的内心强大到了多么可怕的地步。他可以和鬼魂做爱,和魔鬼打交道,甚至他就是魔鬼。但这一切在他脸上又好似轻描淡写。

也许我们习惯了读史、考据、研究死的资料、削尖脑袋自以为是解读作品和文字,却放过了承载更多信息的当时人物在当代的身体资源——画像。很遗憾,古代的中国人少有画像,即便画家,画自画像的也极少,而且画像也为人所忌,仿佛那是与死亡联系在一起的事。在照相技术还没有出现的时代,只有明清人物尚能见到一些画像。而且中国传统文化的天人合一、道法自然的哲学观,总是努力要把人藏在山水及一切自然物中——人、生命、自我,除了帝王以外,都必须减小、减小,至减到无有状态。于是查阅历史,中国人几千年的"身体史",几乎付之阙如。身体史才是在场的历史,中国人惯于把身体隐匿在历史背后,即使出现在人前也是用宽衣大袖包裹着,面部表情更是讲究喜怒不形于色、泰山崩于前而不色变。所谓淡定,就是面无表情,如同戴着一张人皮的假面具,不以"裸脸"示人,身体其他部分更是禁忌。只有传说里的文人狂士可放浪形骸,秦楼楚馆总少不了他们的行迹,但真要瞅瞅他们的胸肌,他们也会慌忙掩起长袍,遮住那几根羞于见人的琵琶骨。"身体在历史中扮演过重要的角色,是历史不可或缺的部分,是所有历史的亲历者。思想史只是借助身体的援助才能获得实现。"(祝勇:《反阅读》)我们考察八大山人,便不可忽略直接反映他身体的图像,贵州人黄安平所画的带有八大山人现场体征的肖像——《个山小像》,那是遗留至今的作为三百多年前一个具有独特艺术创造力而在现实面前又无所适从的生命存在的真实佐证。

我喜爱且推崇的油画家靳尚谊在当今也画过一幅八大山人的油画,靳的八大肯定参考了当年黄安平的八大肖像画——《个山小像》——因为就个人身体史而言,那是对照八大山人原形所画,此画完成,得到八大首肯,且亲自提笔用篆书工工整整写下"个山小像"四字,这就等于自我验明正身了,他还用章草在上面写道:甲寅蒲后二日,遇老友黄安平为余写此,时年四十有九。靳尚谊以《个山小像》造型为参照,只是将八大身体的立姿,改为了坐姿。靳先生画得绝对好,画人物油画,在世的油画家中老先生绝对中国翘楚。他画的八大也绝对是杰作,但我左看右看,总觉得靳先生画的八大的那张脸不是清朝的,没有那个年代的气息,为此,我不仅反复对照观摩了《个山小像》上八大的面孔,也找了不少清朝人物的老照片来研读。这些清人照片出自外国人之手,也是他们的视角,他们尽管与八大山人也隔了二百多年。照相技术问世正值中国晚清,还好,那些以传教士、探险家、外交官、商人之名进入中国境内的"洋人",赶在中国千年帝制终结前,为晚清拍下了一批珍贵影像,这是帝国末世的晚景,也是我们借此可以确凿进入晚清"身体史"的一个入口。

这些清人面孔,不论男女,似乎都有相对一致的木讷、僵陈与灰暗,这是时光的物理性作用改变了照片,也是当时初涉照相一事,心存重重障碍所带来的一种身体失范——照相术在当时国人看来,是"洋人"淫邪之术,是用来勾魂摄魄的。人有恐惧,更有敬畏。纵有出过"洋",见过世面的大清官员,即便完全接受西方的新技术,但也把照相看成是件很隆重的事,面对照相匣子,便有一种庄严的仪式感,姿势、表情也就难见活泛、潇洒。但清人面孔上的那种暗沉之气是一目了然。此气虽与八大相隔有年,但又绝对相通。八大是清初人,也是明末人,这恰恰是他与这些清人照片上的面孔具有共同点的双重依据。八大山人脸上有末世王孙的晦气、霉气、巫气、鬼狐气,自是不消说,也具有清人的乖张气。这些气的组合、重叠,交汇在一张面孔上,就是有内容、有历史的脸,就是刻在身体上的真实的历史镜像。

我们再看看靳尚谊先生所画的八大山人的面孔,清润、圣洁——当然这可以看出是靳先生表达对八大的敬意。再看画上八大的双目,迷惘而又阅尽红尘,不是"沧桑",那张脸仿佛在剃刀下精心修理过,洁净、光滑、细致,有着英俊男子面部轮廓的优雅的线条感,他无力而慵散的垂坐之姿,仿佛内在的一点精气也消耗尽了……靳先生确实画活了一个很妙且充满隐喻气质的人物,但不是我理解的八大山人。从靳先生所画的八大的面孔看,这是一个与世无争,甚至在内心与现实世界达成了和解,乃至早已没有气力较劲的一个人——他不会倔强、发癫、偏执,不会画《孔雀图》那样不计后果的作品,不会有国破家亡、为僧为道后也放不下的性欲。这也绝不是我所熟悉的八大那类"偏执"性南昌人所带有的怎么也挥之不去、消磨不了的外在气息。我想,油画中的八大山人可能是靳尚谊的另一个化身,一切艺术家笔下的人物创作都是艺术家个人的化身。当然,也有可能是他美院的一位国画教授的精神原型无意间流露在他卓越的画笔下,但绝不是吾之乡土上生养出来的画家八大山人。尽管油画八大山人与《个山小像》上的人物酷似,但仅仅限于外形,而绝无内在与面孔内容的一致完整性。它们几乎在同一个人的名义和身体下产生了最大的精神错位。可以说,就艺术作品而言,我毫不遮掩对靳尚谊这幅八大山人油画的喜爱,但我只是爱靳先生的艺术,而不认同他画的是我理解的八大山人。在精神维度上他画的仅仅是一个有着"当下"信息特质的人，而不是清朝的八大，那张面孔是一张学院派的面孔，而不是清人的面孔。云南诗人于坚在欧洲的书店里见到过一本肖像摄影集，印象深刻，"照得全是19世纪精神病人的肖像，他们样子看起来相当非凡，全是天才"。而他在同一书店又看到另一本书，里面全是19世纪的"裸体英俊的青年男子……那些年轻人看起来很忧郁，阴茎很长，像是一群裸体的豹，那种忧郁与外面铅灰色的天空很和谐"。由于摄影技术，由于西方文化对于"身体史"的注重，使那些一百年前的面孔能够毫无障碍地与今人见面，让人直观读解到他们的精神与身体特质，读到"裸体的豹"和英俊的"忧郁"。可见，要明白一个人，首先必须从他的面孔开始。

再看八大山人的绘画，在中、西绘画史上我只能找到印象派的凡·高来与他互为参照，在诗歌史上，我还能找到法国的波德莱尔的作品来与之相互印照。有趣的是，在多年前的一个八大山人真迹展上，看着一幅幅八大山人的作品，我和余光中先生及其夫人范我存女士，不约而同提到了凡·高。余先生说，八大的画在当时不是每个人都会欣赏的，就像当年凡·高在世时，人们同样欣赏不了凡·高，觉得他怪、丑，有的家里甚至用凡·高的油画盖泡菜坛子。"当世画坛人亡业显者，江西南昌有秋园黄氏，四川成都有石壶陈氏，率皆偕古开今，独出手眼，论者谓黄繁陈简，各擅胜场。"这样的玩笑，在中外艺术家身上已经不是第一回，过去有，现在有，将来还会有。凡·高的向日葵，现在是无价之宝，当年有谁懂得。其实从凡·高将它画在画布上开始，那向日葵就在燃烧，仿佛有着"彻底焚毁世界的绝望的激情"，然而八大山人画中的意象在我看来却是燃烧冷寂后，世界毁灭过的记忆残骸，仿佛众神离开后留下最后结局的启示录。

这样的画家他用的已经是世界性的艺术语言,他出现在清朝的南昌如同一个神迹,八大山人把南昌人的"鬼"在艺术上发挥到极致,他就可以领先世界千百年!对此,我认为这绝不是说大话。八大山人的画是往"内"求的,是打开内心的宇宙,在宣纸上重建了一个被毁亡的精神体系和艺术体系,"这个世界最厉害的鬼,在他的身体里九曲回肠"。他的灵魂是王都,骑着画笔的马君临宣纸的世界,而"鬼"是内在的隐喻,它不可能出现于光天化日之下。八大山人如莎士比亚《哈姆雷特》里出现在城墙的王的幽灵,它逡巡在画纸上。墨汁是他的血,黑的血,寂冷、荒凉、幽暗、死亡、拒绝、傲慢、尊贵,与红的血相区别,与热烈的血相区别。黑的血,泼在宣纸上,大片的垂死的墨荷使宣纸从暗沉的死亡中与再生的力量相遇——八大的墨荷有着被人所忽视的万物所含有的宿命和它灵魂里的暗影,那仿佛等待着来自自身之外的秘密意图,"那就是将来的一天以烈焰将毕生的历程焚毁于瞬间,那是收割者的烈火,将这烈火引向自己,只是在到来之前,谁也不可能看懂"。墨荷向天空打开的大门后面隐藏着不为人知的冷酷,如同一张布满纵横交错皱纹的面孔,那是时光焚毁痕迹,带着对岁月的沮丧与绝望,向着那不可逆的结局老去。八大画荷的水墨中有着一种与生俱来的神秘,那是它藏在万物背后的灵魂的缩影,他是用他的孤独和破碎的生活哺育着他的墨荷,那是一个世界塌陷的床,所有的梦想无处安放,它随之同时塌陷,又好像意味着"人与自身与不可捉摸的巨大时空所达成的最后和解和妥协"。荷的归宿里暗喻着一切肉体的归宿。有多少人能够探窥墨荷的秘密,有多少人能够看清八大的奥义。

黑色的血,死血,滴在纸上便是浓酽的墨,能够从柔软薄弱的纸上伸出冷铁般的枝干,扎痛或刺穿阻碍内心的壁垒。黑色的血,落在纸上变为最冷最硬最顽固的石头,丑陋、狰狞而倨傲。黑色的血,洇在纸上化成了鹌鹑、葡萄、水仙、鳜鱼,带着冥界的气息,不胜枯寂,仿佛是来自另一个世界的密码,冥王的宠物。黑色的血也有与水相遇时的柔和,仿佛对俗世的垂怜与心疼。八大山人的大写意如同经过医院抽血检验后验出的身体真相,世界之病被他一笔点穿了。这就是山人的厉害,这就是大师常有,八大山人只有一个,这就是他的唯一性和不可复性,甚至别人哪怕试图通过对他的临摹以示敬意,也必是败笔,都是倒在他笔墨下的尸体。他画于1684年的《秋山图》,是一幅大挂轴,有人在看后写道:"八大山水中沉郁、幽暗、回旋、倾覆的力量更是深沉动人,它给人带来一种惊心动魄的视野,那是一个混乱的世界,一个失调的宇宙。"

八大山人纪念馆悬挂着"高山仰止"匾额的大门,当年便是炼狱的入口之门。我不入地狱,谁入地狱?心灵破碎,身形扭曲,癫狂蹒跚,行不由径。他只有以纵狂怪啸来应对眼前的世界。于是八大山人之号,在其画作的自署中也就变成了"哭之笑之"。八大山人以苍郁悲凉入画。他用大写意手法画出的一枝一叶,都是生命的骨血;他画的鸟啼涧鸣,都是无声的歌哭;他画出的丑石怪禽,都是生命傲岸的写真。以今天的书画市场行情看,八大山人的书画有价,但八大山人的艺术创造力无价!谁能给八大山人的孤独寂寞报个价;谁能用金钱买断八大山人的痛苦;谁又能在炒作喧哗、斤斤计较的钞票之中,画出震撼人心的杰作! 只有博大的悲悯,才能产生博大的情怀,才能达到更为博大的境界。站在人道的立场,我不主张也不赞赏艺术的"苦难说",但苦难又确实孕育了许多大艺术家。对于八大山人而言,不是他选择了苦难,而是苦难选择了他;不是他选择了艺术,而是艺术选择了他。因此,光荣与苦难,他都无法逃脱。可见,做一位伟大的艺术家,从来就不是件很轻松或者很洒脱的事情。

从八大山人的画里我看到的是"一个诗人对他的时代的令人难以

忘却的大审判","他所认识的整个人生是无名而且无意义的"——八大山人是毒,只有他自己是免疫体。

也是那一年,在八大真迹展的同时,也在省博物馆同一个大展厅,在陈列了八大数十幅真迹后面,是一位当代"大师"临摹八大的数十幅书画。一眼看去,狼就是狼,犬就是犬,狼是野狼、饿狼,犬是家犬,甚至不如农家的柴犬,是宠物犬。我眼睁睁地看着那些可怜的犬类被八大那些野狼,那些魔鬼般的家伙噬食殆尽。多么可怕的一次展览,多么不自量力的一次狭路相遇,多么不幸的一个当代"大师"之死,我又一次目睹了"魔鬼"的力量。过后我想,这次"相遇"本是不应该的,造成"大师"惨"死"的原因首先在于"大师"还是没有读懂八大,没有读透八大,不知八大为何人?他真以为八大是个画家,而非"另类",而非"魔鬼"?但"大师"太像"大师",他个大,胖,面有霸气,所到之处有大批崇拜者、女同好、垂涎他书画而盛情款待他的官员,他画的画没错,他的画能出手几百万是他的幸运,也是他的"媚俗",他以为临摹本在八大的真迹跟前展出是表达他对八大的致敬,这就太不知斤两,太不地道,太想把自己和八大靠一起了。你谁呀!真不明白还装糊涂假不明白,我看了,"大师"是真不明白,比我这看客还不明白,"大师"比八大生前"有钱","太有钱了","大师"像赵本山说的那样"不差钱",差的是水准,艺也好,德也好,整个一水准,看来是"世下之气"。"世下之风"把"大师"宠坏了,"大师"就像只被豢养的"宠物",已经没有了艺术的真气、元气和捏得住拳头的力量。他的画太像一个当今画家的"画",技术都有,可唯独缺的是一幅画独有的生命,是人是神是鬼,画一出来,都是有气场、有命运的,他没有。我看见他宣纸上的笔墨在追索八大之意,但那完全是乞丐的乞讨,而不是僧人的化缘,甚至不是卖艺者的谦卑,他的笔墨有着世俗的圆滑与娴熟,就是没有自信,没有灵魂,或灵魂根本就不在场。他在开笔时没有遇到心中的天使或魔鬼，也就是说，神不在他那一边，他的画苍白无力。怎么能与八大在一个展厅里形成同构？如此不自量力，我看到那——与八大真迹相对的"大师"临摹品，都是倒在八大脚下的死尸。虽然八大能画，可在他有生之年是不来钱的，一直没有脱贫致富。当他弄了个寤歌草堂住着，生活好像又穷追着他，他盘算过娶个把女人的事，也渴望画能卖个好价钱，可他的画仿佛都是为后世之人所画，让后世卖天价、发大财。2010 年在瀚海秋拍中，清代八大山人的经典之作《孤禽图》以 6272 万成交。该作品除了一只单腿站立的鸟，什么都没有，人称是画坛中"有史以来最贵的鸟"。而八大在世时只能过着狼狈不堪、没有物质尊严的生活，只能在他的书画中为"王"，就像欧阳江河所形容的"两手空空而在天堂里行走"，这似乎是一种天谴与宿命。

以今天的眼光看，当时的八大山人是视权力与金钱如粪土，也被权力与金钱视他如粪土的家伙——在那些失意、狼狈、仓皇无措的日子，仍然顽强地抗争着，以疯癫的姿态"哭之笑之"地嘲弄这个世界，也被世界所嘲弄，至晚年真正想卷土重来绝无可能，只有以反叛的"老愤青"的姿态，一竿子顽抗到底。这种骨子里的决绝使他获得后世的荣耀——他在生时是否能想到这一点？我以为八大山人和凡·高都是属于生前寂寞、死后哀荣的"艺术烈士"，他们缺乏毕加索那样的智慧，能在生前就享受艺术成功带来的荣耀与财富。然而我以为，中国乃至世界画坛，幸有八大山人和凡·高这样的异质锐响，才不至于陈腐啊！

八大山人是如 V.S.奈保尔所说的世界上的一类人："精神内聚是强烈的，自我专注很完整。"这种人按今天的话来说就是：固执、死磕、一根筋、不靠谱儿。然而八大的晚年，也有"生活的力量卷土重来的时候"，他也考虑着食色和"性"，南昌的米粉、鄱阳湖的鲫鱼、白豆腐、苋菜、老鸭汤，和坊间的女子一样，味道都挺好的。人生的滋味就是身体感官的滋味,对此,王孙出身的八大山人比寻常人更清楚。我们欣赏八大山人的画固然要品出他的精神指向,也不能抽空他作画时在场的身体感官机能,这种在场作画的"身体性",恐怕更能把他的画作还原到根本的真实存在,亦我们所说的"文本"上来。

当年,八大山人那袭厚重僧袍,裹藏着的是一颗大孤独的心。

八大山人之前,我们也看到过很多美丽的山水、人物、花鸟画,其诗情画意千百年来令人陶醉不已,只是那些作品美则美矣,但好像总是缺少了些什么。少了什么呢?

少的正是八大山人那样的生命体验和生命意识,所以八大山人以前的中国画在打动人心、撼人心魄、唤起人的生命感受方面就差了一大截。八大山人却是以自己的人生遭际、苍凉感受入画,他用大写意的手法画出的一枝一叶,都是自己生命的骨血。他画出的鸟啼涧鸣,都是自己内心无声的歌哭;他画出的丑石怪禽,都是自己生命的倔强与傲岸。因此,他才会在这些画幅上将落款的"八大山人"变形地写成"哭之笑之",一吐他内心的积郁。

看八大山人的作品,我们是在阅读一个大孤独、大悲寂的灵魂,如同站立在深秋或初冬的寒风中,枯叶从身边扫过,我们会打一个寒噤。然而正是这一个寒噤,使我们触摸到了八大山人在300多年前的巨大孤独与同等巨大的傲岸,感受到了八大山人在300多年后仍然散发出来的强烈生命气场。这就是学者叶嘉莹所说的"艺术的巨大感发力量",也就是王国维《人间词话》所说的"血书者"。千百年来的中国画终于在八大山人身上有了生命意识的深刻觉醒,如同《圣经·创世记》开篇所示:"神说:'要有光。'就有了光"。

就像贝多芬、罗丹、毕加索一样,所有杰出或伟大的艺术家都逃不过时光与苦难的凌迟,八大山人也摆脱不出历史的宿命。这位孤寂的天才在晚年所表现出来的错乱或"癫狂"行为是同时代人众所周知的,这是一种虚无的力量,时而将八大山人带入亢奋之境,时而又令其无所适从,步入愤怒的泥沼。著名学者高居翰认为八大山人悖乎理性的行为,他的喑哑、狂呼、大笑和哭泣,都符合中国或西方所公认的精神错乱的模式。另一方面,假装或者扮演狂癫作为一种权宜之计,使自己可以置身于社会常规之外,避免受到从事反朝政活动或表达遗民之情的嫌疑。这种隐晦的做法在中国行之已久,历史上许多知名之士多行其道。抛开八大山人艺术家的身份来说,这也是这位明宗室王孙后裔对于寻常伦理及纲法的一次华丽出逃。

没有了世俗的纷扰,八大书法大多近似孩子气的简单,可是,他的诗作却异常地深奥难懂。至今,即便作为艺术同道的我们企图一再辨析他诗画中承载的用意与神韵,随着八大山人时代的远逝,我们也仅仅只是停留在理性角度浅显地理解他的部分隐喻与象征。可对于有着如此超常经历的大师而言,哪怕他的寥寥数笔,也有可能藏着一个完整的精神空间,抑或是一个世界破亡的碎片。

试问,有谁能够体验八大山人的心灵破碎?又有谁能感受他的寂寞苦痛?我们当然知道三百年前他正是将一腔孤愤愁苦与寂寞寄托于狂野不羁的笔墨,以此静寂地安慰自身承袭的不祥与躁动。作为末路王孙,走投无路,只有以时而道士时而僧人的身份隐藏自己的真相。这还不够,在正常人中出没他不可能享有正常人的那种正常,他只有选择疯癫。这就是一个大师存在于他的时代的残酷。疯癫也是他隐藏自己的另一种方式,也是他人生的另一个符码。同时也是他为后人设下的又一重暗示。"山人不是隐居在山上,山人是隐居在自己的画里。"当然我也不完全以为八大山人在宣纸上的每一笔,都是苦大仇深般勾出来的,他也用墨色喂出了《安晚册》里的瓶花和兰草。但他笔墨的主调逃脱不了奇崛的宿命。

八大山人,书画一生,歌哭一生,潦倒一生,悲愁一生。

他笔下的鹰,白眼朝天,桀骜不驯;他笔下的鸟,单足独立,势不两立;他笔下的荷,离根飘零,身世孤凄。最美丽的孔雀在这支笔下,也变得皮塌毛落,丑陋不堪,只剩下三根花翎,暗讥三眼花翎的清朝权贵。世界在他的笔下,只是枯枝、残叶、衰草、怪石、寒江拼凑而成的残山剩水。这其中寄托着一个明代没落王孙的巨大悲哀。

站在八大山人的画前,除了惊叹,是少不了一份沉重感的。这种沉重感就像山人笔下画出的一块丑石,那是他紧攥着大苦痛与大孤独的拳头。我们要用怎样的力量和心智来把他的拳头掰开,我想那里面一定是一颗变成了宝石的心。谁说有了掌声,有了赞叹,有了瞻仰者和游人之后,大师就不孤独了?

在一阵阵观赏者来去的短暂热闹过后,山人画里那些老枝如虬的古树守护的,仍是八大山人永远的孤独。这种孤独,因其独步古今,而显得何其之大!

我们走进八大山人的画,就是走进一种大灵魂和大孤独。西班牙诗人桑德雷在一首《火》的诗中写道:

所有的火都带有激情,光芒却是孤独的。

我们在八大山人身上看到了孤独者的光芒。

1999年6月

只有风声穿透岁月

人类诗意地栖居在大地上。大地上的每一座城市,每一处乡镇,每一个村落,都是人类诗意的居所。我认为,小至一处村落,大到一座城市的历史,都是人类栖居的诗意部分。通过这种诗意部分,来反观与认知人类自己的家园,其本身就是一道极有意义的命题,这道命题能够使我们生出翅膀置身于一定的文化高度,来观望苍茫的历史和岁月的烟云,御风飞行。一座城市有一座城市的历史。一座城市有一座城市的年轮。历史,自有史书记载;而年轮,就不仅仅是史书上冷冰冰的数字所能表述得清楚的了,它应该更多地体现在一座城市的古迹、名胜、遗址、故居、老街、旧巷上。我们生活在日益发达和现代化的城市里,高楼参天,物品繁多,人潮车流,红尘万丈,是很难也极不容易静下心来追溯一下我们城市的历史,或摸一摸我们城市的年轮。某日,当我从本地晚报一个不起眼的位置,读到一条某纪念馆正筹办南昌建城2200周年活动的消息时,惊讶万分。好像一个已忘记自己年岁的人,突然从镜子中看到了自己的满脸皱纹与如雪须发,才领受到时间的分量,才发现过往的岁月早把一圈圈年轮无一遗漏地刻写在我们的肤发上。照理,拥有漫长的历史,也就意味着拥有得天独厚的发言权。然而,我更感兴趣的话题却是,在对一座城市来说并不算短的2200年里,时间和历史究竟在南昌留下了一些什么？时至今日，即将迈进一个新的千年的南昌，又有一些什么样的惊喜出现并带入下一个世纪？应该说，这的的确确是一道很有文化含量的历史命题。

对于一座城市而言，2200年绝对不是很短的时间，其中无疑有着足够的沧桑变化，有着足够的怀旧资本，同时也使这座城市有了足够前瞻未来的力量和雄视向前的大气与自信。2200年的光阴，流成了一条时间的河。有多少事物在时间里诞生，又在时间里消亡，它足以客观地印证时间的有情和无情。此时，我把一叠珍贵的南昌老照片在书案上铺开。当然，照相术发明以前的南昌图片不在此列，这也就界定了照片的内容，都是在照相术问世后的那些特定的年代。把时间定在这样一个时段和空间，完全取决于科技手段，但它给今人提供思索和探寻的时空跨度，又绝对可以往过去和未来的两头延伸下去。在铺排老照片的同时，我又将今天南昌摄影家拍摄的一些展现当代南昌城市风貌的新照片，逐一摆出。一种奇异的效果顿时在我眼前出现了，老照片是黑白的，新照片则有着特别绚丽的色彩。

黑白的过去和彩色的现在，我们姑且不去探讨和引申这两种色彩对比的含义，就过去与今天这两个不同时段，如此同步地呈现在一个时空中，这种奇异的效果便足以带来生动的比照和不尽的思考。历史的年轮，城市的变迁，如此直观地展示在今人的视野里。我可以毫不费力地指出：那是城市某处的过去，这是过去某处的现在。可以说，这实在是一种很直接也很畅快的文化确认和历史比照，它使一座年岁久远的文化古城的沉重历史能够让人在轻松的形式下反照、追索与探寻，从而完成对一个城市"今昔对比"的、看似漫长的文化苦旅。

从眼前的照片中得出这样的推想，我长长地呼了一口气，好像找到了某种兴味，以及内心对一座古城漫漫时空的触动。进而我又想：或许,没有什么比一座城市与时间的对抗显得更为坚忍、苍劲与幽远了,也没有什么使这种对抗更能看出一座城市的深层历史文化内涵和一座城市的独特精神品格。

岁月苍茫。2200年过去,古城的建筑已被岁月风化或沉埋地底。我的目光越过文字资料和历史照片,在日益扩大的南昌城里已极难找寻到2200年前的遗痕,只有高蓝的天空一如从前,只有白天的太阳和晚上的月亮曾经照临和目睹过2200年间一场场、一次次南昌变迁的历史景象。

洞观历史,南昌正是从2200年来的岁月中变过来的,而且越变越年轻、越变越瑰玮,这不能不令人在惊奇之余刮目相看。我们知道,历史上曾有过的唐代渤海国首都,在当时是除长安之外亚洲可数的大城市,然而不知什么原因,存在只有千余年,便消失得毫无踪影。可见,时间是滋润万物的母亲,也是剿灭万物的杀手。将千余年的渤海国和两千多年的南昌相比,也不难看出我们这座城市具有一种多么坚韧的穿透岁月风云和历史烟尘的意志。时间总是这样,在消磨一座城市的同时,也在塑造一座城市。消磨城市的脆弱与浮华,塑造城市的精神意志与文化品格。今天,面对处于浩大时空里的一座历史文化古城,我们静息凝神用耳朵倾听到的,摒除杂念用心灵捕捉到的,将会是什么呢?是岁月的风声。不错,正是这风声在2200年的时空隧道里穿行。它,浩荡而来,呼啸而来,潇洒而来,飘逸而来……

只有风声穿透岁月。

那风声无疑是来自2200年前的一棵巨大的樟树,对当时即将诞生的一座城市来说,那棵樟树就是它的父亲呀!至今有史料记载:其树高17丈,粗45围,另一说高7.5丈,粗25围。它枝繁叶茂,垂荫数亩。隔着如此之长的历史岁月,这串言之凿凿的数据,一直令我怀疑。我相信在我之前也一定有人会生此想,但那串数据还是在犹疑中留了下来,其原因不外是为了证明那棵树能够分娩出一座城的可能性与重要性。就是在这棵树下,一支古代的骑兵队伍在赤日炎炎的酷暑里征战至此,已是人困马乏,背脊生烟。突然为首的将军大声发出惊喜的赞叹:"好大一棵樟树啊!"全体将士的眼睛都为之一亮,那确乎是个驻马休憩的好地方呀。只见翠绿的樟树林下,一片草地向前伸展,远处北面还有一个湖,那便是现在的青山湖了。将军遂传令下马。当众将士在大树巨荫的庇护下轻松地放倒自己的同时,也一定找到或产生了一种从未有过的归属感。这种感觉,是长年在外的人突然回到家园的感觉。如盖的巨荫下,征战劳顿的将士不能不想到:如果在这里安个家该多好。也许,这正是那棵古老的樟树在经历无数风雨的守望后终于盼获的回应。当两种意愿在同一个频率上接通并产生共感与共振时,美好的现实将要出现。征战结束后,那位发现这棵大树的将军,经汉高祖同意,受命在此筑城。时间为公元前 201 年。那位将军的名字:灌婴。

从此,一位将军的名字和一座城市连在了一起,一棵大树的名字和一座城市连在了一起。这就是南昌原名灌城、灌婴城或豫章郡等的由来。与此说不同的另一种说法,称古时赣江为豫章水,出西南,北入长江,豫章是以水名而命名的。当然,这已不是我们探讨的要点。但至今南昌市的不少主要街道两旁,仍遍植樟树,枝叶扶疏,四季常绿,不失为南昌的一道景观。有意思的是,今天南昌市面上有一种酒颇为有名,该酒便名为"灌城酒"。看来历经多少载,无论历史怎样绕来绕去,不是直接就是间接,不是宏观就是细节,总是和今日相关,甚至影响着现在的生活。试想一下,在 2200 年古城南昌,走到当年西汉大将灌婴洗马的地方,你会看到这里已是一处繁华的闹市,它位于胜利路与中山路的交叉地段,至今仍叫"洗马池"。你不妨在此附近寻一家酒楼坐下,要一壶灌城酒,举杯品酌,不是很有文化况味吗？说到灌婴,他在中国历史尤其是在南昌的历史上,恐怕不是一个可以一笔带过的人物,说他是南昌的首任市长应不为过。灌婴受命在南昌筑城时的身份是汉朝开国名将、御史大夫,后受封为颍阴侯,这样的身份足以说明他的分量。也有资料提及,实际上首先为刘邦拿下秦豫章郡的是陈婴,南昌城最早的创建者应是他,而非灌婴。

提起大将灌婴,总让我想到另一位与他隔代的秦朝开国名将蒙恬。蒙大将军奉始皇之命修筑的是砖石结构的万里长城。西汉大将灌婴受汉高祖刘邦之命在南昌筑起的灌城,就规模而论,远不及长城宏伟,我却愿意把它看成是一座时间的长城。2200年过去了,这座由灌婴始筑的城市,仍在发展中透出勃勃的生机,而且它将在不断向前推移的时间里,拓展出更为广阔与恢宏的发展空间。

灌婴,河南商丘人,秦朝末年随刘邦起兵,转战各地。公元前202年,楚霸王项羽在乌江自刎之时,刘邦便令灌婴率骑平定江南。公元前201年,当罗马人击败迦太基汉尼拔时,豫章郡也在同一年建立。南昌,是汉灭楚统一中原后,建立西汉王朝前在南方所平定的最远的一处。当灌婴率军经过南昌,进九江,渡长江,平定淮北楚地后,在山东汜水（今山东菏泽县）参加刘邦的登基大典时,仍念念不忘在南昌屯兵时的那片清风徐徐的大樟树林,那棵巨荫如盖的樟树,在他的脑海里已成了一个梦。一种生命的情结,那真是一座绿色的家园,一座心中的城呀！灌婴在向汉高祖汇报江南的形势时,建议在南昌地区筑城。汉高祖从军事上着眼,把它列入了边防一级重要计划。原因有二。一是原秦朝时龙川县令赵佗已占据两广岭南,自封为南鄂王,筑城南昌可阻止其进犯中原。二是汉高祖欲以此作为军事基地,为日后汉朝稳固、再平定两广之地,以昌大南疆。因此,历史上后来有了南昌的定名,正是源自"昌大南疆"的意思。也有认为西汉刘贺改封海昏侯,封地昌邑(今新建县境内),因豫章郡治在昌邑之南,故得名"南昌"。《汉书·地理志》介绍豫章郡下辖十八县,南昌列首位。

公元前201年,灌婴奉命带领军队,征集数万名工匠、劳役,在南昌的豫樟林一带开始了声势浩大的筑城工程。当时筑城的场景无疑极为壮观。旌旗在猎猎古风中抖开,是另一种厮杀景象,虽不是刀剑相迎,血肉搏杀,但它的气势仍然如同史诗的壮观段落和《创世记》的开篇部分。但见裸露着的古铜色肩膀与肌肉在广阔的土地上集合与散开,泥土在凝结,砖石在组合,黄尘在飞扬,汗珠在发出比刀剑更耀眼的闪光。我想,我虽不能看到2200年前那番壮阔的场景,但能用诗一般的语言来描述,那毕竟是我们南昌这座城市的历史的壮丽开端。数万将士、工匠、劳役都在为人人心里都怀有的一个梦而拼搏,为营造一座梦中的城而挥汗如雨。这样的场景,历时数月,夯土50余万方。当他们把一座高大雄伟的城池从心里雕刻出来时,灌婴激动了,数万将士和筑城者的眼睛在同一时刻开始湿润。灌婴城落成,建有六扇城门,其中南、西、北、东门按当时情况来说,也可谓是够高大雄伟的了。西门临水,可泊来往之船,故称皋门。西偏北设有昌门,为军用粮草出入之用,实为仓门。南偏东设有松阳门,为偏门,专供官员出入。门内保留着高大的古樟树,既是作为一种纪念,更是作为一种供奉,它对这座城来说意义独特。遥想当年,灌婴肯定是经常在这些古樟下徘徊、流连与遐思的,看看它粗大的躯干和繁密的绿叶,听听从它的枝叶间发出的如慈父般叮咛与嘱咐的风声。

古老的樟树也一定是常用无数片绿叶的眼睛端详着灌婴,如端详自己的孩子,用轻风般温和的手掌拍抚着他的肩膀,诉说着自己的欣慰。

有意思的是,我今天所在的机关正位于原先的豫章公园内。当然,这里并不是当年灌婴筑城的东阳门处,它的特点之一,是园里曾有数棵著名的大樟树。站在豫章公园里的大樟树下,很自然使人容易想起些什么。豫章公园建于1926年,为纪念北伐胜利,当局拆除了原豫章道尹衙门,在园内建起了"中山堂"和"北伐阵亡将士纪念塔",纪念塔旁有一株苦楝树,红十军创始人方志敏当年被捕时曾被绑在上面示众。日前,我恰好碰到方志敏烈士的儿子方明,他告诉我他正在为纪念父亲诞生100周年而忙碌着。烈士就义时才三十几岁,而今烈士的儿子已年过六旬,前者永远定格在英烈年华,而后者却要走向岁月深处。虽然烈士已诞生百年,但烈士的头上永远没有白发,有白发的只是常感年华虚度的我们。

得知我写作此书需要一些史料照片,方明便专程从家里找出他珍藏的一批父亲的照片,冒着当头曝晒的炎炎烈日,汗涔涔地送到我的案头,令我十分感动。

这批方志敏的照片都是拍于狱中的。从情形看,大多数可能都出于敌人之手,有向上报功、验明正身的意思在内。但使我惊讶的是,不论是方志敏身锁重镣被敌人严密审问的照片,还是被荷枪实弹的敌人押解或是与战友在狱中的遗照,他的神情无一不是从容镇静、大义凛然。什么是视死如归?看看方志敏的真实遗照,你立即就会清楚了。在一张摄于1935年2月2日从上饶押赴南昌豫章公园的照片中,方志敏的形象几乎就是一座纪念碑。在物欲横流的年代里,看看先烈的遗照,会给我们的灵魂以一种全新的冲击。在这种冲击中,我们会再度审视和认清人生的价值究竟在哪里,什么是生命价值的高贵取向,什么是人应该追索的终极意义,这些应该会有一种澄清。"在革命斗争中我是第一个开枪射击的人,但也是第一个跪下去给伤员包扎伤口倒下去的人。"诺贝尔奖获得者捷克诗人塞弗尔特的诗句把英雄的高贵气质展现在我的眼前。

"这群早期的革命者连外形都是优美的。"正像斯大林的女儿在《十二封信》中动情地写的,"你看那些发黄的照片,他们的眼睛那样亮,那样年轻和英俊……"面对方志敏的儿子,我们也曾经这样用赞美的语调探讨过他的父亲,最后得出的结论是,他们真正是一代天之骄子啊。

每当夜晚,仰望星空,想到千秋英烈,内心总像星星一样在天空闪烁,于是有过如下诗句。

> 你的身躯。由此
> 而直立。仿佛熊熊燃烧的
> 一堆怒石。这坚定的牙齿
> 发出穿空的绝响。灼疼一个世纪
> 郁积于胸的岩石被粉碎
> 一字一句,都是不可破灭的铁
> 统治着镀金的骨骼
> 在苍穹中显示思想的形体

时至今日,豫章公园早已不存,"北伐将士纪念塔"毁于60年代。而在旧城改建如火如荼的80年代,中山堂破旧的建筑也被拆除,新建起来的是现代的办公大楼。而豫章公园里的几棵樟树的结局更是出乎意料,据说其中位于某单位所在处的那棵,因建楼而被锯倒。当它粗大的身体直挺挺躺在院内散发出樟木的香味时，令人产生了怜爱之意。该单位遂决定将这棵樟树主干锯成了数十块结实而又耐用的砧板，作为福利人手一块地发给了大家。也许，这是当年热爱樟树的灌婴所预想不到的。好在而今南昌市的樟树，无论是在街道还是园中，都栽种得更符合城市建设的规范化要求，使我们仍然感受到樟树的千年遗风。

当年，新城建立时，汉高祖特派朝廷礼官来南昌祝贺。灌婴以车骑大将军之职被任命为该城的最高军事长官，镇守江南疆关。因此，有人说，灌婴大将军实际上就是2200年前古代的第一任南昌市长。灌婴城成为江西地区政治、军事、经济、文化的中心也就是从那时开始的。就在那年的秋天，战事又起，燕王臧荼高举反帜，西汉王朝受到威胁，汉高祖召灌婴火速回京率军平叛。时隔不久，楚王韩信又被告谋反，于是，灌婴又忙着随刘邦前去收拾韩信，从此灌婴好像便再也没有回到南昌。但也有史料说，灌婴于公元前176年病逝于南昌，其墓位于南昌今顺化门外二里许原土寺右侧，于今墓寺均早已不存。尽管如此，灌婴在南昌人心中的位置应该是永远不会消失的。我甚至想，如果我们今天在灌城的原址，或位于市中心地段的洗马池，建一座灌婴的塑像，哪怕就辟一个灌婴广场，应该是很有意义的，它不仅能突出我们城市2000多年的厚重历史，同时也能增加我们这座城市的文化品位。一座有历史文化的城市，不论过了多少年，它总是会以一种纪念性标志物来提醒人们，并让人关注和尊重它的历史。我想，前人把一座城留给了我们，我们为他立一座雕像，是完全应该的，也是很有必要的。那么，当清风吹过樟树林的枝叶，从我们的身上拂过时，我们是会有一种与历史接通了的感觉的，因为在南昌城里，哪怕是最细微的一缕风中，都是蕴有千年古韵和不尽深意的呀！

我在广场中心站立，
一座城市在我周围，
承受暴风骤雨。
而博大深厚的土地，
饱含苦难与情爱，
令所有的水，
向天空流去。

老街头

诺贝尔奖获奖诗人帕斯有诗言:"城市街道,伤口般触目的名称。"从中可以想见,每一座城市的街道之名不仅是城市血肉的体现,更是城市人情感与思想的一种出口,其名称直接触及人的最敏感部位,或痛或喜,都是生命的连接。

城市街巷的传说故事,应该是融城市历史和城市人思想与情感的一种文化编织物。每一个城市研究者,都不会无视它们的存在。

我的目光在古代南昌曲曲折折的街巷里穿行,如同置身于卡夫卡或博尔赫斯的小说情节中,有时看似拐入一条死胡同,有时又能从"一线天"般的巷道里的"柳暗"走出"花明"。

1

对一座有着悠久历史的文化古城而言,城里的每一条街道无疑都是被历史反复书写过,每一条街道都是历史脚步的聆听者、承受者与记载者。从文化的角度看,它是以展开与延伸的方式来将过去向今天表达,将今天向未来延伸。道路总是在行走中打开历史,行人总是在行走的过程里对历史进行确认,对过去与今天做出判断,从而对未来产生推论。站在有着2200年历史的南昌街头,我常常无端地产生一种穿越时空的幻象。比如行至热闹繁华的胜利路与中山路交汇口,即当年因西汉大将灌婴在此洗马而得名的洗马池,我突然会想到,如果上溯五十年、数百年或者上千年,肯定也有人行走至此,周围肯定也少不了有人在活动。我甚至想,假如时光真能像电影胶片一样倒流,我真希望能看到不同时代的洗马池会是什么样子。据科学推断,假如真能发明时间机器,令时光倒流,我们能够看到过去,甚至看到某时某地某一有名有姓的历史人物,比如灌婴,他在城中行走,他在观望,他在言谈,但这也仅仅是一种物理的影像,而不是实质的生命,你无法与之交流,更不能干扰他随时间发生的必然进程。但是,能看一眼过去也总是很有意思的,尤其在世纪末,在一个千年即将结束的时候,这几乎成了人们的某种心态,这种心态不能简而言之为"怀旧",它还有一种通过怀旧,从中吸纳更多前瞻力量的含义。

低头看看脚下的这块地方,也一定是有无数不同时代的人的脚印覆盖过的,若是脚印也能垒叠起来的话,两千多年来这地方的脚印该不知叠得有多厚。

好在有了照相术,使我们能够通过摄影看到自照相术发明以来的某一历史时期的固定影像。这就是从世纪末以来被新闻出版界一再炒得火热的"老照片"。最近,江苏美术出版社策划编辑出版了数辑"城市老照片丛书",比较全面地收集了本世纪上半叶几座中国大城市的老照片,使众多有怀旧情结的人,能一解怀旧之渴。香港作家董桥先生说:"不懂得怀旧的社会注定是沉闷、堕落,没有文化乡愁的心井注定是一口枯井。"此言似乎为我们找足了怀旧的理由,尤其对生活在一座具有这么长的历史的城市里的我们,怀旧不仅仅是品尝古典或昨日的情怀,更是为了打点明天而修的一门必修课程。过去,南昌小街小巷之多是出了名的,外地人来南昌一不小心拐入小巷,就像进了迷宫,是极难摸出来的。而这其中又有不少奇奇怪怪的巷子,如扁担巷、蚂蚁巷、半步街、一人巷等,听名字就知道这些巷落的陌生与冷僻。小时候我们很多人的童年都是在这些巷道里消磨的。那时,我们满怀爱国主义激情,总想和日本鬼子在这些巷道里打一场游击战,把日本帝国主义消灭在南昌盘根错节、七拐八拐的小街小巷里,现在想来那真是充满革命浪漫主义的万丈豪情呀!进入 80 年代,全国旧城改建如火如荼,南昌的许多弯弯曲曲的街巷,也仿佛在一夜之间消失得无影无踪,只留在人们的记忆里。

400 多年前,意大利传教士利玛窦在中国传教,他对南昌极有好感,在这里住了三年。其入中国的目的地是北京,由于"北上"一时受阻,待在南昌只能算是"滞留"。但南昌三年他没有虚度。他一边小心翼翼地传教——现今松柏巷教堂,应该有他的回音;他一边广结"人脉"——王府、士林,他是常客,并写下了《交友论》。利玛窦在南昌临时住所遗址,据推断有以下几处:(1)绳金塔以南(南昌市精神病院附近)——神不在了,精神就流离失所,该"精神病院"成了有趣的隐喻。(2)棉花寺,今称棉花市——柔软、铺陈、白,仿佛石灰粉过的街巷,我经常到此地。中学时有个漂亮善舞女同学家在棉花市,她手柔软,腰肢灵活。记忆犹如昙花一现。(3)戊子牌坊,原书街,今百盛广场,隔中山路,与对街的天虹购物相望。利玛窦的身影消失在错乱、柔绵与繁华的物品中。一场雨和霓虹灯把遗址转换得迷离而恍惚。

400 多年后,一位中国诗人站在利玛窦墓畔写道:"回到罗马去吧,神甫/回到上帝的面前屈膝跪下""在月光轻踏大地的夜晚""梦见这黑色小舟载着你的札记/回到你阔别已久的家乡"(西川:《利玛窦墓畔》)。诗人站在利玛窦故国的角度,为这位宗教的浪子在诗中招魂:"回到罗马去吧,神甫/特别是在这个黄昏,热情的晚霞/已在大道上铺下了红花朵朵/黄杨木枝繁叶茂,凝神遐想/这正是罗马的晚钟敲响的时候。"从400多年前,利玛窦远离罗马来到中国,来到南昌传教,至400多年后一位中国诗人在葬身异国的利玛窦墓旁大声要求他还乡,这一来一去完成了一个重大循环和文化转折。你不是来这里传教的吗?现在我们要把你的东西完完全全地还给你,在"罗马的晚钟敲响"的时候,让你的故国收回你的灵魂。

利玛窦当年在南昌虽是一个传教士,却是用旅游者的眼光看南昌,直观印象的好恶往往也能左右他的思想。在南昌期间,他给朋友写信时,几乎是用赞美的口吻说到这座城市:"南昌是江西省的首府,较广州更漂亮,更高尚,出了不少文人,人人有礼,性格也好,房舍美观,街道宽广又直……""南昌街头可见许多雕刻的美轮美奂的牌坊,按中国人习惯,凡家中有出任高官者,在其诞生地建立牌坊,而此间的牌坊比比皆是,几乎无空间可以再树了。"(《利玛窦书信集》)利玛窦的这些文字,无一句不是在称赞南昌,仿佛这是一个外省人而不是一个外国人写的又一篇类似《滕王阁序》式的赞美词,按中国话或王勃的话说,那不就是"物华天宝,人杰地灵""俊采星驰"吗?想必那时的南昌完全够得上是全国文明城市的典范了。利玛窦注意到江西是人才大省,会考试,出"状元",对明朝政治产生重要影响。他说,现在内阁一位副相就来自南昌府。此人即大学士张位,他主导明朝在朝鲜对日本的战争,即1592—1598年援朝抗倭。南昌籍的两位将军——刘綎和邓子龙,冲在战争最前线。利玛窦的观察是敏锐的,南昌的所有牌坊都被他的蓝眼睛关注到了,他特别留意到自己居住地的一座特殊的牌坊——戊子牌坊,这是一个六脚造型的建筑,如同"凯旋门",它所载的是七年前省科举考试中南昌县几十名举人中,刘一憬、刘一焜、刘一煜兄弟等多人中进士的荣耀。此地后来成了南昌有名的书街,是刻书、批发书、卖书的集散地。现在这里是百盛购物广场。

　　傅抱石先生当年在戌子牌街店铺里意外发现一幅八大山人的画,一问价,身上钱不够,他凑了钱冒雨折返这条街,竟找不到那幅画了。清光绪三十年,即公元1904年,傅抱石出生于南昌,祖籍新喻县,是我特别喜欢的画家。傅抱石所画的一幅《山鬼》,深得南方山魂水魄之气,散发出一种诡秘之美——屈原的诗灵仿佛附身其上,楚地的土壤、气候、植物、气息哺育了那个丰腴而姣美的妇人,她皎然而立于南方湿闷燠热的熏风中,裙袂飘忽,明眸丹唇,其丰敛自知,驰车而降的神灵也不能惊扰于她。此画由于其扑面而至的浓郁南方气息,巫风楚雨灵息吹拂,让观者大有置身其境的现场感,一幅宣纸成艺术之门,心有向美向善者,请入内。"人们都已知傅抱石是画坛巨匠、大师,而我们更应该知道他也是一位温情的、富有诗意而又朴素浪漫的人……漫漫历史长河,今天我们仍然感觉到傅抱石的绘画图式所给予我们的感染力是如此强大。直到如今,他独有的人格、才情和诡秘的画风是无法超越的,以至于我们至今仍需以各种心态、各种方式窥探他登峰造极的艺术背后的神奇。"这是我日前在一本刚问世的艺术刊物上看到的一段话,令我对抱石先生更加神往。关于傅抱石先生,南昌人对他认识还不够,尤其当新余市为他建了纪念馆、抱石公园等之后,我们似乎忘了,他的出生地是南昌,他是我们南昌的乡贤,他生活与创作中的一些重要时光都与南昌分不开,他身在江苏的儿子傅小石至今似乎还能说一口地道的南昌话。抱石先生其画作每落款:新喻傅抱石,说明先生未忘祖籍,但至于他,还是南昌人。

利玛窦来南昌60载后的1655年,已是改朝换代的清朝,画家尼霍夫随一个通过东印度公司来中国寻求通商的16人荷兰使团,途经赣地。在尼霍夫一路随写随画的《荷使初访中国记》中,记下了行脚赣地20日的所见所闻,其中写到进入城墙周长20里,城门就有七个的南昌。这是清兵屠城和金声桓之变之后的南昌,人口锐减,城市凋敝,只有一些寺庙和道观得以幸存。尼霍夫饶有兴致地观瞻了紫阳宫等地方,并记录其对擒孽龙的许真君塑像心生敬畏的观感。当他得知当地人尊许真君为神的原因后,认为这些可怜的人只能从中寻求对创伤心灵的慰藉。1675年沙皇派遣使者尼古拉·斯·米列斯库抵达北京,他足迹没有踏入赣地,更没到过南昌,却在他完成的《中国漫记》中写到了他"神游"的南昌——"它以学者人数众多而著称,比其他任何城市都多"。在他有趣的分析中,江西之所以文化兴盛得益于两个皇帝曾在此地待过。一是唐宣宗,其时身份是光王,我曾到光王待过的奉新百丈寺考察,该寺至今都将光王那一段故事,记载在寺内的壁画上。二是961年南唐元宗李璟迁都南昌,三个月后,他便身故于此。我认为以上的分析是有道理的。南唐不仅将庐山白鹿洞书院提升到皇家高度,也为南昌带来了大批文人画士、美女。1903年美国旅行家盖洛来到中国,在他的《中国十八省府》第二部中,写到了南昌,有趣的是他认为:南昌城门想方设法全部保持向南开的状态,是为了服从"昌大南疆"的寓意,服从风水学的要求。"解决这个难题的办法就是不面向南方的城门外加一道半圆形瓮城,在瓮城的南部开一个城门。"盖洛在南昌发现,"再美观宽阔的花岗岩铺的街道也不是直的,在人们认为适合转折的地方,一定会毫不犹豫地拐弯,以'甩掉鬼魅'。在东西方向的大街上,分布着巡抚、布政使、按察使、都指挥使和道员的衙门,一切井然有序"。

古代的南昌街巷，从过去西方人的视角看，仿佛有双重的"陌生感"，岁月深处的南昌究竟是什么样子？我心里产生出更为强烈的好奇。利玛窦书信中的文字毕竟说得笼统而简单，充其量也只是道出了一个欧洲人对400多年前的南昌的感官印象，而没有进入这座城市的灵魂深处。好在我手头还有在南昌博物馆借到的一本资料中的三幅古城图，根据这古城图或许能够看出南昌古城街巷的一个大概布局。图没有注明年代，但从图上所标识的地名粗粗看来，大致是明清时期的。这三幅图分别是《会城图》《南昌府治图》《三湖九津图》。前两张图里所标识的是古代南昌的机关设施和书院寺庙等，诸如巡抚督院、总镇府、按察司、豫章书院、白马庙、绳金塔、钟鼓楼、滕王阁，乃至七大城门等。据说，清道光年间和民国十五年，南昌出土过两幅古图，而南昌七座城门始设于明代，所以，这两幅图有可能是仿制于彼。在第三幅图中，比较正式和规整地出现了南昌街道：进贤门内有三眼井、系马桩、算子桥等；惠民门内有拆衣街、塘塍上、猪市（街）等；广润门内有翘步街、棋盘街、合同巷、翠花街、古新巷、书街等；章江门内有棕帽巷、五台巷、西街、西大街、官巷等；德胜门内有下中街、裘家巷、杨家厂、射圃（步）亭、磨子巷、小金台、洗马池等；永和门内有毛家桥、墩子塘、北校厂等；顺化门内有羊子巷、洪恩桥、三圣庙、延庆寺等。

细读古城图上的这些街道名，我有如遇故人之感，那种熟悉的感觉恍若我们前生就在那些街巷里生活与出入过。这是我所热爱的心中之城呀！

那些古老的街名，翠花街、翘步街、射步亭、羊子巷、三眼井、洗马池、小金台等街巷名一直沿用至今，只是实际形貌已大变。这些古色古香的名字，不仅见证着南昌的历史，也反映了一座城市的变迁。

校厂北老屋门

雨使街道在抽象中逐渐邈远

物体的隐喻被消解

一双双雕刻师的手,如此透明

挥霍创造与破坏的激情

强行把城市改变。一些熟悉的事物在大雨中难以确认

——《雨中的城市》

2

　　事实上,一座城市的街道名称的沿革,也能在一定程度上反映出它的政治、经济、文化和历史的发展过程。比如:当"合同巷"在南昌古城中出现的时候,说明我们城市商业意识的觉醒;而洗马池、系马桩等,应该与灌婴筑城的历史有关;书街和书院街又透出了南昌的文化氛围。至今,南昌人向那些和自己意见相左的人表示不满时,好用"你怎么专走翘步街"而责怨之。

　　我们再考究一下某些街道名中的"字""词"的细微变化时,也颇有意思。例如翘步街,"翘步"一词,今天看来,我们便很难做出像样的解释,是翘着脚尖走路的样子,以喻"难行"或"不走正步"的意思吗?按现在南昌人责怨别人与自己过不去所采取的态度,应该有几分像。记得我曾在古城苏州著名的"沧浪亭"里,也见到了名为"骑步"的走廊。那段走廊有意建得错落不平,令地势成骑,"地势成骑"是我生造的一个词,不如此,似乎是说不清楚行走在上面怎么会有"骑步"之感的。总之,这也是我当时在"沧浪亭"对"骑步"这个奇怪的名儿做出的相对直观与字面的反应。但我翻了翻有关南昌的一些资料,发现"翘步"过去

又叫"桥步"。比如:南昌七大城门之一的广润门,又称桥(翘)步门,有的资料原文就这么写着。那么,"桥"与"翘"是不是一个通假字呢?类似的还有"射步(圃)亭","圃"是否通假"步",若按字面解,二字虽音同,但字一变,意思也就全变了。

沧浪亭的"骑步",可看作是古人的一种风雅。南昌的"翘步",究竟又能作何解或怎么看呢?真正的答案,恐怕还应该留给专家去寻找。又比如,现今南昌的一条巷仍沿用古名"射步亭",但南昌人的口音又总好将"射"读成"谢",叫"谢步亭",是否"射"原本就是"谢"的通假呢?这就引发了另一种意思,是不是此名所在处原先是古人送客止步(谢步)的专用亭?就像古代的五里一短亭十里一长亭那样。所谓"送君千里,终有一别",情义再深就那么一直送下去舍不得分手也不是办法,干脆专设一亭,送到这就止步分手,像是画出的一条送别的界线。如果"射步亭"真是那么回事,倒确实可以看出中国礼仪之邦的风范,以及"多情自古伤离别"的情义崇尚。实际的解释很可能大相径庭,不仅无法上升到一种审美层面,甚至极有可能会令人气短,所以我宁愿通过误读,来接受一些街巷名字的意蕴,也不愿生硬地照搬一些方志稗史上大煞风景的解释。

给街道取名,原本就该是一门应融会贯通多种层面知识的学问,不该将其简化为一种纯粹的行政手段,像在六七十年代那样,强行将一条具有文化历史渊源的街道改名为"红卫路"或"革命街",那实质上是对我们城市的极不尊重,是对城市文化的粗暴践踏。

任何一座有文化尊严的城市,都是不允许强行或随意篡改其街道名字的。

不熟悉南昌这座古城的人,一接触到南昌的老街旧巷,根本摸不着头脑,简直就像迷失在博尔赫斯的小说里,因为这里颇具魔幻现实主义色彩。

南昌的老街旧巷,看似曲折无序,古怪迷离,但在众多街名的来历上细究起来,还是有它的特点和规律。近年来,有关部门将其归纳有五:其一,以其地理位置、形状差异命名。南昌靠西南山高丘陵多,靠东北湖泊、沙洲多,故历史上南昌有七门九洲十八坡之说。随着历史的发展,七门九洲十八坡都做了街名。市内有些地段,形似老虎、棋盘、草鞋、扁担,故有老福山(以图吉利改虎为福)、棋盘街、草鞋巷、扁担巷。有的地方临江傍湖,故曰沿江路、西湖路、环湖路等。其二,以名胜古迹命名。如滕王阁、青云谱、万寿宫、佑民寺、绳金塔、百花洲等都做了街名。全市仅用寺庙作街名的就有上百处,如普贤寺、二郎庙、龙王庙、南海行宫等。其三,以街的长短命名。有的街不到一里或百米,如翘步街、半步街、蚂蚁巷、筷子巷。其四,为纪念历代郡王、名流学者而命名。纪念历代郡王的有:豫章路、都司前、官巷、书院街等;纪念历史人物的有:叠山路、象山路、船山路、渊明路、孺子路、子固路、永叔路等。其五,以其商业经营的性质命名。经营棉花的地段叫棉花市,经营嫁妆的叫嫁妆街,经营珠宝的叫翠花街,此外还有蒲扇行、狗肉巷等。有了这五条特点,我们对南昌街巷的构成便能摸到一个明显的规律,这种规律,在其他老城的街巷构成与命名中,也一定能找到不少共同点,比如北京的胡同,上海的里弄,我们到那里转转,都能找到一些共同之处。我们再想一想,即使在今天,一座古城的历史文化内涵也不一定在光洁宽阔的大街上,而在那些一般不为外人所知的,甚至古风犹存的小街小巷里。

南昌人至今说话喜欢用"万老八"一词,其来由与过去家住筷子巷的大盐商朱源兴的第八个儿子有关。"朱老八"原名朱凤鸣,有大小十

书院街

五个老婆,还以在外寻花问柳为乐事。朱家有钱,养着"老见喜"戏班。朱老八看戏,极羡皇帝三宫六院。便跑去上海购了一批戏装行头,在上海一家妓院包夜。张灯结彩灯火辉煌,然后自己穿戏服化妆为皇帝,妓女按三宫六院嫔妃全穿上戏服行头。再让沪上名妓红艳扮作皇后,两人大咧咧坐妓院大堂过瘾,堂中众多"嫔妃"歌舞翩跹。朱老八挥手将一把把金银抛撒在地上,让众"嫔妃"光着脚,用脚趾头夹,夹起多少就得多少。朱老八就这样做了一夜皇帝,猛过了一把瘾,花去白银一百万两,成了南昌出名的败家子,人便把"朱老八"叫为"万老八"。"万老八"在南昌话里既是指不受待见的家伙,又是冒牌货统称。

或许那些能够述说城市历史掌故和保存着某些古城遗韵的不起眼的街巷,在今天已变得日益稀少了。我曾经在一篇文章中呼吁过:当隆隆的推土机、铲车开进一条古老的小巷之前,当拆砖倒墙的锄头在挥起而欲落未落之时,是不是应该考虑一下,这有可能是在拆除我们的历史,或破坏城市的文物。我的意思是,旧城改造,并不等于把认为是古旧的一概扫除,是否能在相对还能保存一些我们古城风貌的街巷上手下留情呢?否则,后人真会怀疑我们号称拥有两千多年历史的古城是否真的有过昨天。事实上,据我所知,有些城市当初在改建的时候是唯恐不能把古旧的建筑一概推倒,推土机、铲车只嫌马力不够足,力气不够大,它们几乎是一股脑地把城市里许多不该拆的东西都推掉铲平了。为此,全国不少建筑家和文化人士曾发出泣血般的惊呼!

据报载:1995年8月,著名电影导演谢晋为拍摄《鸦片战争》来到当年定海保卫战所在地,他特地察看了定海老城区的中大街、西大街、东管庙弄、北大街和东大街。当他看到那么多老建筑时曾激动地说:"我走过全国许多地方,至今还保留着这么多历史街区的城市非常少有!"但是,今天您若到浙江省舟山市定海老城区看看,昔日风格独具的石板路和木石结构的民居已面目全非,一座闻名中外的历史文化名城在轰轰烈烈的旧城改造工程中正在从世人的眼前失去风采。名城风貌大伤,尚存的几处历史建筑,像一个个孤单的文化符号,提示人们这里曾有过怎样的历史风貌。

哲学家把建筑比喻为一首"哲理的诗",史学家把建筑称为"石头的史书",音乐家把建筑当作"凝固的乐章",都说明了建筑除了它本身的物质功能之外,还具有历史文化和艺术价值。城市建筑更能看出各个国家、各个民族不同历史发展时期的文明程度。由此,在1999年7月召开的全国历史文化名城专家委员会议上,许多老专家疾呼:刀下留城!著名作家冯骥才当年在眼见旧城被毁而痛心之余,自己拉起一班人马,背上长枪短炮般的摄影器材,把即将拆除的天津老城拍了个遍,而后汇编成书推出一本《旧城遗韵》。就我所知,这应该是最早的正式出版的一部城市老照片了。此书一出,在社会上引起广泛反响,于是仿佛才有其后的各种类型的"老照片"的出笼,乃至形成出版界和媒体上我所视为的"老照片怀旧情结"。不少古城街巷的共同之处应该是一种规律,而不同之处才是属于它们各自的内涵和城市特点。南昌街道的特点不仅体现在街名上,还体现在一些与街名相关的很有意思的传说里。

1990年诺贝尔文学奖获得者、墨西哥诗人帕斯在其名篇《太阳石》一诗中写道:"城市街道,伤口般触目的名称。"

站在文化的角度,来看一看南昌街巷的传说,对我们城市的历史发展和精神内涵,无疑会有更进一步的认识。

瓦子角街,是南昌古老的一条街名。一听"瓦子",稍有历史知识的人,就该想到宋朝,想到瓦肆与勾栏,再往前想一点,还可以联想到张择端《清明上河图》中的那些有关瓦肆与勾栏的热闹图景。在南昌的民间传说故事中,就有瓦子角。说的是宋绍兴年间,有个叫钟傅的地方官初入洪州,便动手拆墙筑城。可能是抢镐挥锄的乒乒乓乓之声干扰了一些不该干扰的事物,也就惊动了不该惊动的地方。这样,在一个晚上,钟傅便做了一个古怪的梦。梦见孔子的学生,其貌奇丑而其才渊博的子羽找到了他,一边痛哭,一边诉说:将军如何暴我尸骨于坟墓外?言毕,长叹而去。第二天,便有市民来报告,在城东南角,挖到了子羽先生的墓。钟傅不敢怠慢,赶紧奔赴现场。一检验,果真是子羽的尸骨,随即令军吏用砖瓦修复,并筑立一亭。后人又在墓侧,也就是现在的瓦子角处建了一座澹台祠,因当时建澹台祠的四周砖瓦成堆,故后人称为瓦子角。此说是否确凿,我们姑且不论,姑妄听之。据所知瓦子角在清末以前叫瓦子阁,是宋代吴居厚的藏书阁,本名褒贤阁。后来塌毁成为瓦肆场。

然而生于公元前512年的子羽先生却在南昌历史上留下了一笔,他对南昌的文化应该是有所贡献的。子羽,是澹台灭明的字。他是春秋时代鲁国武城(今山东费县)人,原为孔子的门徒,因貌丑而不为孔子所看重,并断言他:朽木不可雕也。子羽乃退而修行,勤奋苦学,南游到了江西,定居南昌,开始设立书院讲学,以至师从他的弟子达300余人。子羽品行高洁,不趋炎附势,为世人所称许,司马迁在《史记·仲尼弟子列传》里说他"行不由径,非公事不见卿大夫"。据说后来孔子知道后,深有感慨,说出了一句对后世亦有警醒作用的话:"吾以言取人,失之宰予;以貌取人,失之子羽。"子羽在南昌病逝,便葬在东湖之滨。唐、宋、明、清诸朝的地方官绅都曾修缮"先贤澹台子羽之墓"石碑。有必要提及的是,清朝末年《江城旧事》作者朱梥之孙朱舲,认为澹台墓,非澹台子羽,而另有其人。乃同姓异名的澹台敬伯,名恭,浙江会稽人,曾从薛汉在豫章习韩诗,死后葬于此。后人不解,"遂以子羽当之"。

清光绪二十五年(1899),南昌县月池村人熊元锷,在澹台灭明的墓旁创办了江西历史上最早的一所私立新式中学"乐群学堂"。熊元锷师从中国近代史上赫赫有名的思想家严复,其堂兄熊育钖也因他的介绍,拜严复为师,并深得严复和江西著名乡贤、同光体诗人陈三立的器重。光绪二十九年,熊元锷获癸卯科乡试第一名,次年即随陈三立去上海筹办南浔铁路,临行前将"乐群学堂"改名为"南昌熊氏私立心远中学",请熊育钖代为主持,在熊育钖主持"心远中学"近50年的时间里,从该校高中毕业近3000人,也就是说,在教育先贤澹台灭明数千年前曾经传教过的地方,亦即心远中学的校园里,先后走出来的著名人物有方志敏、邹韬奋、张国焘、饶漱石、夏征农、曾天宇、朱大贞、程孝刚等,也有国民党的军政要员欧阳格、程天放、彭学沛等。

提及陈三立,两年前我到修水县参加一个诗会,专程拜访了他的老家。令我惊叹而又惊奇的是,在他已专事务农的后代里,居然能从朴陋的箱柜里拿出自己写的古风淳厚的田园诗来,令我们这些自称为诗人的人在这位农民面前惭愧不已。此为后话。

1949年9月,"心远中学"正式改名为"南昌市第二联合中学",也就是现在的"南昌二中"。在南昌二中的校园里不仅曾有过一座带有远古文化色彩的著名的澹台灭明墓,至今在它的院落中还有一座被藤葛与绿荫包围着的工字楼。1927年7月,叶挺率国民革命军第十一军第二十四师抵昌,其指挥部便设在当时还是作为心远中学校舍的这座工字形的二层楼里。7月30日下午,叶挺在这里向全师营以上的军官发布起义命令。其后,叶挺就任十一军军长。历史的硝烟过去,这栋楼也成了重点文物。只是拂去岁月的烟尘,它仍在为南昌的教育发挥着作用,南昌二中的教务人员尚频繁地在里面出出进进、忙忙碌碌,这所中学的教务处今天正设在这里。你看,随便一个街名故事传说,就能牵带出一串历史,南昌的历史文化含量,由此也可见一斑了。

3

再来看看南昌另一个著名地段,也就是我们一再提及的洗马池,除了它得名的历史渊源之外,还有着一个优美的神话传说。阿根廷国家图书馆前馆长、著名拉美文学大师博尔赫斯认为,"神话,是时间雕琢出来的景观"(《作家们的作家》)。可见,神话的孕育、产生乃至传开都有一个相当漫长的过程,这个过程既是人们以神话来观照现实的过程,也是以现实来修正和确认神话的过程。一个地方的历史文化也就在这样一个过程中变得丰厚而生动起来。

洗马池过去也有人叫浴仙池。想必它叫浴仙池的时候,应该是在颍阴侯灌婴来此洗马之前。这个浴仙池便来自一个古老的神话。在很久以前的某个夏日的黄昏,太阳正收起它刺眼的光芒,大地上开始有凉风拂动,池水的清波荡漾出微笑,细细的纹理牵动着蓝色的水面,如同一层碧纱临风起伏,撩人心魄。此时,有七只美丽的仙鹤从池水的上空飞临而下,落在草色青青的岸边,变成七位秀发飘逸、身姿窈窕的美貌少女。她们为沁人心脾的湖水所动,便临风脱下身上轻纱般的衣衫,往树枝上一丢便跃进了碧波涟涟的水池中,尽情地享受着嬉戏和洗浴的欢乐。然而,就在这个时候,一个砍柴的少年路过池边,他被透过树丛看到的奇景惊呆了,也是他福至心灵,一个念头油然而生,他跑过去捡起七仙女的白色长衫便转回原地。这意外的情形,把仙女们惊得顾不得羞涩,便赶忙穿上衣衫飞走了。最后,只剩下七仙女无法上岸,她将身子藏在水里,求少年还她衣裳。少年说:还衣也不难,但须答应我一个条件。七仙女忙问:什么条件?少年说:你要嫁给我。七仙女见少年容貌清秀,聪颖机敏,也有爱慕之意,便点头作答。浴仙池就这样成就了一对恩爱的夫妻。

现在看来,这个神话怎么着都摆脱不了与黄梅戏《天仙配》的相似之处。究竟是安徽人抄袭了南昌人的神话,还是南昌人的这个神话原本就是安徽《天仙配》的翻版?今天的人们很容易产生这样的疑问,但具体分析起来,这两种可能性都不太大。因为滋长中华文化的这块土地有着很多相通相同之处,只要各地的地理、历史和文化等因素一凑合,或有所接近,就有可能产生相似的东西来。

洗马池的传说,使我想到了余光中先生所译的爱尔兰大诗人叶芝的一首名诗《丽达与天鹅》:

> 猝然一攫:巨翼犹兀自拍动,
> 扇动欲坠的少女,他用黑蹼
> 摩挲她双股,含她后颈在喙中,
> 且拥她无助的乳房在他的胸脯。
> 惊骇而含糊的手指怎能推拒,
> 她松弛的股间,那羽化的宠幸?
> 白热的冲刺下,那扑倒的凡躯
> 怎能不感到那跳动的神异的心?
>
> 腰际一阵颤抖,从此便种下
> 败壁颓垣,屋顶与城楼焚毁,
> 而亚嘉曼侬死去。

就这样被抓,
被自天而降的暴力所凌驾,
她可曾就神力汲神的智慧,
乘那冷漠之喙尚未将她放下?

叶芝诗中所叙述的也是一则源自湖中的爱情神话,其原型来自古希腊传说:天神宙斯爱上了凡间的美女丽达,当丽达在湖中沐浴时,他化为一只天鹅来亲近她。这神话与洗马池的传说在场景和"人神之恋"上是相似的,但两者传导的又是东西方文明的两种截然不同的文化内涵,比照一下,其各自所体现的也是两种不同的精神特质。

从叶芝诗歌所取材的希腊神话的原型意象看,南昌这块土地上所孕育的传说也应该是可以出名诗的,因为其神话与古希腊神话相比,亦不会逊色到哪里去,关键是我们需要叶芝那样的大诗人手笔。

神话、诗篇、艺术是一座文化古城必不可少的一环,也是城市文化的重要组成部分,它代表着一座城市之人的智慧,是城市人智慧绽放的花朵。

浴仙池的传说无疑寄托着南昌先民们朴素美好的愿望。七仙女是幸福和美好事物的象征,也是这个神话里很突出的一个鲜明的原型意象。那个面貌清秀、聪颖机敏的少年也便是南昌人的形象了,而且是南昌人自己创造和设计出的形象。尽管他有着看似狡黠而能及时抓住机遇的一面,但他更有着砍柴的勤劳与善良,所以上天才会赐福给他。

然而我们回过头来分析一下自身,历史上的南昌人是否次次都能抓住机遇而没有错过机遇呢?回答此问我们未必有足够的底气,但有一点值得南昌人警醒和注意,那就是机遇大概率偏爱勤劳与善良的人,

老街头

然而,你如果没有审时度势抓住机遇的敏感或"狡黠",恐怕还是会与机遇失之交臂的。这也是浴仙池的神话给我们的一点小小启示。当然,"狡黠"这个词有时令人生厌,但有时人们少了狡黠,不但捞不着便宜,反而还会吃亏。与广东人、福建人、湖北人,甚至温州人相比,南昌人在商业乃至经济利益上吃的亏还会少吗?为此,我呼唤南昌的今天多出一些像浴仙池传说中那样的少年,也希望会有像光临浴仙池的七仙女那样的机遇或福祉赐给南昌,并被南昌人抓住。

我想,如果那样的话,南昌会更加慷慨地空出无数条街道的名称来记载那些美丽的神话和传说。洗马池也有人说这里以前有座太子洗马府第,"太子洗马"为官职,而池塘在府门前,人们望文生义,而将此地命名为洗马池。这里也有过一个洗马祠。

与洗马池相对的,是有名的翠花街。翠花街的名字在南昌人的嘴里叫起来很有些流光溢彩的味道,别轻视了这条长不及百丈的街道,它的历史却长达千年呢。

只是千年的历史,在今天的翠花街没留下一点痕迹,唯有街名会唤起人们对它的过去产生索引的冲动。有史料记载,自唐代贞观年间开始,就有了翠花街的名称,它位于城西的广润门内,也就是今天南起船山路北至洗马池的这段街道。广润门在过去是南昌商业的一个窗口,据《南昌县志》:"广润门、惠民门皆临章江,百货转运经省会者,皆由此屯发,故贾帆樯比肩摩,城内市肆之繁丽者,惟洗马池,为百货所萃,金银翠珠之店,皆在翠花街。"想象一下,对着一条市肆繁丽的洗马池的翠花街,被满街的金银翠珠之店簇拥着,简直就像一位珠光宝气的贵妇人,怪不得人们叫起翠花街来总有点特别的感觉。当年有钱人家的阔太太和小姐肯定是光顾这里的常客,马车或小轿无疑是常在一些金铺首饰店门口逗留,那些绿腰旗袍的女人想来也会随之在这条街上争奇斗艳,令人目不暇接吧。过去南昌人的腰包里有钱没钱,到翠花街来掏掏就知道了,可以想见翠花街也是条衡量南昌人钱财的标尺。只是,话又得说回来,光顾翠花街的阔人有阔绰的玩法,小康人家有小康程度的玩法,平民百姓也有平民百姓的玩法。前者光顾一回,可能买走带几克拉钻石的戒指或金光闪闪的手镯项链,小康人家或许买些银项圈和玉镯头之类,而平民百姓遇到婚嫁喜事时,来到翠花街便只能买几件用白珠子镶的"长命富贵"和"福禄寿财喜"之类的圆帽、围巾,以祈安安泰泰地过日子。

  翠花街在那些年月里谈不上流金淌银,但在那条街上走动的有钱人也会发出叮当作响的金银声。金光银影闪耀过后,代之而起的是一片敲打白铁黄铜的叮叮当当之声。随着历史的变迁,翠花街又一度成了小手工业和日用品小商贩的经营之地,这时,已是六七十年代了。那些曾经珠光宝气的门庭已风光不再,我们也只能从翠花街那一溜临街的建构精致且带有欧式风格的楼房里,想见其当日的盛景。那时我常路过这条街,每次看到那些精致且已陈旧了的楼房,总会想到一个满脸皱褶、珠黄发衰而又对岁月的摧残无可奈何的老美人的形象。她年轻时有个叫来就令人心动的名字:翠花。

  翠花是属于过去时代的。尤其在80年代到来的一场旧城改建中,翠花街几乎被坦克般开来的推土机和铲车推铲了个干净。可惜了那些建构精美的老房子,现在好像连照片都难找到了,只是临着洗马池还有一壁颇显当年气派的原宝庆金号的高大门面,仿佛在诉说和观望着城市的繁华与变迁。在老翠花街上盖起来的是一座颇具规模的万寿宫商城,它把散布在翠花街街头的各类百货的经营点都纳入其中,很有一种"广纳天下之商,齐聚四海之财"的气魄,一时也成了南昌市民喜欢光顾的地方,只是要买高档或高品质商品的人不会去那里,万寿宫多是"大路货",想买便宜一些而又收入平平的阶层才是那里的常客。与当年翠花街金钱店的豪奢贵族气相比,今天翠花街的万寿宫商城倒真正是有了实实在在的平民性,它的顾客出入量之多,商品吞吐量之大,在南昌的商业体中应该位居前列。

看来,千年老街因了它千年的历史,也结下了千年不衰的人气,由于人气的不断输入,才使得这条街道有着不断自我调节的生命力。

> 水对铁和所有事物来说
> 为什么不是刀呢?而岁月更锋利
>
> ——《逝者》

走在清寂的小巷,只听得自己的脚步声,仿佛从时空之外传来,便会想到郑愁予"达达的马蹄是美丽的错误",我不是归人而是过客的感觉就逼到了眼前。逢着斜风细雨的日子,走在这样的小巷会疑是走在戴望舒的诗里,在一派迷蒙中,你更会觉得自己是步行在时空之外,由于墙与墙的隔绝,你甚至还会以为自己是走在宋朝或是明代呢。每当这种时候,有意无意间我就会对这些街巷的名字产生好奇的追问,而追问的结果,又总是很有意味的。我们把目光从热闹的瓦子角和繁华的洗马池等地移开,向南昌城里的小街小巷投去,便不断会有新的惊奇和新的发现,会从古老街巷斑驳的旧墙和砖缝里冒出的幽草中品鉴出另一番文化意蕴与历史的况味来。一座古城的文化和历史之血,便是在那脉血管般纤细的小街小巷里流淌,岁月的风尘与时间的温情都同时留在那些街巷里。当我在这种街巷中漫步的时候,会有漂浮在城市历史的血流上并被其裹挟、卷带着推涌向前的感觉,这种感觉是那样地奇异,它需要人们敞开自己的文化胸怀和生命激情来拥抱那时光隧道般的每一条街巷。

走在古老的南昌街巷里,我一直试图接近这样一个文化命题,即"抬头看前程"的后一句"低首问来路"。当我们行走于寂静的小巷,一转弯好像随着这一动作抹掉了过去的一段什么,事实上有许多生长于小街巷的人是以这种形式告别小巷去奔前程的。远的不说,就说我所知的:当年有多少知识青年打起背包走出小巷去上山下乡,近年又有不少有志者提起行囊告别蜗居的小巷南下广东或远去大洋彼岸"洋插队"。所以,那样一个在小巷中转弯作别的身影是很有意味性的,它清晰地贴在街头巷角的转弯处,像一帧被时间定格的老照片。但是,我们生命的进程不仅止于道路的转折与告别,我想说的是,在转出或告别对我们的生命别有一番意味的小街巷时,不妨做一次人生与文化意义上的回首,或问一问它的来路,应该是不无必要的;抑或使我们对离开小街巷后要走的道路,反而会增添更加充足的底气。曾经有一首叫《再回首》的歌曲很流行,歌中唱道:"再回首,恍然如梦。再回首,星月朦胧……"此时,我们不妨回到那恍然如梦的小街巷,叩寻它星光迷离般的来路。

4

在南昌城里曾布满过蛛网般密集繁复的小街小巷。其实对于南昌城的市民而言,小街小巷就是他们的家园,他们的家几乎都是安置在那样一些历史悠久而又看似不怎么起眼的小街巷里,那是城市的芸芸众生扎根的地方。走在这些街巷里,我就会想到布拉格诗人塞弗尔特对他所挚爱的城市的吟咏。

踏遍布拉格的大街小巷,
抚摸着她的块块石头。
它们虽是那般粗硬,
诗人却将它一一亲吻。

  棕帽巷在章江门内,是南昌不引人注目的小巷。70年代中期我家曾住在此,这条巷落的清寂、冷僻给我较深印象。当年在这条长400余米的巷道里,它的两边就有近一半是老墙。一边是省歌舞团后院的院墙,30年代那院墙内是江西卫生处;一边是一个什么仓库的高墙,墙根青苔蔓延,使变黑的灰色墙体更显得有一份时间的印迹,也令这段巷落愈加僻静。

  追根溯源,棕帽巷巷名的由来要到晋代,追溯到许真君(许逊)头上。据说许真君头戴棕帽路过时,风将其帽吹落在此,后人就将此巷称为棕帽巷。这说法很有意思,想象一下过去被南昌人奉为城市保护神的许真君,头戴棕帽时绝不会是一派仙风道骨的形象,而更接近一位匆匆来去忙着治水的工程人员的样子,当然也不会像当今的民工,倒有可能像一位指挥抗洪的县乡干部之类的形象。许真君当年在四川旌阳当过县级干部,他的作风,从他匆忙中冒雨行经章江门旁被风吹落棕帽可见一斑,这个戴棕帽忙于治水的干部不会玩忽职守打麻将,更不可能收受贿赂。在他弯下身体拾棕帽的那一瞬,我们能看清他那张溅满雨点甚至泥浆的脸,有的是关注民生的忧戚和办事果敢的干练。在这张脸上,我们找到了真正能够接近这位在后来被传说为神人的地方。

  南昌人是知恩乃至惜恩的,棕帽巷既记下了许真君治水繁忙的身影,也留下了他在雨中弯下腰来拾取棕帽的形象,这个形象对南昌人来说是永远不会遗忘的。

为纪念他,南昌人不仅盖了万寿宫,而且城里的不少街巷的名字皆与他有关。

三眼井,可以说在南昌是"街小名气大",其长度与棕帽巷差不多,但它的名气恐怕远大于彼,其缘由亦来自许真君。据清乾隆二十二年《江城名迹记》载,东晋时,南昌为水乡泽国,城内江河纵横,洪水成灾,相传西山道士许真君为根除洪患,亲自择地凿井擒龙斩妖,在南昌连凿了一至六眼六口水井,此处有一口三眼井,清光绪年间称此巷为三眼井。

传说,不一定靠得住,但都不会是无稽之谈。三眼井的名气依我看,不完全是因为许真君的传说,而是水井在城市居民生活中的作用。过去,凡有水井之处,皆为居民麇集之地。与此同一轴线不远的六眼井,早有"南昌第一井"之说,该井水质清澈、甘美,冬暖夏凉,终年不涸不溢。人称用这里的井水煮饭则饭不馊,酿酒则酒香如花露,煎药则药性不改。六眼井,原本是一口井,由于汲水者众多,明代做过一次拓凿,上设了六个井圈,六眼井的街名由此而来。随着城市建设的发展,加上自来水的普及,六眼井由于象山南路的修建而被堵塞。三眼井却因为处于一条街巷中,而使它的名字与街共存了下来,以致今天知道三眼井的人远甚于六眼井。

站在以三眼井命名的小街上,想一想当年南昌市民晨暮之间排起汲水长龙的情景,再看一看当今街头时而穿过的专卖"纯净水"的三轮车,江河污染的忧患便会漫上脸际。大约在60年以前,南昌街头也有推着独轮车(又叫"鸡公车")叫卖"沙滤水"的。那时正开始筹建自来水厂,先在沿江路的中山路口建起了滤水站,每天早晚便有一些独轮车到此来运上几桶"沙滤水"去沿街叫卖。我想,那年头的平民百姓还是喝井水的居多,"沙滤水"就像今天的"纯净水"一样该是那些手头钞票较多的人家才能讲究起来的"文明"和"卫生"。

从汲井水的长龙,到叫卖沙滤水的鸡公车乃至运送纯净水的三轮车,是南昌街头的景观变迁。从此处也可以看出南昌城市居民生活环境与观念的变化,更能够看出小街小巷与城市居民生活的密切程度。

南昌城内另一条与许真君相关的街巷,就是万寿宫巷。该巷东起翠花街,西至棋盘街,其长不到百米,曾被誉为"豫章十景"之一的"铁柱仙踪"就在这里。相传古时由于孽龙作乱,水漫豫章,许真君得玉帝赐五花剑,率弟子跟踪追击,几经周折,终于缚住孽龙,将其锁在净明坛的一口水井中,并铸铁柱镇之,因建铁柱观,唐朝又称天柱观,明世宗赐名妙济万寿宫。1966年被毁。现今在万寿宫的基址上建有一座中学,那座中学老校舍的砖石多是万寿宫的遗物,在那些墙上不难找到刻有当年捐建万寿宫之人的名字。

摸摸这些砖石,可以想象得见过去万寿宫斗拱飞檐,红墙绿瓦,金碧辉煌,香烟氤氲,每至农历八月朝圣日游人如潮的盛况。只是世事变迁,沧海也会变桑田,如今的万寿宫在南昌城里只是一个小巷的名字,若要再去朝圣许真君,只有出城奔西山万寿宫了。"铁柱仙踪"的一景,也成了一个历史名词。当然,随着时间的推移,许多原有的东西,都有可能只是徒有其名。这并不奇怪,世间万物的存在之理就在于有生有灭,历史在变幻,而文化的血流与精魂却衍生下来,流传开去,不会断流或灭绝。

每一条街巷都有可能是一段历史。此言,在南昌的街巷里不难得到有力的印证。

万寿宫老街

万寿宫商铺，灯火初上

三眼井街中段往右拐,有条麻石路面的小巷,进入这条小巷便如同进入了历史。

　　该巷有个很雅致的名字:友竹花园。明朝太子太师严嵩当年有座府第,便坐落于此。今天的友竹巷正是严府原来的后花园所在,据说因当时种有友人赠送之名竹而得名。严嵩好不容易在朝廷里弄到了一把太师椅,却把名声弄得很狼藉,大概在百姓心中他成了个贪官佞臣的典型,而与之作对的又有个名声太大的正直清官海瑞。虽然在朝时两人斗得厉害,但在他们身后的历史中,严嵩却是被海瑞踩在脚下,有点遗臭万年的味道。因此,在南昌的这条友竹巷里也记载着严嵩的劣迹。严嵩府第的后门当年正开在这里,那年头凡想在官场飞黄腾达的人,都得给严太师行贿拉上关系,而来送礼买官者,多半都是经过此巷从后门入府的。试想一下,那条小巷在当时简直像一条行走无声的蛇。这事,南昌的百姓都清楚,背地里都把这条小巷叫作高升巷,以致清光绪年间正式以此为巷名。到了民国年间,当局觉得此称不雅,虽是骂在严嵩身上,但多少会让人误认为南昌的为官者有不清不楚之嫌,便索性改巷名为友竹花园。

　　从劣迹昭著的"高升巷"到风雅不乏诗意的"友竹花园巷",名字是改了,但贪官的劣迹仍是钉在耻辱柱上,所以一条友竹巷,对今人还是有警示作用的。想想看,同是一条路,有人可以走得正直坦荡,有的人却总是走得歪歪斜斜。但愿我们能把自己脚下的路走直,而不要把它走成自己的耻辱柱。当代诗人北岛有这样的诗句:"卑鄙是卑鄙者的通行证,高尚是高尚者的墓志铭。"一语道破了两种不同的人生观和人生价值,令人警醒。

　　当然关于严嵩的评价,近年史学界也有争鸣,这其中也不乏翻案文章。有人从历史上考证得出,严嵩之过不在于自身,主要是受了其子严世蕃之累。严世蕃被查有通贿僭越、穿龙凤之衣、私通倭寇等罪,而严嵩却是"畏子欺君,有负恩眷",以致毁了一世声名。一次,我同时任江西省文联主席的著名作家杨佩瑾到广州参加中国作协的会议,就听到杨先生对严嵩的不同看法,他那时正准备写一部严嵩的长篇,想把自己多年来的新认识公之于众,让人对历史有个较全面的了解。只是当年严嵩在友竹巷受贿的劣迹还未从南昌人的记忆中抹去。另一位在近代中国史上名声不太好的人物,北洋军阀张勋又将他的公馆设在这里。张勋是奉新人,他以在民国初年率五千"辫子军"到北京扶几岁的宣统皇帝闹复辟而闻名。

提到这位有些闹剧色彩的辫子大帅,我就会想到鲁迅先生在他的小说《风波》里,用很鄙夷的口吻描写的未庄的乡人们津津有味的议论:"你可知道,这回保驾的是张大帅,张大帅就是燕人张翼德的后代,他一支丈八蛇矛就有万夫不当之勇,谁能抵挡他。"记得中学时,语文老师给我们读这篇课文,读到这几句很是绘声绘色且很滑稽,在学未庄人说"你能抵挡他么!"这句时,还特地做了个手执蛇矛往前冲的动作,令我们全班同学捧腹不止,这大概是我印象深的原因之一。

但张勋住在南昌时,想必已没有未庄人传说的那丈八蛇矛般辫子大帅的神武。这里毕竟远离他上演复辟闹剧的京城,也没有五千辫子军的阔大排场与阵势,仿佛他是退居林泉来终老的也未可知……

南昌原有刘(綖)将军庙,后来是个巷名。刘綖故居现在书院街长清寺遗址。刘綖(1558年—1619年),字省吾,南昌人,明朝杰出的抗倭将领、军事家。大将军都督刘显之子,万历年间武状元,有"晚明第一猛将"之称。刘綖先抗缅甸,后升任副总兵,因纵容士兵导致兵变被削职。随后于万历二十年(1592年)和万历二十五年(1597年)先后入朝抗倭,万历二十八年(1600年)开始参加播州之役,随后平定杨应龙之乱。万历四十六年,刘绖在抗击后金军队时于萨尔浒之战中殉国。天启初,赠少保,世荫指挥佥事,崇祯元年(1628年),将其衣冠与夫人兵部尚书张鏊之女合葬于新建县,又建"表忠祠"于南昌百花洲,今地亦称刘将军庙。清朝乾隆年间,追谥忠壮。严嵩的宅子,也是刘将军的府第。南昌有一座将军庙,还有一个将军渡,只是这将军不是同一个人。将军渡是抚河的一个渡口,东晋平南将军温峤来南昌,官船在此停靠,人称将军渡。南昌还有个地名和温峤有关——司马庙。司马庙原为抚河边一座祠,叫温忠武公祠,简称温公祠。温忠武公即温峤将军,明朝时以为温公是司马温公(司马光),便叫成了司马庙。南昌城东南曾有温峤的衣冠冢,据说上世纪50年代还在,几十年后,连影子也没了。但"老南昌"嘴里还常说到"将军渡"这一地名。

1938年,友竹巷的麻石路面上响起了急促而紧张的军人脚步声,那阵阵如暴雨前的雷声般的脚步,为南昌掀起了轰轰烈烈的抗日高潮。这一年的1月6日,新四军军部和新四军驻赣办事处就在友竹花园巷的7—8号原张勋公馆里同时成立。这是一栋两层砖瓦楼房,四周有回廊,四角有六角亭,当时新四军军长叶挺、中共中央东南分局书记、副军长项英,东南分局副书记曾山,办事处主任黄道,东南分局青年部长陈丕显都在这里工作。新四军军部成立的当天,叶挺、项英、陈毅、黄道等还在鹤纪照相馆(今中山路90号鹤纪照相馆)合影留念。这些人的名字在中国革命的史册上都是熠熠生辉的,他们在南昌播扬轰轰烈烈的爱国激情,使无数街巷在亢奋与昂扬中变得精神抖擞,让一种浩浩大气在这些街巷里开始如风云般激荡不已。

新四军军部成立后,新四军领导人即于同月中旬邀请国民党和各党派人士在下沙窝励志社(今洪都宾馆所在处)举行宴会。当时国民党元老宿将、辛亥革命后首任江西都督李烈钧,国民党江西省政府秘书长和各党派在南昌的负责人到会。席间,中共代表曾山发表演说,指出大敌当前,各党派间应摒弃成见,以救国为重,一致团结抗日。曾山的话使一向不赞成中共主张的李烈钧也深受感动,他即席而起,慷慨激昂地说:"刚才共产党人的话极好,请刘秘书长把我的意思转达给熊式辉(国民党江西省政府主席)。"

接着新四军驻赣办事处又举行了一系列宣传团结抗日活动,许多著名学者、社会名流,如许德珩、吴晓邦、孙起孟、王造时、罗隆基、薛暮桥等,还有第三党人王枕心和江西国民党上层人物李中襄、王冠英,以及刚回国不久的蒋经国都参加了办事处召集的活动。同时,新四军军部还创办了以夏征农任社长的《抗敌报》,大力支持进步作家邹韬奋所办的生活书店在南昌市百花洲设立分店,为各地进步青年秘密提供进步书籍。军部和办事处还通过该书店帮助"中华民族解放先锋队"编印《青年团结》,帮助"南昌妇女生活改进会"编印《妇声》等刊物,并发起和组成了一系列抗日救亡团体,团结了大批人士参加救亡运动。陈毅应邀在"南昌市抗日救国座谈会"和"南昌妇女生活改进会"作了《关于抗日形势和任务》的报告。那时,南昌不少街巷的门口都挂起了救亡团体的牌子。浓厚的抗战气氛,使南昌被称誉为"小武汉"。

1938年4月4日,新四军军部离开南昌,进驻皖南,指挥主力部队歼击日寇。1939年3月26日,新四军驻赣办事处撤离南昌,转移到铅山河口镇。友竹巷在历史上留下轰轰烈烈的一页至此结束。现在友竹巷的新四军军部旧址的两层灰砖建筑物里除了纪念馆,还办起了一个少儿培训中心。我的儿子读小学以前便在这里学习。每次行至此处,听到孩子们充满稚气的琅琅读书声,再在脑海中回顾一下这里的历史,便会觉得走在友竹巷的脚步发出的声响是那么的非同寻常。什么是历史?什么是历史的回音?似乎一下都能在这里找到答案。友竹巷在南昌是一条颇有历史含金量的小巷。

> 战士们只剩下刀剑的铿锵之声
> 白夜中永恒的音乐
>
> ——阿莱桑德雷《致一座抵抗的城市》

5

三眼井是我所熟悉的一条街。在那一带我生活了八九年,无论从感官还是理性上都有一些认识。这条街虽不大,但它前后左右、旁枝蔓叶分展出去的街巷却不仅只有一条友竹巷,而是每一条都通向岁月深处,每一条都连带着南昌的文化和历史。不妨稍微理一理三眼井周围的街巷,从中可看出过去的大概来。三眼井北有系马桩和老贡院,东有校厂东、校厂西等巷,南有书院街,西有干家巷,其间穿插连带的还有清洁堂巷、筷子巷、育婴巷、小桃花巷等。从这些巷名中,不难看出其所具有的显著特点和与寻常街巷不太一样的内容。

系马桩,一条老街道,一半是午后发黄的阳光,一半是沿街店铺的阴影。无聊的行人,间或驶过的汽车、脚踏车、喇叭声连响两下,过后,仍是闲散与慵懒的气息。系马桩是一条南昌的老街,它的来由又直接与老贡院分不开。据清光绪三十三年《南昌县志》载,明正德十四年宁王朱宸濠在进贤门内建阳春书院,嘉靖元年移建,称东湖贡院,为全省乡试的考场。清顺治十年迁回进贤门内旧址重建,清康熙二十年又将贡院移至东湖贡院故址,俗称进贤门内贡院为老贡院,该巷由此得名。系马桩则完全是由其附近的这所明清时的乡试贡院而派生出来的,当年各处的考生纷纷骑马进入贤门来应试,便都把马拴在这里,日子一久,就称该处为系马桩了。

想想那年头乡试时系在这里的一大溜马儿,或嚼料、或踢腿、或喷着响鼻的样子,再想想蹲在一间间闱号里进行乡试的考生,身上还真会紧张得冒出汗来。

这里不妨引录一段意大利传教士利玛窦于1597年9月9日描写的当时正在南昌举行的乡试场面:"人山人海,考生都带着佣人和书童,应考的秀才多达二万。""街道为之充塞,连走路也不可能。"谈到考试之严:考场"四角有了望塔,监视一切动静"(《利玛窦书信集》)。此情此景,自然容易使我们想到眼下每年的高考场景,那情形虽不可比之为"百万大军过独木桥",但众考生亦如"过江之鲫"。父母兄长将考生送到考场,便在门口开始了令人心悬而又难熬的驻足等待。而使人懊恼的是几乎每年高考这几天都是南昌最热的时候。于是,门内考生的汗珠总是与门外家长的汗珠同落。有趣的是,在我省作家胡平的《千年沉重》一书中,正有谈及过去贡院乡试的类似情景:"那时,南昌市内寄宿来省应考学子的普贤寺、佑民寺、大安寺和塔下寺内,多见老子勉儿子,妻子慰丈夫,兄长送弟弟,无不有'他年期换骨,辛苦觅金丹'之意。"而当年在南昌贡院举行的"秋闱",考起来特别辛苦,真如一场"涅槃"或"脱胎换骨"。考生连考三场,每场都是头天一大早就进场,次日下午才出来,这样要考九天。每天考生都得待在一间间近似鸽子笼的闱号里。据说,嘉庆二十一年,林则徐也来过江西任副主考,并在这里发现了异才。

过去南昌的贡院建构布局是什么样子呢?

有资料载,昔日贡院的正门前有东西辕门,均系木结构牌坊。正门由砖石砌筑,中开三门,正中悬有红底金色"贡院"二字匾额。两侧不仅

千年老街三眼井街,已拆得差不多了

有一对石狮,还有两座石坊。东额为"明经取士",西额曰"为国求贤"。整个贡院正门布局壮观。门内东西设有官廨,供考试时维护考场秩序人员休息。临近二道门,前有照壁,正面砌有巨大盘龙,背面是贴"金榜"的地方。越过广场进二门,为避免考生拥挤,中辟五门并列,再进就是"龙门",俗称"龙门口"。至此,只有考生和监考人员能入。从龙门向前,直通高三层的"明远楼",登高远眺,贡院全景尽收眼底。这是执考官施令、监试和巡察登楼值班瞭望的所在。过"明远楼"是"致公堂",此为监临、外帘官办公相聚之地,堂前设木栅回廊,闲杂人等不得过往。堂的东西两侧房屋,是监临、提调、监试、巡察各堂分别办公、食宿场所。"致公堂"与"戒慎堂"之间,两侧房屋是掌卷、受卷、誊录、对读、弥封、公卷、巡捕、理事等职司人员办公和食宿处。外帘门处有"飞虹石桥",这是内外帘官的分界线,双方不可逾越。内帘门内有"衡鉴堂",是主考、典试们阅卷与主司们的食宿之所。从南昌贡院的建构布局,可以看出实行近千年的科举,已经形成了一整套完整与严密的制度与设施。

难怪当年唐太宗看到士子们一个个朝考场鱼贯而入,会喜形于色,欢呼"天下英雄入吾彀中矣"。

科举制度对于封建统治者来说,不失为一个行之有效的度量人才的标尺,它在对全国的读书人进行文化总动员的同时,又使人对统治者充满了希望,令中国广大的土地上的人们都以举业为荣。不管是穷乡僻壤的读书人,还是城里的书生,只要青灯一盏,数卷书册,便能满怀不可遏止的生命激情孜孜苦读起来。读累了的时候,抬起熬红的甚至酸疼的双眼,便仿佛依稀能看到一条隐隐放出光明的道路在晃动,那就是他们心之所系的前程,于是揉揉眼睛,咬咬牙又埋头苦读了下去。但同时一个民族的文化个性乃至知识分子的思想人格,就在这样一种沉重的举业中遭受到巨大的压抑与剿杀。

当年有一句在考生中很流行的俗谚:"去考场放个屁,也替祖宗争口气。"过去读书人的价值取向,在今人看来,的确有着一种哭笑不得的悲哀。

让我们来看看那个充当"量才标尺"的闱号,也就是读书人"放屁"的空间。每间号舍高六尺,宽三尺,深四尺,两壁离地一二尺之间有上下两道砖缝承板,白天下层木板可坐,上层木板代桌伏案写作,夜晚抽出上板并合下板,乃成休息睡眠的卧床,饭食由考生自备用菜油的小炊具烧煮。蒋士铨在闱号中曾有诗形容考生的清苦情状:"残杯冷炙不能餐,四壁苍苔拥莫寒。"(《八月十五夜题号舍壁诗》)就是在这样的闱号中,走出了江西的"文化特区"。从科举取录、为官入仕的统计数据看,唐代江西共考中进士65名,状元2名,居全国前十位。宋代共考中进士5442人,状元122人,到南宋时已跃居全国第二位,明代居全国第三位……

难以想象,从古至今江西人是以怎样的一种热情,投入考试中去,并为江西扳回了"人杰地灵"的面子。那些在贡院闱号中埋首做答卷的南昌考生,是否下笔真是"俊采星驰"且不说,但有一点不假,南昌人考试的劲头由来已久。有了这由来已久逾千年而不衰的劲头,自然会有笔底的辉煌和风光。值得一提的是,在老贡院附近有一条不引人注目的小巷,这条巷子的前身是一片桃花盛开的地方,所以现在它就叫小桃花巷,与另一条大桃花巷之名相对,巷口正迎着在今天显得特别繁忙的系马桩道上来往的车辆行人。别小看了小桃花巷,这条窄窄的巷里却产生了一位了不起的国画大师,现在南昌人大抵知道他的名字叫黄秋园,大师生前却像他居住的小巷一样不引人注目,默默无闻,终其一生不过是银行的小职员。他看似默默无闻、不惊不乍,却胸藏万壑,经营着一派阔大雄奇的山水天地,点染出了一个了不起的艺术世界。在他逝世后,他的那个"世界"震惊了画坛,震惊了国人,也使整个南昌,使在系马桩来去的行人在小桃花巷前用劲地擦了擦眼睛。现在人们终于看清了,这里立起了一座"黄秋园纪念馆",小桃花巷从此增重。而今看来,有的人赋闲在家时,养养花、弄弄草、打打麻将,时间也就过去了,黄秋园却在看似闲云流水般的涂涂抹抹中蔚然成了大家,人的素质的分野在这里便变得格外鲜明了起来。所谓"是真名士自风流"。何谓风流?风流就是一种追求生命价值的文化自觉,就是在一种不求闻达的状态中与寻常自然接壤的浑然化境。在瞻仰大师的《苍山卧居》《茅屋静居》以及《江山雪霁图》后,我对这位与我所居三眼井不远的比邻的深深敬意油然而生。

而与黄秋园同时,还有一位不求闻达的书画大师在下水巷的一处陋室里耕云碾墨、供养烟云,他就是今天被书画界称为"百年老松"的陶博吾。陶翁是东晋大诗人陶渊明的后裔,他向往先人那种"采菊东篱下,悠然见南山"的田园生活,但他的一生充满困厄:3岁丧父,25岁原配故去,30多岁四处流离,70岁下放劳改,八九十岁清贫孤独。这对一个个体的生命来说,是多么不公啊!然而他却以凛然独异的精神与"猛志固常在"(陶渊明语)的人格力量,创造并增加了另一种生命价值的砝码,使困厄中的人生散发出冲天的艺术光华,1989年5月,"陶博吾诗书画展"在北京中国美术馆隆重开展,诗学界、书法界、美术界的名家大匠纷至沓来,他们在陶博吾的作品面前除了惊异,还是惊异!李可染、启功、周谷城都对陶博吾的艺术成就有惊人的评价,称他为集诗、书、画"三绝"之大成者。

一个自称"野老村夫"的江右老翁就这样轰动了京华。谁能相信,南昌街巷里一个看似寻常、拄杖独行的老头,竟是一位艺术大师。这使我想起了300多年前那位从青云谱道观里走出来,用满口南昌话到街市上沽酒的朱耷,一派寻常之中却有着一副锦绣心胸。黄秋园如是,陶博吾亦如是,在他们身上皆有着南昌历史文化中由来已久的隐士之风,又有着一种所谓"大象无形"的化境。综观他们一生,不好说他们是甘愿成为隐者,还是迫不得已以隐逸之身来杜绝是非之扰,恐怕他们的姿态都是历史环境和他们独特的文化人格使然。斯人长已矣,后人在享受着他们创造的文化遗产的同时,不该少了一份崇仰、一份追怀、一份思索。南昌也因有在文化人格和艺术品格上如此杰出的人物而骄傲。南昌是座"人杰地灵"的文化古城。无论过去还是现在,一座城市的真正内核应该是文化,而文化的支撑点上必须有也只有巨匠式的人物才能支撑。

从系马桩穿越三眼井巷,西边就是小校厂。

小校厂是过去营兵操练之处。据清同治九年《南昌县志》载,小校厂在惠民门内六眼井东,有演武厅、官厅等,当年的这里一定是个热闹的地方。你想,一队队营兵在这里列队演武操练,军令声、喊杀声、武器碰撞声混成一片;三眼井东边贡院里则是埋首苦思的考生,系马桩拴着的是一排排汗涔涔的马匹。这该是一幅多么有趣的对比鲜明的图画。

如果把三眼井比作人的手臂的话,他的一只手抓着老贡院的文,另一只手抓着小校厂的武。只是而今的老贡院和系马桩都仅仅是街巷名而已。小校厂又分为南起三眼井北至干家前巷的校厂东巷和南起三眼井北至马家井巷的校厂西巷。此外,南起干家前巷,北转西至下益巷还有一条校厂北巷。

而书院街则坐落在三眼井南,昔日颇负盛名的豫章书院便在此。记得某年我和一位朋友无意间行至这条街,正口干舌燥,便走入旁边一幢老屋去讨水喝。屋里的内在结构引起了我的好奇,它虽和南昌的一般老屋一样有天井,但天井两旁的房间与寻常民居又有所不同。当我们准备离开时,突然从屋梁横匾上脱落下一大片石灰块,恰巧在脚前砸得四碎。我惊得猛抬头,便见"豫章书院"几个字赫然在上,尽管由于年深日久,已略有漫漶。突见此匾,我如受棒喝,若有所悟。

过去的书院,是讲学、读书的地方,江西书院在历史上是享有盛名的。江西书院兴起的时间在唐代,兴盛则在南宋,这与大理学家周敦颐、朱熹出仕南昌有关。

豫章书院是古代南昌的三大书院之一,创建于明万历年间(1573—1620),江西巡抚凌云翼、潘季驯曾先后重修,改祀宋、元、明各朝诸儒,故称"豫章二十四贤祠"。康熙二十八年(1689),改名"理学名贤祠"。康熙五十六年(1717)在旧址重建书院,右为讲堂,左为祠,仍祀先贤名儒。另遴选十三郡能文学士200多人,来书院诵读。书院由当时名儒主持讲席,求学者日众。康熙御书"章水文渊"四字悬于讲堂之上,一时学风大盛。后于光绪二十八年(1902)因办新学,乃改建为"江西省办高等学堂"。今日的书院街由象山路从中间一隔东西,东书院街豫章书院原址所在地尚有南昌第十八中学,书声琅琅,仍能使人想到古人在这块地方埋下的读书种子所散发出来的热力,只是老书院片瓦无存。尚须提一笔的是,西书院街9号曾住过一位郭沫若追求过的女子徐亦定。

1925年大名鼎鼎的郭沫若继《女神》之后创作了《瓶》,评论家甚至称其为:"在当时文坛上属于空前的抒情长诗,它是诗人在获得世界艺术的现代意识,萌生和锻冶了艺术更新的野性力量后技巧最高的一本诗集。"

组诗《瓶》,是郭沫若追求美女徐亦定的情诗。《瓶》的第一首是这样写的:

静静地,静静地,闭上我的眼睛,
把她的模样儿慢慢地,慢慢地记省——
她的发辫上有一个琥珀的别针,
几颗璀璨的钻珠儿在那针上反映。

她的额沿上蓄着有刘海几分,
总爱俯视的眼睛不肯十分看人。
她的脸色呀,是的,是白皙而丰润,
可她那模样儿呀,我总记不分明。

我们同立过放鹤亭畔的梅荫,
我们又同饮过抱朴庐内的芳茗。
宝石山上的崖石过于嶙峋,
我还牵持过她那凝脂的手颈。

她披的是深蓝色的绒线披巾,
有好几次被牵挂着不易进行,
我还幻想过,是那些痴情的荒荆,
扭着她,想和她常常亲近。

尽管其时郭沫若已有日本的妻子安娜并生了三个孩子。安娜后来亦有文字言及:"我无视他和徐亦定在西湖边的卿卿我我……"后世也有文章称徐亦定是"理性对郭沫若的爱说不的女子"。1926年郭沫若投笔从戎,参加了北伐战争,任国民革命军政治部副主任。1927年蒋介石开始清党后,郭沫若在朱德家中写下反蒋檄文《今日之蒋介石》,并毅然参加了南昌起义。1928年2月国民党政府对其通缉,郭沫若流亡日本,埋头研究甲骨文。这一年徐亦定与成仿吾的侄子成绍宗在上海结婚。成绍宗是湖北新化人,他当过创造社出版部的会计,无论是写作、翻译、编校,还是组织、活动,均颇出色。当年他曾在创造社与鲁迅的笔战中,被鲁迅称为"流氓加才子"第一人。据当时同为创造社"小伙计"的黄药眠在《动荡:我所经历的半个世纪》一书中介绍,徐亦定当年曾在创造社出版部楼上的一个房间里住过。抗日战争爆发后,徐亦定和成绍宗离开上海到江西上饶师范教书,1952年上半年至1954年8月,成绍宗担任上饶师范学校代校长和校长,1954年9月,成绍宗调到江西南昌师范学校任校领导。徐亦定也随夫调往江西南昌第七中学任教,教学业绩优良,深受学生欢迎。1970年,成绍宗在南昌病故。徐亦定已在上世纪60年代中期退休,她没有生育过子女,便回老家照顾年迈的老母。母亲去世后,她虽然孤寡一人,年岁又大了,但还是坚持生活自理,低调做人,从不想借郭沫若之名让自己出名,所以邻居们并不知道她与郭沫若之间还有这么一件情事,她大约在1996年前后去世。

徐亦定夫妇在南昌时住在西书院街9号,我熟悉的原江西师大校长傅修延先生一家曾与她家是邻居,傅先生还记得"徐亦定长时间担任西书院街居委会主任""人很和气""成绍宗在师大中文系教书"。傅修延先生曾带我们故地重游,走访过书院街。我家当时所在的三眼井也只与书院街隔一条友竹巷,至今我大姨仍住在书院街。遗憾的是,那些留有珍贵记忆的书院街老房子已拆得差不多了,只有一块"中共中央东南分局旧址"的牌子做了修缮,算是保留了。南昌老城,万寿宫老街区和三眼井、书院街、系马桩、绳金塔街区及子固路大士院街区,原是有着千年历史的宝贝,现在几乎都拆得所剩无几。我站在位于三眼井与友竹巷口的原省国税局大厦、现爱玛医院的十八楼窗前,俯瞰之下,原来密集的街巷,诸如校厂东、校厂西、二郎庙、宫保弟、西沐英城、石头街校厂头、仓巷口、盐义仓、罗家塘东升街、清洁堂、干家大屋、刘将军庙等,都没了,大片老城拆平了,也在按新模式打造。豫章书院只是一面水泥墙铸了几个字,余皆空空如也。当年东书院街红砖墙下有一个猪血粉摊档,极鲜辣,我和妻偶尔会去吃一碗,过过瘾。现在这也成了记忆。

南昌的另两大书院是东湖书院和友教书院。东湖书院是南昌最早的书院之一,始创于宋嘉定四年(1211),乃李寅、李虚父子讲学处。当年建在进贤门外,元代毁于兵燹,此后屡毁屡建。明洪武五年(1372)被撤销,并入县学。清嘉庆五年(1800),黎承惠调任南昌,众士绅以东湖书院废圮多年,请求重建。适逢前任陶正伦在百花洲畔遗有涵虚阁旧地,乃捐俸购买,并得到士绅捐款,进行改建修缮,并重立宋宁宗赐书"东湖书院"匾。从此,东湖书院得以复兴。至清光绪末年,西学东渐,书院被废,遂改为南昌县儒学。我专门寻访过东湖书院,在原火神庙临近东湖边上,现在这里只有一条窄小的街道叫东湖书院街,两边是密集的居民区,街两边尚有"书院旅社""书院饭馆"等,在提示着曾经的记忆。一个载黄帽穿黄背心的扫地老头抱着扫把坐在一扇陈旧的门前打盹,他身边是棵有些年头的树,周围散发着午后阳光和尘土气息。再往前走十几步,就是东湖,干燥的风也会刮过一阵湖水的腥湿气味。

友教书院是当时与庐山白鹿洞书院、铅山鹅湖书院、吉安白鹭洲书院齐名的江西四大书院之一,也创建于宋朝。旧名友教堂,因由澹台子羽祠改建,故又名澹台祠。明洪武、万历年间,曾先后修缮与重建七次之多。后迁建到府学之南(今南昌棉花市街),曾延聘名师课督学士,学风远播。此外,规模较小的书院还有经训、阳春、洪都、隆冈、龙光、元钧、槐荫、西昌、宗濂、竹悟、江渚、云中等,这其中的阳春书院为宁王朱宸濠建在进贤门内,嘉靖元年移建至东湖贡院,为全省乡试的考场。清

老街头

顺治十年(1653)又迁回进贤门内旧址重建。清康熙二十年(1681)又将贡院移至东湖贡院故址,俗称进贤门内贡院为老贡院,该巷因此得名。

南昌古代的学风之盛,从这么多书院可以想见。正是这一座座大大小小遍布于南昌大街小巷中的书院,为南昌这块土地埋下了深厚的学风与文脉,使南昌的读书风气不绝,代有人出。文化古城,也便名副其实。

过去南昌文人也多有风雅,清代与袁枚、赵翼并称"乾隆江右三大家"之一的文学家蒋士铨,原先隐居的藏园就在小金台巷内。蒋士铨写词和散文,此外他还是位重要的戏曲作家,他写成杂剧、传奇戏曲16种,均存世,其中《临川梦》《冬青树》等9种,合称"藏园九种曲"(即"红雪楼九种曲")。他以娄妃故事为蓝本写了戏曲《一片石》,我写宁王朱宸濠谋反的长篇《戈乱》时,一位前辈曾将他收藏的清刻版《一片石》复印本借我做资料参考,戏曲开篇词就写到沙井,这正是我现在的居住地,很是亲切。蒋士铨作曲尊汤显祖,曲文时有精彩之笔。所著《忠雅堂诗集》存诗二千五百六十九首,存于稿本的未刊诗达数千首,其戏曲创作存"红雪楼九种曲"等四十九种。蒋士铨也算是南昌人,他于清雍正三年(1725)十二月二十八日出生在小金台的旧宅中,由于父亲长期在外游历,蒋士铨从小便随母亲寄居外祖父家,但只要其父一回来,举家便又回南昌老宅。蒋士铨是在小金台结的婚,三十几岁考到进士,进京做了几年编修官,后来又寓居南京,跟袁枚混得烂熟,又是喝酒,又是作诗。至乾隆四十二年(1777)回到南昌,将小金台的旧宅下了本钱修建起一座颇具规模的藏园。这"藏"字好,我当年在小金台这巷子里初次踏进藏园废址时,曾吃了一惊,谁也没想到在逼仄且房屋密集的老居民区里竟有这么大一个园子。1784年,袁枚游庐山后,过访藏园,蒋士铨以病体作陪,嘱其为藏园诗作序。次年蒋士铨逝于南昌。上

东湖书院遗址

世纪七十年代末藏园大体还在，只是园林变成了一个居民大杂院，那些清式的有廊道的精致建筑变成了隔成一家一户居住的平房，院里的花园也破损不堪，倒着一堆堆的煤球灰，墙边竖立着一溜板车，几个顽皮少年只坐在卸下的板车双轮上，从花丛中碾来碾去，院子当中有一汪一年四季都存在的黑乎乎的污水，住户的垃圾、腐烂的鼠尸及常年不散的蚊蝇萦绕其间。我一位老姨金娥一家就住在这座院落里面。

此前，南昌还曾有阆园，乃集江西园林之大成，藏书与文物极丰，园主阆园山人李明睿，南昌人，明末清初江右文坛领袖，丢官回乡，一心经营南昌历史上空前规模的私家园林——阆园。阆园原址在永和门内，今叠山路与南京西路、八一大道结合部，应是原江西医学院、现今央央春天楼盘所在地。这里原是明弋阳王府。李明睿亲自勾勒了一幅在南昌访阆园的线路图：乘船自章江白沙渡登岸，过江边泰定寺，进德胜门后左转，入烂泥巷，巷两边是池子，北为方家亭子，南为马家池（马家池巷至今犹在），中间有一排松，过莲花塘，沿城墙下行，至乐安王府后街。远望古樟数株，枝叶垂于墙外，北郭三学士里向西，阆园便遥遥在望。这些文字包含了很多明清南昌城街道的信息，根据零星尚存的地名，我们甚至可以索隐到这些地方今日的大致位置，又能从这些地方想象出四百年前街道的轮廓。阆园以原弋阳王府楼阁为主体，登楼近可俯澹台子羽墓及孺子亭，远可见南浦西山，楼西有十二楹长廊，廊前有池，池中有莲，廊接古石堂，堂有仿吴道子、杨契丹笔意壁画。圣沙楼、驺虞阁为最高，登之可眺龙沙。园中匾联题款除集米芾字，皆出好友名贤之手，董其昌、周天球、王季重书随处可见。琳琅满目，蔚为大观。

李明睿是大戏剧家汤显祖弟子，名重一时，俨然明末清初江右文坛领袖，阆园是他诗酒高会之处，仿佛又一座滕王阁。李明睿家蓄"李家班"，演出乃师汤显祖的《牡丹亭》与其好友阮大铖的《燕子笺》，为世人瞩目。李明睿又在南昌蓼洲构沧浪亭："有女乐一部,皆吴姬开尊酹酌,高歌一曲。酒酣,自为四绝记之云:清风明月人间有,玉管冰壶天下无。回雪临风吹玉管,烟波弄月濯冰壶。"这回雪与烟波,即李明睿戏班的两个美人,亦是名伶,有"八面观音"和"四面观音"之称。当平西王吴三桂得知二美艳名,即行索要。1662年的一个春夜,章江门码头,李明睿迫于平西王淫威,不得不忍痛割爱,洒泪把二美送上了西行的船只。李明睿好友方文还特地写诗以示安慰:"闻说登舟涕泪频,烟波回雪更悲辛。章江游子肠先断,况是虔州纳采人。"可见江南文人的风流与悲哀。

江西人在戏曲方面是有天赋的,明代南昌人魏良辅(1489—1566),嘉靖五年(1526)进士,历官工部、户部主事,刑部员外郎,广西按察司副使。嘉靖三十一年擢山东左布政使,三年后致仕,流寓于江苏太仓。魏良辅熟悉音律,初习北曲,因不及北人王友山,乃钻研南曲。他在过云适、张野塘等人的协助下,吸收了当时流行的海盐腔、余姚腔以及江南民歌小调的某些特点,对流传于昆山一带的戏曲唱腔予以加工整理,将南北曲融合为一体,既可使南曲"收音纯细",又可使北曲"转无北气",从而改变了以往那种平直无意韵的呆板唱腔,形成了一种格调新颖、唱法细腻、舒徐委婉的"水磨腔"(昆腔)。魏良辅被誉为"国工""曲圣",乃至昆腔(南曲)"鼻祖"。近年我多次去太仓访友,发现当地对魏良辅极推崇,倒是南昌,作为他的故乡,而今却少有人知道他。阆园、藏园、魏良辅、李明睿、蒋士铨,至今南昌人仿佛都忘了。

在新建区尚存的汪山土库,可以看出晚清官宦宅第的巨大铺排与精构的生活场景,那些昔日的语境仿佛在这里还是活的。汪山土库之宏巨不在园林,从现存与修复的部分看,全在繁复的彼此勾连的房屋,如同一座家族之城,厅、堂、房、楼、馆、巷道、天井、门、牌匾布局巧妙,屋中有院,院中有景,复杂中有独立,相互照应中自成一体,别有天地,又彼此紧密依存,这就像汪山土库的原主人程氏三兄弟的关系——程矞采、程焕采、程楙采三兄弟同为地方督抚,人称"一门三督抚"。官居高位,在家乡兴建了这处大宅。占地108亩,共有25栋抬梁穿斗式结构的青砖大瓦房,历时半个世纪,于清同治年间建成。这些房子的外墙连成一体,具有赣南客家围屋的特点。青砖黛瓦、封火山墙,天井四水归堂,墙头黛瓦垒叠,整个墙体一斗一眠,内用土坯灌斗,腰墙是眠砖,勒石为红石,又呈现徽派建筑特征。外墙无粉刷,墙头下粉门色线角,这是有别于徽派建筑而采用的当地建筑工艺。其中稻花香馆、望庐楼等则按苏州园林风格建造。土库坐北朝南,以祖堂为中轴,两侧各建四纵深宅,每纵深宅四至七进,共有房间1446间、天井572个。这里接待过主人的同僚林则徐,林大人在此书下一联馈赠:湖山意气归词苑,兄弟文章入选楼。林则徐是否那一千多间房子都转过呢,恐怕没有,也转不过来。也许土库的主人也没转过,那简直是迷宫。我在一部小说里构思,土库衰落后,留下一个老仆人看门,他每天的时间用在这一千多间房子从开门到关门上还不够,以致他在梦里都在重复着这个动作,他的一生就做了这一件事,尽管微不足道,这个动作却如同一座巨大迷宫的钥匙,仿佛一个隐喻。

6

走在光影迷离的街道上,城市的前世今生就像擦肩而过的面容与身影,有的一经掠过,就无法再见,芳踪不居,行止无迹。只有我独自走走停停,在时光的深巷里叩询影影绰绰的过往,这种沉迷与其说是考证,不如说是诗性的徜徉与漫游。我在日见斑驳的时间的墙上,看见模糊图像,只有略带想象,它才有活起来与逐渐清晰的可能。我所熟悉的一些老街在散发着古旧的气息中消失,三眼井北的干家前巷和系马桩、小校厂、书院街一样,也是条古巷。据清光绪三十三年《南昌县志》载,清乾隆年间,宁夏兵备道干以濂辞官来南昌定居,在进贤门内广置地产兴建府第,人称干家大屋。此大屋今已不存,只空留干家前巷、干家后巷和干家大屋巷。在干家前巷与三眼井之间还有一条在南昌人的记忆里颇不一般的清洁堂巷。清洁堂是过去妇女清静守节之处,为清光绪年间南昌知府江毓昌所建,其时叫清节堂,至1966年才改称清洁堂。据老南昌人回忆,清节堂过去是南昌妇女的一处九重地狱。不久前,我的一位朋友、江西的女作家温燕霞就根据清洁堂这三字的联想,写了一部反映封建社会迫害妇女的长篇小说《夜如年》。她是安远人,大学毕业后在南昌工作。当我见到她的书后,问她是否是写南昌的清洁堂,她说灵感是来自此,但她至今不知南昌的清洁堂在何处,所以她在想象中把清洁堂构筑在安远山区的一栋老围屋里,在那神秘而不乏阴森的围屋,发生着一群节妇们的生生死死的故事。以三眼井、书院街甚至干家大屋为似实似虚的场景,江西的另一位女作家胡辛女士还写过一部现实题材的长篇小说《蔷薇雨》。从我所熟悉或知道的这两部出自当代本地作家之手的长篇大著中,皆可说明,三眼井一带的街巷是蕴有丰富地方色彩和文化历史成分的,它能够让我们相对深切地感受到一座城市的厚重感。

　　由此我想:街道,不仅是一种历史的载体,更是一道文化命题。它是城市故事的叙述者,又是被叙述者,生活在街巷中的人们都是故事里的角色。日本有部电影《阿西们的街》,所体现的就是一种现代街道文化。只是光把街道当作一种文化来看还有所欠缺,它还必须具有一种精神特质。有了精神特质的街道,才是有灵魂有血肉的真正意义上的街道。

时间:1906年2月25日。地点:南昌街头。大雨如注。黄豆大的雨点撒在街上,发出爆炒般的声音。杂沓的脚步,赤着双足的或穿着草鞋、布鞋、皮鞋的,也都像雨点一样落在街上。没有雷声,却响着愤怒且沉闷的不亚于雷声的吼叫。那一天里,南昌满街丢的是菜担、箩筐,就是不见扁担——90多年后作家胡平在述及那天的情景时,在《千年沉重》中如是说。发生了什么事?南昌的市民为什么如此愤怒,居然连街头的小贩、进城的农民都纷纷拿起扁担为武器,一副要去拼命的架势?不但洋人和教徒魂飞魄散,抱头鼠窜,就连头上戴了"洋帽"、身上穿了"洋衫"的路人,因害怕被视为教徒,也纷纷做了脱壳的金蝉,马路上还满是"洋帽""洋衫"。(胡平:《千年沉重》)当时,人群的聚集以三道桥为中心,沿湖的几条路也都挤满了人,尽管天正下着雨,但人们还是冒雨行动,约有三四万人。一个30岁左右的绅士站在高处扯起喉咙说:"江召棠知县被洋人刺伤,我们深感愤怒,但事关大局,须用文明办法对付,静候朝廷交涉,依法处理,大家千万不要乱来。"人群一听就炸响了起来,市民们大声喊:"洋鬼子野蛮杀人,我们还要文明办法!"有的说:"卖国贼,快滚下台来!"突然有人发声呐喊:"打卖国贼!"一时便有大小石块朝那里投掷过去,演说者赶紧抱头开溜。有人振臂高呼:"打进教堂去,杀掉洋鬼子,为江知县报仇!"人群立即响应,几万人便潮水般朝老贡院等地的外国教堂涌去。

一场规模空前的教案爆发了。事因是位于老贡院的法国天主教堂主教王安之为释放所辖一名教民葛洪泰,以请南昌知县江召棠来教堂"赴宴"为名,威逼要挟,并强蛮要改判两年前的宜丰"棠浦教案"。江召棠不为所动。王安之拿出一刀一剪,说:"你不签字改判,我就让你去见上帝！"江召棠回答："头可断，理不可屈；身可杀，民不可伤。只要我两只手还在，你想我签字办不到！要我死，我也不怕！"王安之急红了眼，拿起刀朝江召棠刺去。接着，帮凶又从旁用剪刀补戳了两下，江召棠鲜血直喷，倒在地上。

王安之认为江召棠已死，死无对证，便恶人先告状，向巡抚报告说江召棠自杀。但出乎意料的是，江召棠并没有死，他醒来后，拒绝抬回家抢救，坚持要待在遇害的地方，等上面来人，当场指明凶手，追查凶器，并以极大的毅力写了一封说明情况的信，以便打起官司来，洋人无法抵赖。他把信交给来人，并交代"我死后以此字呈上级代为申冤"。

岂知巡抚胡廷干和王安之相勾结，也说江召棠是自杀。南昌人愤怒了。他们看穿了清廷的嘴脸，不再对胡廷干抱有期望，只有抡起扁担去砸洋鬼子。

在江召棠遇害的第三天，即2月25日，赣江发出了吼声。南昌人在忍无可忍的情况下，分四路直扑教堂：一路到老贡院法国天主堂，一路到进贤门外法国老天主堂，一路到罗家塘英国救主堂，一路到德胜门外美国美以美会礼拜堂，向洋鬼子发动冲击。其中，到老贡院法国天主堂打王安之的人数最多。

当时，巡抚胡廷干还特地派了几百名清兵在老贡院法国天主堂维持秩序，但群众涌来一下就冲乱了清兵的阵脚。

人们捡起地上的石头，脱下脚上的钉鞋，雨点般朝教堂打去。王安之正在吃饭，听见外面喧嚷，匆促拔出手枪，逃往后院，并叫人拆墙开路，还在教堂后面放了火，企图阻止众人追来，并想为将来的勒索留下借口。他从后院溜出，躲进了信教的豪绅邹殿书家里，但人群追赶而来，砸开大门冲入邹家。王安之又从邹家后门逃走，慌慌张张走上了三道桥的大路。愤怒的人群亦像桥下的湖水一样，把王安之围住，扁担、

老街头

石头、伞把、拳头从四面八方招呼到他身上,人们边打边拖。王安之像挨了刀的猪一样号叫着,最后被扔进了洪恩桥下的东湖里,见他的上帝去了。

这一天,南昌城里,打死洋鬼子9人,烧毁教堂4座,这就是近代史上震惊中外的"南昌教案"。南昌的街巷是这场轰轰烈烈的反教斗争的见证,南昌人不畏强权的吼声,注入在那些街巷的砖石里。从此,在那些古老的街巷中,有了沸滚的热血和荡气回肠的声音。

  暴雨的轰响将街角覆满在灰尘的
  金合欢树的礼花再次点燃
        ——帕斯《暴雨轰响》

历史总是沉重的,但只要城市的街道不是盲肠,它总可以疏通,并且能够找到出口。城市中的人和事便在这些街巷里循环往复,重复过去的日子,讲述古老的神话,谱写当今的故事,创造明天的传奇。普鲁斯特说:追忆逝水年华。在我眼里,逝水流出的是一条条小街小巷,那些年华就像月光一样浸润在这些街巷里,汇成人们回忆的溪流,一直同我们的生命相伴相随。

我童年的记忆概括起来就是南昌的一条小巷。

羊子巷,在今天看来它与别的街巷相比,倒真像一条羊肠,又细又窄,但在我的记忆里它却显得无限大。滚铁环的童年,打陀螺的童年,捉迷藏的童年,都留在了这条小巷深处。那时每天觉得这条巷子都是新奇而宽广的,它是童年的天堂和孩子们自足的世界。偶尔大人会把我们领出小巷,到人来车往的大街溜达一圈便又牵回来。小巷是安全的,刚学会走路的孩子也敢在巷道中间蹒跚;小巷是温顺的,小巷

松柏巷天主教堂

人家都亲热得如同家人，即使吵架也带着人间烟火的暖意，令人感受到家园的气氛；小巷是深情的，它以其慈爱的胸怀庇护着我们的童年。我们在小巷中长大，而小巷却在我们的眼里逐渐变窄变小。小巷是外婆的拐杖，而外婆又是牵扶我们童年的手；小巷是属于外婆的故事，悠长地贯穿我们的整个童年；小巷是父母亲湿漉漉的目光，看着我们走在巷道中长大，然后走出小巷，把背景剪贴在巷口，成为一帧永久的纪念。

我的妻子在国外待过数年，到过不少世界著名大城市，她回国以后对我说，她感觉最好的城市还是生她养她的南昌。南昌的每条街道，每条小巷，甚至它的空气和味道，她觉得都像自己的生命一样熟悉。它虽不能算繁华，但对一个热爱它的人来说，它的房屋、街道、汽车、人群，就是其全部，她就有足够的理由对这座城市产生一种如孩子对母亲般的依恋，而街道往往是每个都市人对它依恋的脐带。近年，深圳某街道委员会曾办过一份很有创意的刊物，就叫《街道》。

街道还是历史和生命家园的忠实守望者。它不仅记载着城市历史的烙印，也记录着每一个城市人生命的履痕。如果我们填一份在城市中生活的履历，肯定会很有意思，并且在每写下一条自己曾居住与生活过的街道时都会充满感情。

"老南昌"熟悉的羊子巷是一条老巷。我早年的生活大多都留在那条巷子里，它就像一条神奇的绳子绾结着一串童年的梦。看看该巷的历史，却发现童年的梦也很古老。清乾隆五十九年的《南昌县志》称这条巷子为羊叉巷，光绪三十三年《南昌县志》才开始叫它为羊子巷。它原来是回民集居地，有羊交易市场，因而得名。羊子巷北转是东上谕亭街，此街长大概只有羊子巷的四分之一，但在过去可是个不得了的地方。上谕亭,顾名思义,那是张挂皇帝上谕的地方。在南昌,朝廷发布的各种指示,都是从这里传达到老百姓的。皇上的指示不比得广而告之的狗皮膏药,不能随便贴在街头墙角的广告栏里,所以要特别建座亭子来张挂,以免受风吹雨淋,这样一来,就为南昌留下了这么一个有些特别的街名。

南昌人耳熟能详的老巷——射步亭和箭道巷,在古代都是跑马射箭的校场。射步亭巷的所在处,在清雍正年间是巡抚部院的武将习武射箭之地,其时名为"射圃",圃中有一亭,称射圃亭。巷以亭名,到清末才改为射步亭。与射步亭巷并行的后墙路,当年就是巡抚部院的后墙紧靠的地方,民国十五年巡抚部院改作省政府驻地,路亦改为省后墙路,1945年扩修改称后墙路,1950年曾更名厚强路。这条路在今天,也是附近一带居民在生活中离不开的地方,沿路有电影院、医院和食品店等,后墙路也就成了不少南昌人闭着眼睛都能找到的地方。

与后墙路并行的是民德路,两条路如一对孪生兄弟,在它们之间伸展相接的邮政路与电政路仿佛是他们兄弟相牵的手,"老字号"的民德路邮局就在这三条路的相交处。过去南昌居民的通邮一般是依靠民办的"民信局"或官办的"驿邮",1938年江西停办了"驿邮",取缔了"民信局",在民德路东段建起"交通部江西邮政管理局"。民德路邮局的出现,意味着江西的通邮告别了古老的"驿邮"而真正开始进入了现代邮政。今天的民德路邮局大楼仍是60多年前的老建筑,我们从邮政路沿着它坚实的墙体走到它精致凝重的大门,好像能够听到它无言的叙说。在现代人的相互沟通与交流中,老邮局仍有着不可替代的位置。

南昌古老的街巷就是这样,在闪烁历史风华的同时,也闪烁着人生的脉脉温情。在那些看似不起眼的街巷里有多少故事发生过,又无声地消失。1946年抗战胜利后南昌人桂昌宗离开了避难的泰和,到南昌市中山路开办了大德容造厂。他是学建筑出身,经营建筑材料是他的本行,只是此前谁也不知道他曾在赣州,是专员蒋经国信任的手下。1939年,桂昌宗经常随蒋经国到各县检查工作,就在这时,据说是地下共产党员的新赣南书店经理席子珍,身份暴露后离开书店。蒋经国为控制书店,派桂昌宗去书店任经理,并兼政治报的编辑。桂昌宗的妹妹桂昌德是南昌美女章亚若的闺蜜,由于这层关系,章亚若在赣州专署工作时与蒋经国接触频繁,二人有了感情,章亚若也因此怀孕。已有妻室的蒋经国为避不良影响,委托桂昌德陪章亚若去桂林,并生下一对双胞胎男孩。蒋经国又特地让桂昌宗也去桂林加以照顾,六月间蒋经国把桂昌宗调到桂林,负责办新赣南出版社,同时担负照护章亚若和孩子之责。1943年夏天章亚若突发急病,不幸身亡。1947年蒋经国派人到南昌章江门井头巷买了一栋民房给章亚若母亲周锦华,同女儿章亚梅、儿子章茂宿带双胞胎外孙章孝严、章孝慈住在一起,两个孩子也就读附近小学。1949年3月,蒋经国派王升率两辆汽车把他们从南昌接到福建转到台湾,那时井头巷窄,汽车进不去,来人离开南昌前,在桂昌宗家住了一晚。临行,周锦华问桂昌宗走不走,要走一同走。桂昌宗说,我一家人都在南昌,不能走。后来桂昌宗担任南昌县建筑公司工程师,作为民革成员成为县政协委员。他的故事,是南昌政协老主席杨先生告诉我的。抗日战争爆发前,桂昌宗曾留学日本,中日关系破裂,国内派了两艘轮船把留日学生接回国,桂昌宗就在其中。

　　随着都市的日益现代化,不少老街旧巷在改造的同时已渐渐被遗忘,当我们在几乎千篇一律的现代建筑与新型街道里转来转去时,根本就叫不出所有街巷的名字,我们甚至会犯疑:这是那条街吗?

　　关于此问的心态也不知是喜是惊:一方面城市建设的巨变,所谓

"旧貌变新颜",令人喜不自禁;另一方面对一座城市原有的记忆乃至历史风貌随着这种巨变,突然在人眼前和脑中消失,使人猝不及防。然而不管怎样,发展是一种必然,它绝不以人的意志为转移,如果用发展的眼光来看我们城市的变化,应该是惊喜有加。作为古城南昌市中心两条主干道的中山路和胜利路,它们的发展与变化是极有代表性的。中山路位于南昌市中心区,是东西向的一条主干道。它的历史可能要追溯到南唐。那时南唐小朝廷曾在南昌短暂建都,其皇殿就建在这条路的东端,即今南昌市保育院所在处,至今这附近的街仍有皇殿侧之称。

我大学的同学,与我有"桌友"之谊的诗人老王是"老"皇殿侧的居民了,数十年前皇殿侧的景象他记忆犹新。他饶有兴致地告诉我,当年皇殿侧东面是"老二中"的围墙,那围墙的砖是灰色的,每一块上面都印有"卍"字形,小时候,他总喜欢用手指去触摸那种凹凸的墙面。皇殿侧一带有几栋老房子,也是1920年代张勋公馆式的建筑,两层楼,朝阳一溜木栏杆木地板的走廊,窗户都是拱形的,很有特点。只是而今到那里走走,一点"老"的遗迹也没有了,面对一栋栋火柴盒似的水泥居民楼,旧时情景真是恍若隔世啊!老王对我发出一声意味深长的感叹。朋友的感叹使我打开了南昌历史记忆的库门。

据史料记载,辛亥革命光复之夜,约定城内举火为号,城外义军见火攻城,当时这火就是在皇殿内点燃的。我不知道老王住在皇殿侧时,知不知道这段历史,要知道的话,那他的感触会更深。五四运动时,曾在距皇殿侧不远的百花洲沈公祠里召开过群众大会。近年也有人认为将皇殿侧视为南唐长春殿所在地,完全是个误会。"实际'皇殿'是清代全国各大城市都有的建筑,在每年皇帝生日时,当地文武百官都要到皇殿对着皇帝万万岁的牌位敬祝庆贺,希望皇帝万寿无疆,只不过各地叫法不同,武汉叫皇殿,广州叫万寿宫,南昌叫万寿亭(县志所记)。辛亥革命,南昌三地举火为号:巡抚衙门、八旗会馆、皇殿。之所以如此,乃是因为这三地是清朝政权的代表,反清必毁此三地。皇殿被焚毁后,民国初年建为公众体育场,解放后建为南昌保育院。真正的南唐故宫,应该就是子城(经济大楼方圆两百米)。"

八一起义时,总指挥部就设在坐落在中山路的"江西大旅社"内。九一八事变时,南昌民众又在沈公祠召开大会,掀起抗日高潮。日本无条件投降时,江西地区受降仪式也是在中山路原中央银行内举行。1949年5月22日,解放军入城仪式在中山路东端举行。这一切都是中山路闪光的历史,也是一座城市可以骄傲地挺起脊梁的地方。但中山路的过去也有黑暗的岁月。大革命时期,反动政府曾将翠花街口做过刑场,杀害革命志士和爱国学生;日寇占领南昌时,曾在"中央银行"内设立宪兵队,许多爱国人士和无辜百姓惨遭杀害。

中山路上发生的历史是大起大落的,它有时是暴风骤雨,有时是霜雪冰寒,有时是云破日出。它的每一页都与中国的大历史紧密相关,有时甚至直接影响着整个中国的发展与走向。应该说,这条路在中国历史上是有它的位置的。

中山路得名于1928年,为的是纪念孙中山先生。1912年秋,孙中山受当时江西都督李烈钧敦请来赣。那天,孙先生从上海启程,乘坐长江轮船"联鲸号",经南京,过安庆,达九江,再改乘"西昌号"轮船,到南昌。孙先生的到来,使整座南昌城振奋不已。沿江码头,松柏彩牌矗立,灯火辉煌,李烈钧率江西各界负责人士及群众数千人鸣鞭炮鼓掌欢迎,气氛十分热烈。随中山先生来南昌的有国民党元老马群武、张继、王正廷、朱超等。在李烈钧的陪同下,孙先生一行乘特备马车,至百花洲陈列馆下榻,并于当夜举行了欢迎宴会。

次日,全城人民奔走相告,满街贴着彩色标语。百花洲的鹤记照相馆特地悬挂了孙中山的全身肖像。当天上午,各界人士数百人,在南昌总商会礼堂,举行盛大欢迎会。自总镇坡、合同巷至万寿宫一带,皆悬灯结彩。会场主席台上高挂孙先生画像。军乐队高奏迎宾曲,孙中山先生身穿蓝色西装,笑容满面地步入会场。全场掌声雷动,经久不息。李烈钧致欢迎词后,孙中山先生发表了即席演说。此后,孙先生还到百花洲参加文化界举行的座谈会。南昌女子公学校长胡绍华敬请孙先生为该校题写校名,孙先生即席挥毫,书写了"女子公学"四个苍劲有力的大字。在孙中山来南昌的第三天,南昌各界群众在顺化门大校场举行规模盛大的欢迎大会和阅兵式。市民们争相一睹中山先生的风采,从百花洲至皇殿侧,皆人山人海,万众欢腾。孙先生一行在李烈钧陪同下,骑着枣红骏马,由骑兵引路,缓缓从夹道欢呼的人群中走过,经三道桥,出马车站,到达顺化门广场,孙先生不断地向群众挥手致意。广场上,整齐地排列着受检阅的江西部队,他们是辛亥革命以后江西新编的第一师和第二师,分步兵、炮兵、骑兵、工兵。孙中山先生检阅完毕后,对部队训话。他说:"江西是人杰地灵的好地方,历代以来有文天祥、谢叠山的英雄气节,有欧阳修、黄山谷的道德文章,江西的庐山五老峰代表江西人的骨气。江西人响应辛亥革命,风起云涌。希望江西的军队要贯彻辛亥革命精神,爱护老百姓。得民者昌,失民者亡,军队得到老百姓的拥护就战无不胜。"中山先生的讲话是令人激动的,字字句句都铿锵有力,振奋人心。

  当日下午,孙中山先生还参加了南昌市知识界妇女代表在妇幼医院(今妇幼保健院)举行的欢迎会。傍晚,孙先生离昌,其时许多尚未见到中山先生的市民都涌向章江门。码头上人潮如涌,军乐队奏起了欢送曲,人们怀着依依不舍之情,目送着孙中山先生登上轮船。轮船驶向浩浩赣江中心,驶向远方。

中山先生逝世后,南昌人民为了永久纪念这位给他们留下了深刻印象的伟人,修建了中山路,还在豫章公园内建造了中山堂。

70多年之后,一位当年亲眼在南昌见到过孙中山先生的老人周兰清女士,仍能清楚地回忆起当年的情景。那时她正在葆灵女校读书,她参加了在妇幼医院举行的欢迎会。回忆当年,老人仍能清晰地描绘中山先生相貌:"我当时才13岁,个子小,便踮起脚尖来看,只见许多人陪着中山先生走向讲台。他身材不高,50来岁,蓄着两撇八字胡须,身穿蓝色的西装,双目闪闪发亮,他向鼓掌的人群频频招手致意。这真是我毕生难忘的一件大事。"许多年过去,南昌市内与中山路齐名的胜利路曾四易其名,而中山路在物品繁华、商店林立的今天仍叫中山路,其意蕴很令人深思和回味。

7

百年老街总是和百年老店连在一起并远近闻名,什么是繁华,什么是热闹,看看街上的商店就知道了。

胜利路在南昌是至今保存相对较好的一条有着百年以上历史的老商业街,二三十年代具有欧式风格的建筑依然可以见到。我手头有一张这条路的昔日老照片,上面有今天看来已是老得不得了的建筑,当时正搭着脚手架,或许正处兴建之中。街上行人熙熙攘攘,有穿长袍的,有乘黄包车的,还有骑脚踏车的,令我感到惊奇的是照片上的行人都是在马路中间行走,而且大有从容不迫不避车辆之状,不像今日在大街上过马路都要提心吊胆、畏车如虎。从街两边商店进出的顾客看,其时的生意也一定挺"火"。亨得利钟楼的报时声响彻长街。

现在我们走在胜利路上,听到亨得利的钟声,仍会产生悠远怀想,这种怀想近乎上海人对曾经是"十里洋场"的南京路的怀想,怀想中有苦涩也有欣喜,因为这条路一直是以商业街而著称的。

在历史上,南昌是以中大街(即今胜利路)、西大街(今子固路)为中心的,这里是传统的闹市,当年绸布、百货、五金、食杂、药材等商号与钱庄、酒楼遍布长街。明代的宁王府,清朝的抚台、藩台、臬台衙门和总镇府,民国年间的省府、市府亦先后都设在此间。在这条街上,我们侧耳细听历史的风声,一边会传来热闹喧嚷的做生意的声音,一边会传来古板肃然的发布政令的声音,两种声音混合在一起又被巨大有力的闹市的民众之声所覆盖。

"老南昌"和"新南昌"都对这条街有着特别的感情,它就像北京的王府井大街和上海的南京路,是南昌居民生活中必不可少的一条街。外地人来南昌,首先要逛的也是这条街。虽然在今天它的热闹和繁华有一些让位于与它相连的中山路的趋势,但在南昌人的心目中,它仍是商业的中心。

翻翻史志,我们可以知道,胜利路始建于1928年,初定名为德胜路。那时的德胜路在"老南昌"记忆里是"街道狭窄而弯曲,麻石路面,高低不平"。它自南向北把洗马池、佳山庙、杨家厂、开元观、中大街、吕相祠、德胜门都包括在内,其终端为德胜门,故得名。抗战时期,南昌沦陷。1939年4月,日军扶植的"南昌治安维持会"和"伪市政府"先后成立。为讨好日本人,1942年伪政权将"德胜路"改为"兴亚路"。上了岁数的"老南昌"都记得,繁华的闹市洗马池、杨家厂、中大街等地段的一些店铺那时被改建成了日本人开设的洋行商店,出售日产的低劣日用品。当时大部分日军驻在昌北地区,城北原住宅多为日本公馆区,这条道便成为日军由市郊入城的必经之路。沦陷初期,南昌入夜宵禁,停止

胜利路老建筑

供电，万籁无声，鬼影幢幢。此路北端设有日军检查哨，沿路侧街偏巷又一律为倒刺铁丝网封锁，行人出入不便。日本人无条件投降后，国民党当局将此路改名为"中正路"。

至今仍有人能说出老南昌"中正路"的印象，尤其是洗马池一段，行人熙来攘往，楼房鳞次栉比，橱窗琳琅满目。著名商店有老字号李祥泰、李怡昌、万象、江聚丰、亨得利、新盛、同仁堂、协康、长风书局、源源长银行、大金城金号等。出版业有老牌的商务印书馆和中华书局，还有一家创业于清同治年间的老书店"开智书局"。数十年过去之后，亨得利钟表店、同仁堂药店等老字号仍在这条街占得风情，以其老的金字招牌和新的经营方式吸引着顾客，为人称道。1949年5月南昌解放，"中正路"被胜利者再度命名为"胜利路"。这条路长期是繁华的商业街，南昌妇儿用品商店、三泰商场、绸缎商场、桥南商店、新华书店、瓷器商店、外文书店、黄庆仁药栈、北味时鲜楼、真真照相馆、新雅餐厅、跃进商场、南昌副食品商店、东方红理发店、胜利花木店、体育用品商店、五交化商场、篆刻店、汤包店、文具店、炊食用品店、自行车店等，上世纪七八十年代，独领全城风骚。人们说的"逛街"，胜利路必然是首选，到南昌，不到胜利路，等于没来过南昌。年轻时髦男女都先是出现在胜利路，看看胜利路上行人的穿着打扮，就知道南昌人的时尚了。至1990年代，胜利路禁止通车，正式改为商业步行街，步行街一词，渐渐替代了胜利路。

公刘先生晚年，读到我寄给他的《豫章遗韵》，来信跟我谈到他记忆中的胜利路和在路中段的巷子射步亭。先生是南昌人，一直对南昌的老街巷有特殊的感情。当时我妻子的父母住在射步亭二号，这是一幢有四进天井的房子，是早年黎姓大户人家的公馆，门口墙上钉着一个我专用的木制邮箱。上世纪八九十年代，我对外的通信地址就是这里。台湾的洛夫先生来南昌，一见我开口就说到射步亭。我们一度通信频频,讨论诗艺。余秋雨给我的信,也是寄到这里。可惜后来射步亭一带老屋全拆了,射步亭二号没有幸免。南昌有形的记忆就是这样一处又一处被无情拆毁的。

要看南昌就得先看中山路和胜利路。如果将这两条路作为南昌的脸,那么以江西历史文化名人命名的几大乡贤路,就是南昌的躯体了,它最能体现我们城市浓郁的传统文化色彩和悠久的历史。尤其在今天,它正成为我们城市区别于其他文化历史名城的一种分外鲜明的标识,并时时提醒身在这座城市的我们,这里曾有着在中国历史上俊采星驰的先辈,他们彩虹般的光华曾是怎样亮丽地照耀过中国文化的苍穹,在为我们留下骄傲的同时,也留下了鞭策。他们的名字在南昌的一个个路口,如同充满期望的眼神,既专注又深情地凝视着我们,使我们背负着一种文化的责任。他们在中国文化史上有着举足轻重的分量,他们的足印深深地落在南昌的土地上,使这块土地在王勃说过"人杰地灵"之后,名副其实。徐孺子、陶渊明、欧阳修、曾巩、王安石、陆九渊、谢枋得、文天祥、王阳明、王夫之、黄宗羲——在南昌城里转转,不难找到以这些人的字号命名的街道。渊明路、永叔(欧阳修字)路、子固(曾巩字)路、安石路、象山(陆九渊号)路、叠山(谢枋得号)路、阳明路、船山路、榕门路(原黄梨洲路)、孺子路等,不熟悉这些路的人,算不得一个真正的南昌人。尽管这其中王阳明、王船山、黄梨洲均为外省人,不属于乡贤,但因他们在江西有过作为,故亦在被推崇之列。所谓一方水土养一方人,一方水土也培育了一方人的品位。仔细分析一下被南昌人推崇的这几位外省名人,颇能看出南昌人的文化心理和文化品级。当然,这种推崇也不排除外在的带有行政律令式的干预。

蒋介石推崇王阳明,有其明确用意,倒不完全是推崇他创立"阳明理学",而更在于王阳明曾数度立下过"平息叛乱"的武功。王阳明曾在汀赣巡抚、金都御史任上,以文人之身而行武政,多次镇压农民起义,又联络江西各地知府率兵攻取南昌,平息了宁王朱宸濠的叛乱。据说蒋介石尤欣赏他的一句话"灭山中贼易,灭心中贼难"。他把这位浙江籍的老乡搬到南昌来,其实是为自己在昌指挥"剿共"打气。1934年间,蒋介石在南昌设立"南昌行营","一时间,冠盖如云,将星如雨,南昌成了事实上举世关注的政治'特区'、军事'特区'"。在涉及这段历史时,报告文学作家胡平在《千年沉重》一书中不无幽默地写道:"如同当今不少导演能够在剧中找到风情万种的女主角,却找不到艺术感觉,当年的南昌市民们也没有一种相应的'特区'感觉,这座城市明显有负于蒋委员长的期望:街头人行车驶路线不分,交通秩序很是混乱。驾车上街总像掉进了一个巨大蜂巢的德国顾问们,向蒋建议,由省党部派出有知识的干部,去大街上协助警察指挥交通。这一工作不能要求短期中见效,在缺乏法制与纪律观念的中国人里长期坚持下去,取得成果后再普及全国。蒋介石本人,则多次坐在小车里看到,马路边人们随意又随地吐痰。十几岁的孩子,嘴里老练地叼着一支香烟,云一般地游荡。一些军官和从穿着看该是行营或省府的工作人员醉眼蒙眬,步履踉跄,走出临街的酒店……"

当时南昌的情景大致就像胡平勾勒的那样,用现在的话说就是极端的"脏、乱、差"。于是蒋介石接受了陪他来的夫人宋美龄的建议,推行起了要把南昌建设成"首善之区"的所谓"新生活运动",并亲自担任新生活运动总会会长,其夫人宋美龄也出任总会下属的妇女指导委员会会长。

一场声势不小的新生活运动,便开始热热闹闹地在南昌开展了。

这年3月中旬,南昌数万人参加的市民大会在新建的公共体育场举行,省主席熊式辉为大会主席。蒋介石在大会上发表《新生活运动之意义》的讲话,他说新生活运动的精义就是要在礼义廉耻的基础上,做到整齐、清洁、简单、朴素、迅速、确实,使全体国民生活"礼以治乱""义以除暴",整齐划一,达到彻底的儒教化与军事化。蒋介石还说,"我们现在从南昌做起,三个月后,南昌一定可以造成一种新风气,造一个新南昌、新江西,半年以后风动全国,使全体的国民生活都普遍革新"。据说当时不过20多万人的南昌市,几乎每户要有一人参加大会。

  当年在那黑压压的人群中,我外公身为"老南昌"也被要求去凑了数,外公生前曾对我说过当时在人挤人的体育场伸长了脖子才瞟到了一眼老蒋的情景,说得甚是滑稽。大会规定与会者须穿青蓝色制服,女学生皆穿青蓝士林布旗袍,只是在会议的进行中天竟下起细雨来,"开始人们尚未发觉什么,委员长那标准军人的挺拔身材,第一回亮相于广大市民面前,蒋夫人那张云鬓下丰满典雅如新月的脸,更是泊住了大片视线。渐渐地台下有些脑袋凑在一起,私语声越来越响,像是一阵阵浪头打过会场。人们惊愕地发现,从制服上落下来一串串雨水竟变成了黑色,自己的脚下边不见了三合土,踩着的是一方浑浊的污水……在能避雨的高台上站着的主持者们,发现的只是国民素质太低的又一事实"。读到胡平的这段叙述后,我才明白了我那逝去的外公在说及那段回忆时颇具滑稽之态的原因,原来他老人家当时也是委员长们眼里"素质太低"的南昌市民之一。而更为滑稽的是,"大会之后按原计划坚持游行,游了一圈下来的结果,南昌的主要马路上恍然涂了一片黑漆",为啥呀?都是士林布上被雨水冲洗后掉下来的颜色。

  会中,还有一个小小的插曲。当蒋介石在主席台上讲话时,突然台下走上来一个衣冠不整的年轻人,肩上扛着一架大型摄影机,对着老蒋

"哗啦"一下开动机器拍摄,把蒋委员长吓了一跳。蒋对他白了一眼,又装模作样继续讲话,讲完,便回到宋美龄身旁坐下。熊式辉接着讲话,才讲几句,老蒋忽然站起,把熊式辉推向一旁,用手招呼那个摄影青年过来,指着他对台下市民说:"今天是新生活运动大会,要大家讲究整齐清洁。你们大家看看,这样一个人不像人鬼不像鬼的东西,也跑来参加'新生活运动'大会,岂不是给'新生活运动'一个大大的侮辱?"这时,蒋介石的便衣侍从一拥而上。这个青年顿时吓得面如死灰,全身发抖。台下所有的人都为他捏一把冷汗。后来还是熊式辉为之解了围,向蒋解释:"这人是中央社的摄影记者,昨天才由上海乘飞机赶来,因不懂'新生活运动'意义,所以没有修整仪容,今后要教育他改正。"这样,蒋介石方平和下来,挥手让他走开,台下的人们才松了口气。

会后,南昌的街头巷尾、角角落落都贴上了花花绿绿的"新生活运动"的标语口号,那些东西的内容大抵都是要求南昌市民要做个"不随地吐痰,不穿奇装异服,不袒胸露背,要懂得说'早上好,晚安'"之类的"文明人"。

"新生活运动"在南昌煞有介事地兴起,既忙坏了市民、机关、团体,也忙坏了市容市貌的整治者,因为要在"三个月"内出"成果",所以市内的街道、商号、银行的门面都修的修、整的整、洗的洗、刷的刷,总之是面目一新。当时的中山公园、城北公园、湖滨公园、豫章公园里该栽树的地方栽了几株树,该置石桌石凳的地方也搬去了几块石头,该漂着小船的湖面上也漂起了几片树叶似的小划子。此外,南昌当局还大力开展了"南昌市卫生运动"和"体育运动",举办了两届"新生活运动集体结婚"。为了要市民养成守时的习惯,在中山路与环湖路交叉处建起了一座标准钟楼,在湖滨公园里建造一个音乐堂,当时的"江西省推行音乐委员会"主任委员、音乐家程懋筠亲自在这里教市民唱由他作曲的《新生活运动歌》和《复兴歌》。

湖滨音乐堂是当年人们喜欢的一个热闹去处,这里的露天舞台构造特别。台下前面有个演奏小乐池,必要时还可坐上二三十个宾客,台下四周有可容纳数百人的座位场地,周围圈有铁丝网,铁丝网外亦常站有不买票的观众。每当夏夜,一轮明月当空,星星朝着人们直眨眼睛,清风拂来,动人心弦,更增加了音乐堂的演出效果。抗战前这里常有演出,至今仍有老人回忆,当时在这里上演根据真人真事编的戏剧《血洒长空》。舞台上,飞行员阎海文的情人在湖边高歌:"饮酒,请饮尽,我们这离别的酒楼。今夜啊!请记住,这西子湖滨,这黄昏幻影,这悲壮的饯行。明天啊,明天!你是万里鹏程,完成你那壮志凌云!"这唱词有点"洋歌剧"咏叹调的味道,想来确实会把观众听得像酒醉似的摇晃。次日阎海文参加上海空战,不幸飞机被敌弹击中,他赶紧跳伞,却又落入了敌阵,便毅然拔出手枪自杀身亡。上演这出戏时,阎海文的弟弟正路过南昌,亲眼看见《血洒长空》后,痛哭失声,观众皆大受感动。

我把老南昌发生的这一幕写进《豫章遗韵》一书,没有想到的是,书出版后,收到不少来信,其中一封是来自长沙的时年八十八岁高龄的徐廷敏先生,他竟是当年《血洒长空》的排练参与者,徐先生随信寄我一张他的照片留念,照片上的老先生虽然白发胜雪,仍不失儒雅清俊,别有一番气质,有一副民国人物的好样貌,这令我想到外公,甚至后来的木心先生。排演《血洒长空》时他年轻俊逸,风华正茂,我可以想象那舞台上下,抗日救亡,是怎样的昂扬激情,怎样血脉偾张的青年面容。一个经过那个年代场景的老先生来信,完全有着属于他独有的语境,不忍句摘,兹录于下:

程维先生座右:素昧平生,冒昧函候,乞恕罪!

我是年近九旬,生自洪都而客居长沙艺海一叶浮萍。日来有幸拜读您的大作《豫章遗韵》,感到十分亲切。使我的记忆又回到了六十几年前的抗日烽火年代。往事历历,恍如隔昨。盖我曾是您在大作中所提到的《血洒长空》一剧排练的参与者。该剧的演出单位是"江西推行音乐教育委员会抗敌剧团",男主角是黄若海(南京国立戏剧专科毕业的高材生),女主角张慧系剧团的基本演员。(解放前随夫婿去台湾,现况不详)

您在大作第184页上记述的《血洒长空》歌词,有几处与原词不符,原词是"饮酒,请饮尽我们这别离的酒樽。今晚啊,请记住,这西子湖滨,这黄昏灯影,这悲壮的饯行。明天啊明天……"对该剧台词,我记得滚瓜烂熟,不易忘却。这是因为我既是一名"画匠",又是一个"龙套"。在南昌的八十上下的老文艺界同志,敬请代我向他们问好!肃此敬致礼!

老朽徐廷敏　上
2004年6月21日

徐廷敏先生言辞诚恳谦恭,附此也是一份纪念。如果老先生健在,今年也该一百多岁了吧!祝福先生健康长寿。

1934年的6月3日,蒋介石夫妇兴致勃勃地参观了在南昌举行的"新生活运动展览会",随后,蒋介石手令南昌市政委员会,修建八大乡贤路。蒋钦点的这"八大乡贤"是王阳明、文天祥、王安石、黄宗羲、陆九渊、欧阳修、谢枋得、王夫之,其中头一位"乡贤"就不是南昌人,而是老蒋自己的老乡,他被强塞入了江西乡贤之列,王夫之与黄宗羲也夹带在内。当时市政委员会看出了这个问题,便向省主席熊式辉陈述。熊式辉明白这是"钦定"的,又岂敢擅改,只有沿用。其实早在1926年南昌设市后,开始拆除城墙,修筑道路,辟环城马路,便分别以十大乡贤作为市区的几条主次干道的名字。蒋介石此举,虽是炒"现饭",但更是在显示自己的良苦用心。只是在历史上"新生活运动"终是作为南昌人的一桩"笑谈"而了结,以至我的外公在多年后回忆起来时,也说得滑稽。但那段历史被南昌的一条条街道记录了下来,如果那一条条道路是录音带的话,现在播放,里面一定少不了幽默的笑声。

然而,这里我要特别提到的是,始建于1928年的那条以王安石的名字命名的"安石路",今天已成了象征南昌现代风貌的八一大道,这条路从整个南昌来看都绝对是大手笔之作,而它的执笔者就是南昌人一提起来便会竖起大拇指的人:邵式平。

邵式平是个既有政治家胸怀、实干家魄力,又具有平民风格的省长。1949年6月16日,江西省人民政府成立,邵式平任省政府主席兼南昌市军管会主任。那时的南昌刚刚解放,百废待兴。1950年7月,邵式平组织编制了《南昌市城市建设方案》和《南昌市区规划图》。1952年,他亲自主持设计了八一大道。这条大道真可以说得上是"连接历史与现代"的史诗般的长卷,路长3000米,宽60米。朱德来昌视察时,曾赞叹道:"邵式平同志,这条大道好啊!就是战备也是需要的,到时直升机就可以在这里起飞了。"

位于八一大道中段东侧的一片坑洼泽地,同年也被开辟为广场,上世纪六七十年代这里常常举行轰动全城的万人集会,广场上空口号飞扬、旗帜飞扬、彩球飞扬,当年广场给人留下的印象既强烈又虚幻,如同一个个巨大的气泡,在阳光的照射下,五彩斑斓,上升一定高度,砰然炸裂。

8

车站,当一条条道路在眼前出现之后,我们便不可回避地遇上了它。车站,是一个带有种种暗示和象征性的名词,是旅途无一例外的起点与终点。我们总是从一个车站出发,抵达另一车站,抑或最后还得回到起点的那一站,风景与经历都在从一个车站到另一个车站的传递中闪过,自然景观、生命感遇皆包容其中,所以有人说:生命在路上。而车站便是浓缩了人生整个旅途的一种令人不得不予以正视的标识与象征物。这样,在哲学家的眼里,车站就成为一道很有意味的命题。一个城市的车站,除了实用之外,还有审美价值,可以展示一座城市的精神风貌。我还要说的是,车站是代表一座城市最充满人性关怀的苦苦守望者和深情迎送者,同时更是无数相逢与离别的两种截然不同情感冲击的承受者。谁说车站是麻木的?每一座车站在城市人的眼里都是含有无限温情的。人们把许多记忆和情感体验都留给了车站。鲜花、泪水、微笑、惊喜、欢呼与挥别永远在车站闪烁。因此,一座城市车站的变迁,不仅能够看出这座城市的历史,也能看出不同历史阶段的这座城市人的内心状态。

过去与外地发生交通勾连的主要依靠是河道。南昌位处南北交通要道,南溯赣江入广东,北沿赣水经鄱阳湖而进长江再转各地,所以历史上许多在南昌留下过行踪的人物,都是首先把脚印写在水上,然后才落足于南昌的热土上。像初唐的王勃也是一路乘船而非骑马来叩访南昌的,当船行至"九江第一险"的马当山下时,还流传出一个神风助船送王勃的故事。但毕竟水路局限性大,跟不上人类向前发展的脚步,于是,弃舟登岸成为一种必然。

俗话说:骑马不如乘船,乘船不如坐车。坐车则必须有车站,南昌的车站是从铁路开始的。1904年(清光绪三十年),赣籍京官李盛铎等联名向清政府农工商部呈请"自行筹款,修筑江西境内铁路",倡议成立"江西全省铁路总局",并奏荐九江人前江宁布政使李有芬为总办,陈三立为会办。获准后,总局就设在南昌百花洲沈公祠,定名为"江西铁路总局"。经过多方筹措后,决定先修南昌至九江的"南浔铁路"。

但真正要把每一节铁轨结结实实地按设想铺在地上远非易事。大概费时10年之后,1915年4月,铁轨才铺到了南昌江北的牛行,宣告全线通车。这样,南昌才有了第一座车站,老南昌都称之为"江北牛行车站"。

1935年,"浙赣铁路"开始兴建,当局就选址勘察了今站前路东端的一片荒山野地,开建一座可容铁路管理机构和车站在一起的大厦,这就是浙赣铁路的南昌南站。1936年9月5日浙赣线正式通车。据说,那天杭州、南昌两地车站为庆祝这次通车盛典,两省分别举行了浙赣特产展览会,由火车免费运输首批展品和销售特产。此项活动为时一月,观众如潮,盛况空前。

现在的"南昌火车站"仍在原南站的位置。南昌站作为京九线上唯一的省会城市车站,是一个在原址建造的崭新的现代化一等客运站,它结构新颖,建筑雄伟,气势恢宏,具有吞吐四海万象的胸怀气度,是南昌市对外开放的一个醒目象征。

南昌的汽车站要晚于火车站出现。

北伐战争前,江西全省仅有"九莲公路"一段,即九江至莲花洞,全长不过20公里,虽是那么短短的一段,它却标志着江西公路之始。据资料载:1925年设"江西省道局"时,适逢北伐军进抵南昌,遂告停顿。

旋另设"江西公路处",又因战事初平,计划无法进展。1927年重组江西公路处。1928年秋,修建南昌至莲塘公路,1929年延伸至樟树,1932年到吉安,1934年达赣州。真是"路漫漫其修远兮"。也正是在1934年,选定江西省公路处(今广场南侧南昌柴油机厂所在地)作为南昌汽车站。这个站当时只有三间用木板搭成的候车、售票房,设施很是简陋,东边还尽是荒山坟地,每至阴雨天便显得特别凄凉。那时在这个站乘车的人感受一定很糟,尤其是乘车远行的人,内心的滋味应比柳永的吟别词更凄切。

"老南昌"们说:"开始这个车站只有少数破旧汽车投入运行,且经常发生'抛锚'事故,破汽车一启动,就是'风起一身灰,雨落满车泥'。"这景象无疑成了南昌沧桑的回忆,而留在人的脑海深处。长途汽车站位于八一大道东端的闹市区,车站正对门的就是南昌乃至江西的第一道:八一大道。这条气势如虹的大道给位于身旁的汽车站注入了一种同样的磅礴之气。八一广场、百货大楼、服务大楼、江西展览中心(原万岁馆)、江西宾馆、江西艺术剧院、革命烈士纪念馆都位于这条道路两旁,可以说这条路汇集了自五十年代以来不同时期的南昌标志性建筑。长途汽车站又移建徐家坊,也是直通八一大道。当年外地来南昌的旅客,从火车站下车经站前西路必经八一大道进入城市中心,这八一大道几乎是外地人进南昌的第一感官印象,数十年来,每一位从南昌火车站或南昌汽车站走出来的外地人,踏上八一大道都应该会对南昌有深刻印象。

1995年我在苏州遇到青海诗人昌耀,问他是否到过南昌?他说去过,脱口说出八一大道和八一广场。其他的也许他都忘了。

时间中的过往,都成了一帧帧的旧照片。俯仰千年。站在南昌古城的街头,时间的雄奇、阔大、浩渺、浑茫,都随我们的目光和思想产生一种千年透视,它对宇宙、对世间万物的作用力,使我迷恋而又敬畏。博尔赫斯说:"时间对于我们来说是一个颤抖的、严峻的问题。"它仿佛无形无色,比什么都抽象,但又比什么都具体,从一棵幽草由地缝中露出尖尖小脑袋,到一座曾经辉煌的古老宫殿的风化、倾塌、消亡,时间的表现比什么都具体和客观。"我们的命运之所以可怕,正是因为它是实实在在的现实。时间是造成我的物质,时间是吞噬我的河流,而我正是这河流;时间是摧毁我的老虎,时间是焚烧我的火焰,而我正是这火焰。世界的可悲在于它是真实的……"博尔赫斯对于时间的认识极为深刻。

站在拥有2200年历史的南昌街头,来去的时间已经不只是风的形态了,却又像风一样拂过这座古城,把旧的东西带走,将新的事物催生。但我认为这又不完全是时间的魔术,而是生存于这座城市里的人们发自心底的需求,正像当初灌婴和随同他的将士,需要在这块土地上由心底的想象去建造一座城池的念头是一样的,人们需要奇迹,人们需要变化,一座城市2200年来的演变就是对于这种心灵需求的一种鲜明回应。从洗马池、瓦子角、皇殿侧等古老的街道走出,迎面而来的是具有现代活力的展览路和黄家巷,这两条街在近20年来的南昌变化中我认为是最有代表性的。黄家巷在20世纪80年代有南昌的"小香港"之称,而展览路完全是一条兴起于20世纪90年代的全新的商业街,又被南昌人昵称为"女人街"或"丽人街"。从南昌人对这两条街的别称里,就不难看出其包容的现代内涵与当代意识,以及南昌人内心与南昌市的街道发展所达到的一种和谐。因此,在将写完南昌的街巷时,我眼前陡然显现出"小香港"的繁荣和"女人街"的时尚艳影的景象,于是我决定用这两条街来作为这一部分的压卷。

黄家巷在1905年收藏的南昌城图上,分段标称三皇宫、葡萄架。

1935年拓宽修筑,为提倡国货而取名为国货路。抗战胜利后为纪念晋朝江西籍大诗人陶渊明而更名为渊明路,1966年之前又称黄家巷,但至今这条路的标志牌上注明的是渊明路,而南昌人都习惯称"黄家巷"。20世纪80年代中期,私营个体商业开始兴起,黄家巷成了南昌个体商业意识在新时期最早觉醒的一条街,同时又成为代表流行时尚的一条街,那些总把当时的人吓一大跳的新潮衣物:牛仔裤、喇叭裤、紧身衣、高跟鞋、日本西装等都是出自这里,而且又不同于国营商店,这里可以自由讨价还价,所以黄家巷尤受青年人的青睐,"小香巷、小香港"就是从他们口里叫出来的,它体现了人们渴望自由的商业空气。那时南昌街头的靓男美女哪一个身上不穿有一两件从黄家巷买来的衣服,然而对这种当时的时髦,他们的父辈们却非常反感。记得那年我到黄家巷买了一条流行的"苹果牌"牛仔裤回家,父亲摸着又厚又硬的劳动布,不无挖苦地对我说:"这硬邦邦的裤脚弯也弯不了,我看你要躺在床上翘起脚才穿得进哟!"这话在当时是极有代表性的。据我所知,我的同龄人在20世纪80年代几乎都受到过父母的类似挖苦和讥讽。

然而中国的时尚与新潮就是从这种讥讽与挖苦里挣扎而出的,从满是荆棘和钉子般的目光中,走出小巷,步向大街;从而擦亮人们的眼睛,打开人们的视野,让人们从一片灰或一片黄的衣着中解放出来,认识丰富多彩的生活世界,使时尚贴近心灵。于是,在作为代表心灵渴求时尚躁动期与新潮初期的相对崇尚"海外"与"洋"东西的"小香港"消失之后,一条象征着时尚发展与成熟期的"女人街"在广场北边的展览路悄然形成。

它的出现,给南昌市插上了一枝90年代时尚的玫瑰。所谓女人街,自然是经营女人从头到脚、从吃到用的商业街。这条街上的一家家店铺小巧精致,店面内外装修都讲究品位,并有着"丽妃""爱丽丝""名媛"等动人的店名。店内各色物品极尽时尚之风,优美诱人,更有美丽的女人在其间走动,衣香缕缕,环佩声声。春夏秋冬,不论风和日丽还是刮风下雨,街头总能看到成群结队或飘然独行的她们的身影在兴致盎然地徜徉于一间间店铺中间。这情景使我想到当今诗人的吟咏:女人是穿花的蝴蝶,行走的姿势花枝招展。一种绮丽的现代气息如一支冷梅在古老的城市街头绽开,暗香袭人。行文至此,我深深地感到,拥有2200年历史的南昌,就像是一棵苗壮的树,众多大街小巷都是向春天伸展的优美枝干,都是它勃勃生机的体现。这座城市的人们既是它的花也是它的叶,我们站在街道上就是站在它的手上,我们吸吮着满树的绿意芳香,也感受着它的千年雪雨,更分享着它的风和日丽。

站在南昌的街头,仿佛2200年时空的历史图景在眼前急速切割、闪回、跳跃。这种感觉使我想起自己坐在疾驶的汽车中写过的一首诗,很能道出一种慨叹:

撕裂空气的劲射
一阵风喊着另一阵风的名字
大道如劈
树木争先恐后逃离

9

时至当下,南昌的老街旧巷在近几年已是拆得差不多了,我走到三眼井、天灯下老街区,全是白地,石头街、天灯下、樟树下、都司前、丁公庙,许多街巷都抹去了。再到万寿宫老街区,萝卜巷、醋巷、合同巷、翘步街、万寿宫巷,也全没了,围起来,白地上,重新规划,建新的仿旧商业街区。负责万寿宫街区景观设计的中国美院设计团队负责人马山先生联系我,希望我能予以一点支持。我能支持什么,万寿宫街区老街巷与三眼井一带老街巷都是既有深厚历史底蕴又相对完整的,拆了,我心疼,建新的,再仿旧做旧,能有时光的痕迹吗?前不久,有部欧洲电影叫《绝美之城》,我想它会拍哪座城市呢?巴黎,还是瑞士的某一城市?出于好奇,我看了,一个衣冠楚楚、风度翩翩的老绅士狂欢了一夜,趁着黎明走向罗马的街头,电影镜头展示的全是老街,老房子,几百年不变的街道,有的甚至破败、颓废了,乃至不无黯淡之色,但在老绅士视角里,这都是绝美的,令他作为罗马老城民深以为骄傲的。我想,当某一日南昌某任市长认识到一座千年古城老街道的重要性时,这里的老街巷都拆光了,有的也是赝品,仿古街。哪儿也找不到城市的积淀,哪儿也没有时间深处的乡愁。我们的城市再古老,也像是一句空话。钢筋水泥的滕王阁,无法慰藉文化的荒凉与寂寥。

拆除前的南昌老金街

石头街,历史上客家人南迁的羁留点

地藏庵街,即将拆除

地藏庙巷

禾草街

后墙路老屋

樟树下老巷,已不存

桥

路归路,桥归桥。当我面对南昌的一条条道路和一座座桥梁时,想到这句俗语,觉得它把路和桥说得好像一点关系都没有,是不是太轻率?人在路上行走,逢水过桥是一种很自然的事,每个人都有走路过桥的体验,应该说:桥是路的延伸。没有路的地方,就出现了桥;没有桥的地方,便出现了船;没有船的地方,便有风和御风飞行的翅膀。可见,桥与船,乃至与飞翔的翅膀都是有着密切关联与沟通的,它们都是作为路的延伸而作用于人类的。桥不仅拓展了人的涉足空间和生存范围,桥还装点了自然山水间的风景,尤其在现今世界里桥本身就是人们眼里的一道必不可少的风景。南昌是一座傍水而居的城市,一条赣江在南昌的身边透迤流淌,在滕王阁的瞳孔里与抚河交汇,千年的抚河故道上空掠过湿漉漉的千年古风,吹拂着岸边的古城,吹拂着蜿蜒入城的东西南北四湖和城郊的水塘河汊;而在这些湖水河面上,一座座精致的古桥,一座座凌空而起的大桥,如彩虹卧波,蛟龙飞腾,形成一种南昌独有的蔚为壮丽的景观;大桥宏伟如《琵琶行》《将进酒》的铁板铜琶之歌,小桥婉约似花月弄影、绿肥红瘦的清丽之词,前者是豪放派的,如李太白、苏东坡、辛稼轩、岳鹏举诸家,后者则是姜白石、柳三变、李易安、朱淑真的婉约一脉,令人低回吟咏,叹为观止。

桥的分量与作用在现代经济发展和一江两岸的城市建设格局形成的今天不言而喻。近年来出现在赣江上的新八一大桥、南昌大桥、英雄大桥、朝阳大桥、生米大桥，还有穿江而过的地铁隧道与汽车过江隧道都是一座城市史诗般的巨制、豪气干云的杰作。它是让我们的城市接通经济快车道的桥梁，也是连接今天与明天的彩虹之路。看着那道道彩虹般的大桥，年逾古稀的"老南昌"们，自然会想到过去自己曾走过的南昌城里的形形色色的桥。一位老人回忆道："小时候，我所看见的桥，是湖塘上的古色古香、石砖木板的小桥，其中有久负盛名的高士桥、流水潺潺的洪恩桥、观荷采莲的灵应桥、百花洲畔的状元桥……它们都是始建于明朝的古桥，桥上行人来往，人力车、轿子、独轮车在桥上晃晃悠悠，其情景至今历历在目。"

南昌自古河汊如织，津渡密布，素有"三湖九津"之说。豫章先贤南朝人雷次宗在《豫章记》中说古代南昌"地方千里，水路四通"，现存清朝年间绘制的《南昌三湖九津图》上可见城内城外河道湖汊纵横成网，且与环绕外围的江河水系沟通，当时城内有桥十一座，加上护城河上与诸城门连通的七桥，以及城外各处桥梁，共有二十余座。古代南昌桥梁多以青石、麻石、红石为材料，立柱多为木墩、石墩，造型多为拱形或平形，桥护栏多以麻石或木头为材料。时过境迁，不少桥已转变为了街巷，成了街巷名称。南昌有多少古桥？文献并无确切统计，只能从那些沿用至今以"桥"相称的地名粗略地探寻到古桥的踪迹。高士桥、算子桥、陈家桥、塔子桥、洪恩桥、状元桥、灵应桥等各具特色。这些桥梁造型典雅，形式多样。各种曲桥、平桥或拱桥不仅为市民提供了便利的交通，更起到了点缀、分隔、组合风景的作用。《高士桥上抱桥墩》风俗画，表现了古代南昌妇女于中秋夜到高士桥抱摸桥墩求孕的风俗。

高士桥，是大家最熟悉的，也是古代南昌城区一条最长的桥。该桥初建时为拱桥,长约500米,建在汉代高士徐孺子住宅附近,故名"高士桥",俗称"高桥"。明万历十三年改建为石构式平桥。当时桥的附近有南昌、新建两县的县学,知府范涞希望两县学子能像"鲤鱼跳龙门"那样的飞黄腾达,又将该桥易名为"跃龙桥"。又据《南昌府志》载:"桥以龙名外象也,龙以跃门内象也。"该桥始建时,两侧无护栏,为安全计,后在其后两侧加筑石柱82根,间有护板,桥的两端各设木牌坊一座,上书"跃龙桥"三字,颇为壮观。从王仲序诗中,可看出当日之情景,诗曰:"桥列东湖隐素秋,桥前故宅抱清流。马嘶波影青龙见,鱼戏檐阴紫贝浮。题柱谁论支大厦,洛川人意在南洲。临分莫动问梁思,把臂如年忆再游。"至清康熙年间,巡抚董为国、提督严自明又主持大规模重修,成为当时南昌一座较大的桥梁。该桥建在西湖之畔,后因桥西逐年淤塞,不少人在此搭棚建屋,逐渐成了高桥露天市场,终日喧嚣,已失古风。清末民初,桥与路平,已空留其名矣。

洪恩桥,据史料记载,洪恩桥建于唐贞元十五年(799),位于南昌市东湖同仁祠左侧,由江西观察使李巽所建。宋末元初的诗人陈杰曾作《东湖晚步洪恩桥海棠洞三首》,其三:"百花洲前万柳堤,一川红绿醉春时。楼台忽断见西爽,莺燕正深闻子规。"明代在整治东湖时,"东湖"实际上已"一分为四",即:东湖、西湖、南湖和北湖。东西湖之间,以洪恩桥为湖界桥,桥西为西湖(即孺子亭处),桥东为东湖(即百花洲处)。1928年国民党政府在拓建中山路的时候,于洪恩桥毗近,兴建了一座水泥混凝土桥,改称"三道桥",洪恩桥自此也就湮没在历史长河中,不复存在。

状元桥(广济桥)现存于南昌市区中心地带的民德路,是东湖与南湖的分水桥。此桥建于明万历年间,准确年份是公元1617年。旧时乃为石拱小桥,并不起眼,可能是因为离佑民寺不远,被赋予佛家"普度众生"之意,人称"广济桥",后为什么又改为状元桥？据传源自清朝乾隆年四十三年(1778年),大庚县才子戴衢亭因屡考皆落榜,乡里人不服,为他出钱捐了一个秀才,使戴衢亭获得参加乡试的资格。而戴衢亭在乡试中考中举人,赴京又得中进士,经殿试高中状元。戴衢亭荣归故里,途经广济桥时,挥笔写了一副对联,上联是"三十年前,县考无名,府考无名,道考又无名,人眼不开天眼见",下联是"八十日里,乡试第一,会试第一,殿试又第一,蓝袍脱下换紫袍",以泄他心中之积愤。1743年由戴衢亭出资,知县钱志遥主持重建,将此桥改名"状元桥"。1849年,南昌绘成图标称"状元桥"。1935年辟筑民德路中段,改为混凝土整体式板桥,长9米,宽14米。1996年,南昌市政府整治四湖时再次修缮。

1935年改建的灵应桥(杜公桥、灵隐桥)位于南昌建德观街东段,是南湖与北湖的分界桥。因与桥相邻的水观音亭内观音菩萨甚灵,旧时南昌人认为它是观音菩萨应百姓渡水之需的显灵之作,故名"灵应"。灵应桥也称杜公桥、灵隐桥,取名蕴有禅意。唐贞元十五年(799年),由观察使李巽主持修建。宋治平年间少府监杜植复修。明万历四十七年(1619年),改建成石拱桥,此桥为南湖与北湖的交界桥,与状元桥毗邻,横跨建德观街东端,与环湖路衔接。东望佑民寺,南傍水观音亭,北邻眼光殿,桥畔多为名宦居宅,地处宁静,木鱼声、梵音清晰可闻,沿岸杨柳依依,水波粼粼,至今余韵犹存。今虽为南昌现存古桥之最,但古风难觅。1935年改建为整体板桥。长9米,宽8.4米。桥旁南湖中有杏花楼(水观音亭)。1996年,南昌市政府修缮的灵应桥,1996年,南昌市政府再次修缮,改建为钢筋混凝土拱桥,现桥面宽15米,桥长28米,大理石雕花护栏,两边护栏各立12根莲花柱。

除此之外,在南昌市郊的古桥定山桥坐落在青云谱乡岱山境内,建于西汉年间,始称"陈家桥",后改为"定山桥"。桥长15米,宽3米,三孔,为麻石结构,现仍保存良好。

朱姑桥位于城南南莲路上,地处青云谱乡岱山。原桥始建于唐代,系青条石结构小型便桥,称"姑嫂桥"。清初,朱耷(八大山人)兄妹分别隐居沥水两岸,改便桥为石墩的青条石桥,更名"朱姑桥"。民国十七年(1928年),修筑南莲路时,在原桥(已废)东30米处建钢筋混凝土桥,仍用"朱姑桥"桥名,桥长12米,宽12.5米,净跨孔经10米。

塔子桥在市郊上海路中段,原桥建于清光绪三十年(1904年),桥长16米,宽14米,高4.2米,属砖石结构。拓建上海路时被拆除,1968年,改为钢筋水泥桥(路)面。

彭家桥地处市区北京东路,原桥建于清光绪三十三年(1907年),红石桥墩,麻石桥面,长20米,宽3米。1968年扩建北京东路时将原桥拆除,改建为钢筋混凝土平桥,长为42米。

南昌郊县(区)古石桥鸡公桥,在南昌县流湖村东。传说晋代蛟龙为害,许逊引来观音,令伴作鸡啼,蛟龙以为天亮而逃遁,后被擒获,锁于万寿宫古井铁柱中,后人乃称该桥为"鸡公桥"。

武阳桥,在南昌县武阳镇武阳街西北。传说唐代武阳郡公韦丹视察此地时,受河道所阻,于是捐款建桥,故名"武阳桥"。

乌纱桥地处新建县长堎地区。这是一座古老的石桥。相传明万历年间,有兵部尚书李迁返里时路经此桥,当他下桥时,前来迎接的人均不辞而别,李疑惑,问乡人,答曰:"诸公子问大人公子如谋其政?吾复之无嗣。"李迁听后惭然,乃将乌纱帽抛于桥下,自此,此桥改名"乌纱桥"。

斗姆桥,处于新建县石埠竹园村,为一小型古老石桥。传说为一老妇积善行德,捐献斗米修造此桥,故名。广路桥,地处新建县属湾里乌井水库大坝下,初建于清乾隆三十三年(1768年),长10米,宽4.8米。1974年拆毁,改建为石拱桥。南昌园林古桥百花洲桥,在百花洲(今八一公园内),设计玲珑古雅,用青灰巨石拼合为桥板,平贴水面,迂回曲弯,景色幽丽。黄昏斜阳,月色中天之时,更诱发游人流连。

南昌古桥知多少?除上述者外,还有通惠桥、陈家桥、洛阳桥、南山桥、算子桥……桥之于南昌来说,不仅点缀了园林美景,更丰富了有趣的南昌市井生活。正是这些林林总总、形态各异的古桥,才串起了南昌这座千年古城的文化韵味。

我们今天在激情满怀地跨越崭新的八一大桥之际,也可以在南昌城里的状元桥、灵应桥等古桥上流连徘徊,品味桥在历史中的一帧帧身影。

二十四桥明月夜,玉人何处教吹箫。这是古扬州的桥在诗人眼里的写照。

南昌的古桥,据我手头查证的资料看,虽不及二十四座,但至今尚存和已湮灭的可叫出名的古桥也不少。清波之上,石桥弯弯,游人信步,杨柳沐风。"你在桥上看风景,看风景的人在楼上看你;明月装饰了你的窗子,你装饰了别人的梦。"卞之琳对站在桥上的人如是说,道破了一种极致的古典风景。每当我在可与杭州西湖相媲美的南昌东湖畔,看见人站在百花洲的百花桥上照相时,就会想到卞之琳的诗。漫步九曲桥中,古人的东湖怀古之句又会在耳边响起:"东湖箫鼓忆当年,柳色潭光倍黯然;两岸楼台成宿草,三桥歌舞散寒烟。湖鱼味齐松鲈美,村杏花同铁树传;洲上草堂原有赋,高文谁续李王篇。"真是"东湖行一曲,十里柳烟迷。"古南昌由于其濒临赣江的特殊地理环境,古桥处处,如一首首长制短作的七律或五言诗,装点着南昌城,给这座古城增添了不少文化品位。

南昌的古桥婉约多姿，像宋人的小令或唐朝的绝句，在看似小巧的结构里，竟含有不尽的韵味，从桥头到桥尾虽在数步之间，但那也几近是曹子建的七步诗，多有潇洒翩翩的才子之风。在近代以来出现的南昌的大桥，却是雄浑如汉赋、瑰奇似李白的长歌行，其历史有着凝重苍凉又有着雄伟豪放。架在赣江上的有八一大桥、南昌大桥、赣江大桥，抚河故道上的有抚河桥、中山桥等，而八一桥的历史变迁本身就可以拍成一部电视连续剧。八一大桥的前身是中正桥，始建于1934年。在这之前，宽阔的赣江上还没有出现真正意义上的桥。1648年，豫亲王多铎派大将率部进攻南昌，江西提督金声桓及守将王得仁凭赣江天堑据守南昌。清军前锋进抵南昌时，被赣江所阻，围城数日无法攻入。后来派人观察水情，择处架桥。在上自文家坊下至扬子洲的赣水上以巨船和粗大竹缆架起了三座军用浮桥，于是南昌城破。这便是南昌首次在赣江上架的桥。

北伐时期，赣江仍无桥，自对岸牛行车站至市区只能靠轮渡，北伐军攻打南昌也是靠临时搭起的晃晃悠悠的浮桥渡江。1934年，蒋介石在南昌搞"新生活运动"，提起了"建设新南昌"的口号，耗资百万，历时两年，在赣江上架起了一座钢墩铁梁、松木桥面的新式公路大桥，命名"中正桥"。据说开通那天，"观众蚁集，桥上行人熙熙攘攘川流不息，汽车、自行车、人力车纷纷在桥上来往行驶。警察局和宪兵营见此情形也不得不加派宪警，维持交通秩序……三天中前往参观的市民达二十万以上"。然而这镜头很快在历史中闪过。1939年3月，侵华日军直逼南昌，在昌的国民政府一方面转移，一方面又想靠赣江之险与日军对峙。其时守卫南昌的是罗卓英的第三十二军。3月26日，日军逼近赣江，南昌守军欲守不能，便仿效蒋介石决黄河阻止日军攻势，炸毁中正桥。但这并未阻挡住日军,次日日本的膏药旗就插到了南昌城头。为了军事需要,日军随即修复了中正桥,当日军的军用卡车、装甲车、坦克在上面通过的时候,中正桥痛苦地发出"咯吱""咯吱"的呻吟,这呻吟响在桥上,疼在南昌人的心上……

中正桥在不堪重负的呻吟中老去。1949年5月,人民解放军强渡长江,赣江的水面也掀起了激浪。5月20日,国民党守军见势不妙,又重施故技,再次炸毁了中正桥。这次破坏程度比上次更甚。两天后,南昌市喜气洋洋地欢迎了人民解放军入城。新政府很快就对中正桥进行了修复,为纪念八一起义的光荣历史,省政府决定将中正桥改名为八一桥。从此,赣江水面上这座饱经沧桑的大桥获得了新的生命。1955年,省政府决定对八一桥进行一次大改建,以适应两岸发展的需要。经过整整一年的施工,1956年11月15日建成通车。改建后的大桥其规模与外表都够得上当时"赣江第一桥"之称。两年后,赣江第二桥——南昌铁路大桥(赣江大桥)也出现了,站在八一桥上就能看到那座大铁桥的身姿。

当新型的南昌大桥像一条万米巨龙,跨赣江,越抚河,连接一江两岸在80年代出现于我们的视野时,标志着南昌桥的历史进入了一个新纪元,同时也拓展了一片全新的风景。1997年新八一大桥雄峙赣江,取代了老桥。新桥全长2.28公里,桥面宽26米,是全省最长的斜拉悬索大桥,成为我国第一座双层桥面、立体分流的公路大桥,仅西引桥的桥顶推箱梁就重达35000吨,位居全国第一,世界第二。与此同时,抚河故道上还出现了一座座美丽的桥梁,原有的抚河桥加宽加固后重现生机,新颖别致的中山桥和海关桥如沿江大道边的两颗明珠,通向江畔各洲,刷新了一江两岸的城区风景。

如果说道路如歌的话,那么桥就是诗。桥顶有白云蓝天的高远境界,桥下有滔滔流水的自然韵律,桥上则有行人抒情的感怀与咏叹。有脚的地方就有路,有路的地方就有桥,有桥的地方就有好风景。所以说,路与桥是相通的。我们沿着道路踏上一座桥的同时,也就是进入了一幅诗意盎然的风景画。

城与门

城与门,是一个古老的话题。门的出现,来自人类对自身生存安全状况的怀疑,于是把自己生存的地方用砖土或栅栏围起来,然后留上一个出口,这个出口就是门。从古至今,人类对门极其重视,投入了巨大热情。这种重视和热情由最早从实用方面考虑的防患意识,逐渐演化为仅仅是作为一种糅合着政治、尊严乃至审美与历史文化的象征存在。在一首题为《门》的诗中诗人陆健这样吟咏道:"熟门熟路的引导者啊/即使在你面前/我站的地方/也是冰点/至贤至明的领队人啊/尽管你的手指是一道玉辉/我也只得从灵辉中起步。"也许随着岁月的推移和人类的进步,许多城门都会坍塌,甚至会被拆除,但天安门、凯旋门会被人们精心保护着存在下去。原因就在于,这些门在今天已经超越了门本身的价值而升华为人类的一种精神存在。大门拆除之后,人类对小门仍看护甚严。最初的防患本能从一个个严严实实的小门里,仍然透露了出来。

南昌老城,过去有七座城门,像七张开门见日、闭门含月的嘴。那嘴里吐出的日升月落,都是一桩桩城门往事。往事如风,吹拂着历史中斑驳的南昌古城墙,吹打在古老而厚重的城门上。那城门上有过闭门的紧急、仓促与慌乱,有过烽火映红的烙印和凶狠野蛮的拍打叫骂声,也有过厚厚的冰雪与薄薄的寒霜,更有过大开城门一吐郁积之气的痛快与酣畅。那"咯咯咯"开门的声音是古南昌的欢愉,那涂染在城门上的阳光是它美丽的笑靥与发自内心的喜悦之情。城门的一开一闭,乃至各种声响都牵连着一座古城的心脏。它是城池的嘴,其呼吸、其交流、其喜悲,都通过城门来体现。南昌原有的七座城门建于明朝,至今"老南昌"掰着手指,还能一一说出它们的名字,并且可以随口说上一段这七座城门的顺口溜:

    挑桶卖菜进贤门,
    千船万帆惠民门,
    推进涌出广润门,
    接官送府章江门,
    杀人放火德胜门,
    冷坛社庙永和门,
    枪刀剑戟顺化门。

  这首顺口溜不仅道出了七座城门的名字,而且说出了七座城门的特征,亦即七张嘴里吐出的内容。进贤门位处今永叔路、系马桩、绳金塔街交错的地方,这一带附廓内外,农田菜地居多,运肥挑菜的人流从早到晚进进出出。惠民门位于今船山路与南浦路之处,城门因近普贤寺和惠民仓而得名,这里总是忙坏了运粮的人,南昌城所需粮食都在此进出,于是过往车船络绎不绝。广润门地处热闹繁盛之区,在今船山路、棋盘街、直冲巷交叉处,这里商号众多,百货云集,所以说"推进涌出广润门"。章江门位于今章江路西端与榕门路相接处,过去藩台官署紧靠城门,滕王阁和豫章十景之一的"章江晓渡"在其城外的赣江之滨。

滕王阁前建有"接官亭",往来显宦巨商都是乘船至此上岸或登船的。德胜门在今胜利路北端,现在的八一桥在当时的城门外,原来城外有一片空旷的沙地,过去的刑场便设在这里。永和门位于今八一大道、叠山路、南京西路交接处。因城门近仙人黄紫庭台坛坛址,故又名坛头门,而澹台灭明亦葬在这附近,所以也被人称作"澹台门"。过去这里人烟稀少,地偏且寂,因此有"冷坛社庙永和门"之谓。顺化门外过去是个练兵的大教场,是个舞枪弄戟的地方。南昌城门的一切在那首顺口溜里都原原本本地道了出来。"杀人放火德胜门"在南昌城史里非比寻常,清兵攻城与太平兵攻城,皆与之相关,1853年6月至9月,太平军围攻南昌。同治《南昌府志·卷十八》记:"咸丰三年正月,粤西金田长发贼洪秀令、杨秀清等,由湖北下窜,江宁城陷。五月,贼由江宁统舟师入九江,进围南昌城。巡抚张芾预调湖北按察使江忠源入城御之,总兵马济美战死。攻益亟,守益固。八月,贼穷弃营走。"有关这场艰苦的围城战,有一个细节:贼营距官兵营不远。语声相闻,贼多楚人,兵亦多楚人。贼作乡语,语兵云:"乡亲,尔在彼日止二百钱,诸事且不得自便,不如归我,可取携自如。"兵亦语贼曰:"乡亲,我苦甚,无钱用,愿借尔头,可领五十两赏格。"或互骂忿起,即各持械出斗焉。(毛隆保《见闻杂记》)其远年场景,立马历历在目。另有一个战斗细节更加奇特:七月底,贼匪一炮子落城中炮局屋梁,梁断,落地入一穴,守者穷之,深掘,有铁响,并力掘出,则炮也。遂禀抚军,募人夫掘之,获炮六百余尊,洗之,有三百余尊可用,较所用炮利害。抬上城,放出城外,毙贼甚多,贼自是不得安身,炮系康熙年间征台湾铸者,日久下沉,经水涨遂没入土中,炮子之入穴也,非神引之哉!(毛隆保《见闻杂记》)由敌方射来一颗臭弹而发掘出地下埋着了六百多尊老炮,洗一洗,扛上城头,还有三百多尊能打响,这下可帮了守城的大忙。我理出"围城大事记",可见当年围城

战大致过程:

  6月24日 西征军开始围攻南昌。

  6月26日 太平军在南昌城外击毙楚勇百夫长李光宽。

  6月29日 太平军第一次轰塌南昌德胜门城垣数丈,未及夺城即被堵塞。

  7月9日 太平军第二次轰塌南昌德胜门城垣六丈余,被阻未能入城。

  7月28日 太平军第三次轰陷南昌德胜门附近城垣,仍被阻不得入。

  7月29日 太平军在南昌城外阵斩九江镇总兵马济美。

  8月2日与3日 太平军韦俊、石祥祯率援军战船五六百艘抵南昌。

  8月4日 援军战船相率离开南昌。

  8月28日 西征军在南昌城外大败湘军、楚勇及音德布等军,阵斩五百余人。

  9月24日 西征军自南昌撤围北走。

  太平军三次重点进攻都是德胜门。而在章江门也有抓太平军奸细的戏剧性场景:章江门悬首奸细,有一人系长发坐轿入城,面放小鞋桶,上放女鞋一双,至城门,兵诘其何往,舆夫不能对,伊自答之,兵疑非女声,揭帘视之,遂就擒,启鞋桶,则尽火器也。(毛隆保《见闻杂记》)

  时至1926年,北伐军攻打南昌,守城的北洋军阀邓如琢、岳思寅企图以火阻止北伐军入城,便下令在广润门、章江门、德胜门一带民房纵火,大火连烧三日,千年古阁滕王阁也在这次大火中被烧毁。北伐军入城惩办放火凶手,时为北伐军总司令的蒋介石,特令戴有中将衔的郭沫若,在公审大会上用他极有感染力的诗人的嗓音,宣判了一众纵火犯的死刑。而火焚的痕迹已深刻地烙在了城门上。

南昌的古城门记载着这页痛史。惨痛,使南昌的嘴巴大开着,但发不出声音。

灌婴在南昌筑城,就是为了防止外寇对中原的入侵,这个城池的建筑是纳入了汉朝边防重要计划的。城筑起来了,设有六座城门,为松阳门、皋门、昌门、南门、东门、北门,既适应其时的防御需要,又便于城内与城外的沟通。东晋时,南昌太守范宁曾对灌婴城做了一次较大规模的修整,开辟了东北和西南两个城门,使灌婴城的城门增至八个。到了唐朝,贞观之治使中国进入了鼎盛时期,于是灌婴城为了适合大唐的气度风范,开始西迁并扩大。

唐朝需要这种大气,唐朝也创造着这种大气。公元685年,洪州都督李景嘉对西迁的南昌城门做了改造,全城新建了八座城门,城门上新刻了匾额,当时著名的书法家书写了匾名。到这个时候,南昌城气象一新,八座城门雄伟壮观,穿着唐衫的古人进进出出,一片繁富典丽的景象。这个时候南昌的城门经过了王勃、李白、张九龄、孟浩然、韩愈、白居易的身影,南昌也建起了象征盛唐之诗的滕王阁。这个时代,南昌城门的情景一定每天都是激动人心的,就像从唐朝的少年才子口中吐出的华彩之句:"物华天宝,人杰地灵……"

就这样到了北宋,南昌城仍在发展,尤其是内河船运业蓬勃兴盛,南昌城西沿江便建起了十几座船泊码头,从码头上岸即到了城门。沿江一带也就出现了十一道城门,如宫步门、柴步门、井步门、章江门、仓步门、观步门、洪乔门、广恩门、北廊门等。由北往东转南,也有五门:琉璃门、坛头门、故丰门、广丰门、望云门。这些门加起来共有十六座,可见当时太平,不要防御什么了,便把城门大开,八个不够再加八个,这是一种开放的胸襟。南昌历史上,北宋也是城门最多的时期。一到南宋,城外的风声就紧了。赶紧关门,是南昌当时急着要做的事,把风声鹤唳、嗒嗒马蹄都关在城外,但金兵南侵的铁蹄已震得南方的一座座城池都颤动了起来。告急!告急!告急!南昌升为了帅府。岳飞、辛弃疾都率军进驻过南昌。公元1136年,元帅李纲又亲临于此,认为南昌城北沙丘地势对城市防守不利,便下令拆东北面的城墙,退三余里。太多的城门,也带来种种不安的因素,赶紧砍去一些,于是紧急废除北廊门、故丰门、广丰门、望云门,使南昌的十六座城门变为十二座。时至明朝,朱元璋与陈友谅从九江战到南昌,又从南昌战到鄱阳湖,终于在这个著名的湖边大败陈友谅,率得胜之师来到南昌,亲自命令南昌都督朱文正改建南昌城,又废除了五个城门。至此,才剩下今日"老南昌"能背诵的顺口溜中的七座城门。1928年,南昌正式设市,为扩大市区,就拆除城墙建环城马路,那七座城门也便在乒乒乓乓的乱镐和灰尘中化为乌有……

  南昌城门在不同的朝代有着不同变化,道出了一座城市的岁月沧桑,叠映了一座城市的痛楚与欢欣。历史无言,城门开口。

  每座城市都有形形色色、各种各样的门,在某种意义上说,正是这些门通往了城里的大千世界。今天,我们面对一张张老照片上的一扇扇门,犹如面对着一批过时的各式各样的嘴脸。这些嘴脸现在看来是无一例外的灰黑,可当年肯定是神气活现的。不同的门有着不同的形状,更有着不同的内容,仔细揣摩一下这些门是很有意思的。大大咧咧老爷般作八字状的是清朝的老衙门。门楼厚实、笨拙而又不乏庄严的是过去政府或法院的所在地。门口阴森、墙面灰黄,甚至连墙头也生出了乱草的是过去的"江西省水警总队"。门两边安着两个木板钉的岗亭并搭着凉棚,有穿警服的岗哨持枪而立着的是30年代的省会警察局;

再往里看，大门里还有一扇圆形像嘴巴似的黑洞洞的门，令人不寒而栗，这种地方连鬼都要避之不及，更何况过去的南昌市民呢？

特别值得一提的是清代南昌有"四大衙门"，从这四个典型的门里可以触摸到南昌不同阶段的一些历史面貌。坐落于今民德路401号的是抚台衙门，即江西总督署。该署始建于元代，坐北朝南，署前广场南面有照壁，东、西两侧有木栅辕门，各有一对石狮分立，文武百官到此都要下马落轿。西辕门内侧有一小山，上建有报时的谯楼，民国初改成了望亭。进仪门，甬道直达总督大堂。大堂之后的第三、四、五进院落，皆正堂五间，左右耳房各二，东西厢房各三，前后左右皆有廊庑相连。后三进院落各有跨院，多为衙署的办事厅和会客的花厅，其门窗皆雕镂精美、古雅典丽，小院幽径，花木扶疏。可惜这座颇有风格的建筑民国时被拆除，改为西式建筑，仅西花厅略留旧迹。民初这里是督军府，北伐后改设国民党江西省政府。吴介璋、彭程万、李烈钧、邓如琢、熊式辉等人先后都入主过这座衙门。解放初，省政府曾驻此，现在是市政府的所在地。另一座藩台衙门，位于章江路，始建于元代，规模之大超过总督官署，东有鼓楼，西有箭楼，入衙署大门，古树夹道，别有一番庄严。当年省政府曾在此，故被称为"省长衙门"。国民党实行"围剿"时第三路总指挥曾驻设于此，不少共产党人和进步人士在这里遭秘密处决。1930年省府迁往抚台衙门，这里便分给了省卫生处（现省歌舞团所在地）、市参议会（今省话剧团所在处）、市政府（现省京剧团所在处）三个单位使用。今天我们到那些地方走走，多少还能想象得出此前是个怎样的规模来。再一座臬台衙门坐落在民德路中段，也就是现南昌三中斜对面，北伐前后被拆除改为监狱，方志敏曾被关押在此。最后一座是豫章道署，即道尹衙门。其原址在叠山路西段，昔日"中山堂"院内。1930年这里开辟为南昌市的第一个公园——豫章公园，内有"北伐阵亡将士纪念碑"。这里现为省、市政协所在地。

观看一些老照片,我发现还有几张看似颇为神秘的门。那门也普通,有的就像老居民楼的门,但透过门看去,似乎隐约能见里面墙上画着的尖牙齿形的国民党党徽,门口也赫然立了个岗哨,只是四周寂寂,楼顶上插了杆青天白日旗,楼房的窗也闭着,还钉有一道道栅栏。可以肯定,里面绝不是牢房,却很有可能是什么神秘的机关,使我想到类似于"复兴社"和"蓝衣社"之类的组织。30年代蒋介石、宋美龄的亲信黄仁霖在南昌设立过一个励志社,在南昌有过影响。

再来看看过去的民政局、税务局、卫生处、办事处之类的大门,给人一种凝重、沉闷且迟钝的感觉,这些门虽不似政府、警察局之类森严,但显然也有它的派头,看样子也不好打交道。与之相比的一些社会团体"妇女生活改进会""贫民习艺所",甚至一些学校乃至工厂、医院、广播电台等单位的大门、房屋与院落就简陋得多,从中也能看出这些地方在过去当局的眼里显然是无足轻重的。在这些形形色色门楼的老照片里,令我们的眼睛稍觉轻松的,是不少各种银行的大门。细看一下,这些门大致有精致、坚实的共同点,仿佛告诉人们,其门内就是牢靠的保险柜,这些银行的门又据其不同的经营特色带有自己的风格。从这些门可以看出金融商们的一种对本行投入与专注的心态。

南昌的银行始于清光绪年间,由原来的钱庄、银号转变过来。1908年北京的"大清银行"在广润门设立"大清银行江西分行",此后"中国银行""中央银行""国货银行""交通银行""裕民银行"在南昌相继出现。一座座银行在那些凝重、沉闷、阴森、简陋和破旧的各种各样的门里,显出了自我的高度。

城市的门,每一扇都是会开口的。门越老越旧,里面要说的话似乎越多。看到城市里各种各样、形形色色的门,我们才找到了倾听历史的耳朵。卸掉门的钥匙,城市的嘴就说话,历史就洞开。

　　过去的城门几乎就是城市的标识,许多城市史上的大事无不与此相关,所谓"城破",意味着它的沦陷,守将是要死节的。城市壮大了,繁荣和平了,门就多了,城民的记忆和故事也都与城门连带在一起。时至今日,老城门在大多城市都早不见了,幸存的,也成了象征物,仅具文物性质,如北京的前门、正阳门,西安的城门。拍摄城市宣传片,有城门的城市,总少不得在城门上面做渲染,以示历史文化的厚重,并拍出高矗的新型建筑,仿佛过去与现代的高度都有了。所幸这片博大而深沉的厚土上,还留着几座古老的城市之门,否则"故乡"尽失,连回家的门也找不到,"诗意栖居"也成为奢望。在没有"故乡",而又处处"故乡"的年代,我们内心还为他乡者留着永久的家门,家门或许是最后的温暖。在物理上的故乡越来越模糊的今天,保存关于门的记忆其实就是在保存精神上的故乡。

老校门

校门,应该是最使我们动情的门之一。看着校门里建构各异的老教学楼,凭直觉就能感受到它不一般的历史,踩着陈旧的能发出岁月回声的地板,经过各教室门前光线幽暗的走廊,放开少年的想象,隔在时间那一端的历史,好像触手可及。一所名校的真正重心和分量在何处?看看排列在心远中学校史上的一串串著名人物的名单,就再清楚不过了。"霭霭南浦之云,明明西江之月,天钟灵秀,男女复何择,趁风雨鸡鸣,及时努力……"一段老校歌从遥远的岁月里飘出校门,又开始萦绕在我耳际。

在人生要经过的无数道门中,校门,应该是最使我们动情的门之一。

不管过去多少年,不论人在何处,只要听到一声旧日师长的呼唤,或昔时同窗的问候,就会把我们的记忆与情感一起调动到若干年前,调动到一座无比熟悉而又像隔着一层如梦幻般岁月之帘的青青校园的门前。

从校门里隐约传出遥远年代的歌声。"章贡之水长流,向大江滚滚,今日风雨同舟。迷津向谁问?来上琼斯高楼,遥指前途迥。中有宝物可求,南针方向正。西山爽气千秋,矗立何其稳,吾砥柱中流……"这是当年南昌豫章中学的校歌。那歌声、那歌词仿佛都要让时光倒流,使白发变黑,使皱纹舒展,使而今已年近古稀的老豫章中学的校友回到少年时代。

"迷津向谁问,来上琼斯楼。"赣江边的琼斯楼,是老豫章中学的标志性建筑,也是老豫章中学的象征。我在琼斯楼就读的时候,豫章中学已更名为南昌七中。从豫章路小学毕业走进南昌七中的校门,凭直觉就能从校内建构各异的老教学楼看出这是一所有来历、有年头的学校。但当时对于初入该校的学子而言,根本没有校史教育这一课,只是当我们每天在琼斯楼的教室里,看着造型颇为考究的窗户,踩着陈旧的能发出岁月回声的地板,经过各教室门前那光线幽暗的走廊,放开少年的想象,顿时就能够领略到一些什么,历史好像触手可及。我在琼斯楼读了两年初中就转到了另一所中学就读,但琼斯楼深深地烙在我的记忆里。它结实的灰砖建筑的墙体,幽暗的走廊,空空之声的地板,以及老式房子里特有的气味,都成了一种积贮到经验当中的感觉,融入我的生命里。

很多年后,当我遇到以短篇小说《小镇上的将军》而闻名全国的作家陈世旭,得知他也是从这所中学的校门出来的,便自然有一种亲切感。应该说陈世旭不仅为那座老校门增添了光彩,也为南昌在中国文坛争得了脸面。然而,对于豫章中学的校史,我还是若干年后才从自己的阅读中补上这一课的。遗憾的是,近期我在报纸上读到,有着90余年历史的琼斯楼由于校园改建需要而在不久前被拆除,令我怅然若失。我想今日的豫章中学,也早已遗忘了当年我这位校友了。我陆续收到过一些近年新出的地方史之类的书,厚厚硬壳纸封面,打开人物一栏,过去的还有一些文化名人,甚至大名人,现今的就按官位级别定,有的连科级干部也算上了。其余按头衔、职称,几乎皆不论成就,我想以后史上留名的,真会是这些人吗?后世之人会不会为此笑掉大牙?

琼斯楼的倒塌无疑意味着某种直观记忆的轰毁,我留在该校的生命痕迹也已不存,而更多像我当年那样的学子则需要更明亮的课堂,谱写更新的校史。

豫章私立中学始建于20世纪初,与现南昌十中前身的葆灵女中,同属美国基督教美以美会外洋女布道会所创办的教会学校。

1907年,美国传道士长孙维廉先在南昌搞了个"豫章备馆",筹备办学事宜。1909年,开办小学及英语补习班,名为南昌高初两等学校。后闻讯其毕生从事教育的祖母琼斯小姐欲投资兴办教育,便争取到了琼斯小姐的投资,建起了琼斯楼。因校址在南昌,古属豫章郡,遂定名为"南昌私立豫章中学"。

学校由教会主持,学生便要接受宗教观念和西方文明,每天的祈祷是少不了的,星期日更要做大礼拜。学校教职员皆穿西服,初二班级以上学生也提倡穿西服,若是穿中装也必须熨得笔挺。仪表的端庄整洁也是该校的一大要求和特色,所以在当时社会上看来,豫章中学是一所"少爷中学"。

与"少爷中学"相对的,自然就是同为教会所办的"小姐中学"的葆灵女中了。

说豫章中学和葆灵女中纯粹是"洋小姐、阔少爷"的学校也不尽然。据我所知,这两所学校里当年也有平民子弟就读。它们之间最显著的共同点是教会学校,最大的不同点是,前者只收男生,后者专收女生。葆灵女中是1902年美国基督教美以美会外洋女布道会派遣的女布道使郭恺悌来南昌开办的第一所女子中学。最初,只有幼稚园和小学,为纪念美国人葆灵先生,故取名为葆灵女书院。辛亥革命以后,改为葆灵女校,正式开办了中学。1931年,中学和小学分开,各为"葆灵女中"和

"葆灵附小"。葆灵女中校舍高轩,校园优美,生活舒适,学生整洁,又有不少官僚和有钱人家的小姐在里面就读,人们自然就把它和豫章中学连在一起统称为"贵族学校"。这两所学校的校风和影响在今天许多老人的记忆里,都相当深刻。南昌的女子学校在二十世纪二三十年代还是风行一时的,除了葆灵,还有省立南昌女子中学、南昌女子职业学校、南昌女子师范等。

遥想当年女校学生的形象,即使现在也很令人心动。上海女作家素素在她撰写的《前世今生》一书中,描写了那个年代的女学生的样子:浓密的刘海下,是一张圆圆的脸,脸上戴副无框的圆形眼镜,短袄长裙,脚蹬一双黑皮鞋。素色上衣四周镶着鲜艳的绲边,斜襟上插着一支自来水笔。在当时,这是一个最时髦漂亮的女学生呢。也许,并不真正漂亮,但是女学生——这般新潮的人物,自有一番新潮人物的光彩和魅力,那是别的漂亮女子望尘莫及的。

素素笔下的当时新潮女生,今天想来已是旧式人物了。但素素细腻的文笔把她勾勒得很有光彩。记得今年年初,一位上了年岁的朋友打电话来告诉我,当年葆灵女中的学生、曾两次任该校校长的世纪老人周兰清女士逝世了,我当时的感觉是:一个历史的博物馆又坍塌了。只是她们留在后人记忆中的形象依然年轻、风采依然。

鲁迅先生曾用沉痛的笔调写过的在"三一八惨案"中牺牲的烈士刘和珍,也曾经是那个年代里南昌第一女子师范的学生,该校的校歌也有着一股不让须眉的巾帼豪气。"优美的百花洲,雄伟的滕王阁,豫章佳气,多钟在巾帼。""伟哉一女师!女界之先觉!美哉一女师!妇界之木铎。"这样的校歌唱起来是足以令学子们陡增骄傲与自豪感的。唱着这种校歌的学生无疑会挺胸走在历史的前列,让我们在对历史岁月中的她们行注目礼的同时,更加肃然起敬。

近百年来,南昌也兴办了造就过不少人才的名校。名校效应,在今天看已是越来越明显了。那些历史渊源深厚,曾经人才辈出的名校,而今已为莘莘学子心向往之。

让我们回过头来看看当年南昌除了"豫章"和"葆灵"之外的另几所名校吧。

所谓名校,我一向以为,衡量是否是名校的标准只有两条:一是师资力量,有没有真正的教育家(不是简单的教育工作者,而是在自身学养、施教、影响等方面都具备全面的教学主持者,而非滥竽充数之辈);二是是否培养出真正杰出的对社会做出过贡献或产生过影响的人才。这二条为上,其他都是其次。

根据这两条标准来考察,南昌名校首推今日南昌二中的前身心远中学。心远中学的历史源头要追溯到1899年熊元锷创办的乐群学堂。1904年该学堂由熊育锡接办,1911年正式更名为心远中学。心远中学不仅是江西最早的一所新式私立中学,也是全国最早出现的私人创办的三大学堂之一。如果它仅仅是因其历史最早而出名的话,那还不足以成为南昌的名校之首,其最突出的地方还是在于它培养了大批人才。以著名人物计,我们一提起心远中学,就会把一长串响当当的名字——吴有训、赵醒侬、袁玉冰、黄道、方志敏、邹韬奋、夏征农、张国焘、饶漱石、朱大贞、曾天宇、欧阳恪、彭学沛、程孝刚等和它连在一起,而心远中学的施教首功也自然该属曾任该校50余年校长的熊育锡先生。此外,还有一大批他延揽到该校来任教的人才,如黄道腴、李幼堂、陈伯瓒、曾伯雄、漆裕元、萧矩松、刘方由、熊正玖、刘泳臻、傅味斋、赵国、章诸照等。

一座名校真正的重心和分量在何处?看看心远中学校史里的那一串串著名人物的名单,就再清楚不过了。物以人名,名以物留,道理就是如此。

谈到师资和学生方面的著名人物，不能不提南昌一中。南昌一中前身是1901年设立的江西大学堂。中间经过三次改称，1912年始改为中学，1921年称江西省立第一中学。历史上南昌一中的老师中有相当一部分是学有专长的知名人士，如著名的楚辞专家游国恩曾为该校国文教师，国学专家熊公哲，以及后任厦门大学、中央大学、中正大学、东南大学的名教授余謇，还有汪国垣、龙沐仁、胡光廷、廖季登、叶仲槐、陈伯瓒、傅求学、饶铎鸣、孟琦、吴敬临、余心乐等人也在此任教。在这样一批大师门下受教的学子是有福的，所以历届学生中都有一些著名人物，如邵式平、夏征农、熊式一、罗时钧、刘振群、邓从豪、曾振、桂永清、张雪中、陈方等。费如此多的笔墨来提及如此多的名字，我不仅仅只为说明名校之"名副其实"，更是想重申一种在学校乃至在教育中应不能遗失的名誉感。近年来，人们愈来愈明显地感到我们的教育出了问题，需要改革。我想教育改革的最终目的还是需要更好地培养出人才。培养人才的第一课，就是教会他们首先要树立人才的名誉感。而名誉感的树立过程，就是他们在校门内的整个的学习过程，更包括他们步出校门后将其所学贡献出去的全部过程。曾几何时，我在儿子读的小学语文课本上惊讶地发现，所选唐诗《登鹳雀楼》和《静夜思》竟连作者的名字都没有标明，也无对此的注释，好像成了无名氏之作。我想，是我们教科书编者的一时疏漏呢，还是根本就认为没有必要让孩子们费心去记住作者的名字。但我认为，李白、王之涣的名字早已不是代表他们个人，而是我们整个中华民族优秀文化的伟大象征。他们的名字所代表的可是我们民族文明的高度啊！当我们的孩子刚刚踏进校门与他们邂逅时，你能蒙住孩子的双眼吗？

一种没有名誉意识的教育，使我们一步入校门就很可能产生迷失。这种迷失比校门外任何道路上出现的迷失都更可怕。一种不知名誉为何物的教育,能造就什么样的人才,令人担忧。二次大战中,当莫斯科被德军重重围困时,为激励全体人民抗击法西斯的意志,苏联红军毅然在红场举行十月阅兵式。当时,斯大林对全军和全苏联人民发表演说,他说道:"我绝不相信一个产生过普希金、涅克拉索夫、库图佐夫、车尔尼雪夫斯基……的伟大民族会被法西斯打败。"在一个国家与民族生死存亡的关键时刻,支撑起人民自信心和荣誉感的,正是几个杰出者的名字。

走出校门多年的我,此时提起笔来,仍然像是站在高大的校园门前反思……

不久前,我大学的导师——江西师范大学中文系教授、著名文学评论家陈良运先生来电话告诉我,他已调往福建师大任博士生导师,放下电话前他仍谆谆嘱咐我:"不要迷失了自己,要坚持创作,我仍会一直关注你。"日前,我在朋友送来的一本书中看到了良运先生为之作的一"序",那篇"序"其实是先生惜别江西、惜别南昌、惜别他从教多年学校大门的一片深情。

他在最后一段说:"写下这些文字时,我已经不再是江西师范大学教授了,十天前正式调往福建师范大学任教,只因本学期工作尚未结束,还羁留旧栈。"先生特别写道:"还要将三个研究生送出校门,送出江西,放飞于祖国高远的天地。""今后,我将在闽江与乌龙江入海处的小岛上,在一个学术力量强健的大学城,不时翘首,'西北望南昌',祝愿故乡土地上教育、文学事业繁荣兴旺,人才辈出,茁壮成长!"

好一个"西北望南昌",先生对南昌这块土地上的教育、文学之情殷殷切切,欲舍还留,对即将步出校门和已经走出校门的学生,情牵万缕。

"霭霭南浦之云,明明西江之月,天钟灵秀,男女复何择,趁风雨鸡鸣,及时努力"……一段老校歌从遥远的岁月里飘出校门,又开始在我的耳边萦绕。

寺与宫

古寺,空门;道宫,太极。当我走进南昌的寺庙与道宫的神秘之门时,里面缭绕的袅袅青烟,给人缥缈与苍茫的感觉,完全有别于其他地方,无怪乎寺庙内被称为"佛门净土",道宫的所在也自称为"净明真境"了。南昌城内的佑民古寺与城外的西山万寿宫都是有千年以上历史的著名寺宫,前者建于公元502—519年,后者建于公元376年。过去社会上有"三教九流"的说法,"三教"是指儒、释、道三家,"九流"可分为上、中、下九流,一共二十七种职业或身份:"上九:一流佛祖二流仙,三流皇帝四流官,五流烧锅六流当,七商八客九庄田;中九:一流举子二流医,三流风水四流批,五流丹青六流相,七僧八道九琴棋;下九:一流巫蛊二流娼,三流神汉四流梆,五流剃头六吹手,七戏八丐九卖糖。"过去"释"与"道"都属"上九"里的"一流"。

一说到古寺,我就很自然会想到空门,一想到空门,又会联想到空山。寂寂空山本不空,却是被藏在老林的一座古寺的钟声,一下一下敲空的;数声钟响,惊飞了山鸟,也惊落了满山的秋叶,于是想到光秃秃的和尚的脑袋,空空如也,凉风吹过,一定不胜薄寒,又如何禁得住空门这空的苦熬?如此想来,心底便对出家人怀有一种别样的心情。而一提起道宫,就觉得有很浓的人间烟火味在缭绕,道士不仅不用理光头,还留长发,穿长袍,身负太极长剑,到处忙着驱鬼抓妖,在世俗的空间里频繁活动,全没有光头和尚的清寂态,倒真正从另一个角度印证了老子所言的"道可道,非常道"。过去南昌寺庙道观,乃至教堂等有近百座,是中国宗教重要发源地之一,道教中许逊创立的净明派、龙虎山的天师道,佛教中的马祖道一、曹洞宗、净土宗、临济宗等派,皆在这块土地上弘扬光大,明末利玛窦亦带来天主教。于是,南昌城儒有文庙,道教有铁柱万寿宫、建德观、开元观、元妙观、紫极宫、雷祖坛等。释(佛)教有佑民寺、供观音的南海行宫、水观音亭寺、普贤寺、圆觉寺、应天寺、总持寺、望仙寺等。李滨《中兴别记》被时人称为"过去记太平天国历史最完备之作"。其记中提到当时"进外如绳金塔寺、法华堂、圆觉堂、宿觉堂、百福寺、天寿寺、法云律堂、只园庵、珠林庵、惠外如圆觉寺、观音庵、西方庵,德外如天宁寺、泰定寺、龙光寺、龙河寺、悦仙堂、北兰寺、药师院,章外如石亭寺等,类不可胜数,皆焚毁殆尽。其余未焚者,亦遭土匪残败"。可见有许多寺院在这块土地上出现又消失。

有趣的是,当下南昌的第一大古刹,不在老林,更不在空山,而是身处红尘闹市的中心,其大门两侧,右是红苹果美容院和娱乐城,左为款爷富商常光顾的"豪亨来"大酒店。每次我路经那里都为寺内的和尚担心,深恐他们受不住万丈红尘的诱惑,会生还俗之念,但一看其寺名,我又心下释然。佑民寺,顾名思义,理所当然应该处在民众聚集的地方庇佑万民了。另一座驰名中外的道教宫观"西山万寿宫",却实实在在是坐落在南昌城外西山之南的逍遥山下,每至进香之日,远远近近的进香者便会背着"万寿进香"字样的黄布香袋或乘车或步行去万寿宫进香朝拜。

一座古寺,一座道宫,其千年不绝的香火在袅袅娜娜的飘绕与上升中,寄托着南昌人千年不变的良好祈愿。这祈愿虽有时会被风吹歪,但曲曲折折中它总是在倔强地上升。这上升的青烟,带着世人的各种愿望在空中飞翔,那古寺与道宫也便成了世人心愿的起飞场,其香火之盛也在自然之中了。

先说具有闹市里的一方"净土"之称的佑民寺。记得儿时随父亲从该寺门前的马路经过,父亲指着当时已颇为破落的寺门告诉我:"里面有大菩萨,它专门保佑好人。"从此,我便知道南昌最大的菩萨在佑民寺,而佑民寺又仿佛是保佑好人的。后来我独自从那儿经过,寺门竟然都被人拆下扛跑了。透过门洞,寺院里最显眼的是一根光光的旗杆,以及占住在里面的居民搭住的屋棚。再后来,我带着儿子经过佑民寺,突然发现寺门十分高轩光鲜了起来,朱红漆的大门很引人注目。我好奇地领着儿子从旁边的小门走进了佑民寺,只见院中的正殿已盖起来了,并新塑了金碧辉煌的佛像,后殿和附属建筑正在施工之中,我深有感叹。4岁的儿子跟在我的屁股后头,用惊奇的目光打量着高大的佛像。走出殿门时遇到一位年轻和尚,儿子又盯着他的光头瞧。和尚手上拿着几颗光鲜滑溜的大葡萄,见我儿子的神态有趣,便笑着把葡萄递给他。我那平时胆小的儿子此时却大大咧咧伸出小手将葡萄接了过来。我赶紧叫他谢谢师傅。儿子谢过和尚后,便手握着葡萄一颠一颠地跟我走出了寺门。

可以说这就是我对佑民寺的感性认识,但佑民寺本身远不是如此简单。

佑民寺历史悠久,是一座经七度毁兴、九次易名的古寺。佑民寺最初建于南朝梁代,"南朝四百八十寺,多少楼台烟雨中",这是我们至今能背诵的有关那个时代的唐人诗句,可见其时寺庙之盛。倡议出资兴建该寺的,是当时的豫章王萧综,而真正出资的则是他的老师葛鱃,他用捐宅的办法把寺兴建起来,初名为"上蓝寺"。公元551年8月,豫章王萧栋被立为帝,国号天正,该寺因而名声日隆。唐开元年间改为"上蓝院",由令超和尚任住持,南岳怀让禅师曾驻锡于此,创建丛林,弘扬"全心即佛,全佛即人,人佛无异"的禅法,广收门徒达139人,这些门徒后来多成了一方宗主。其中以马祖道一宗师为著,世称"洪州禅",又称"马祖"。宋真宗咸平年间改名"承天寺"。至宋政和年间易名"能仁寺"。明景泰年间迁寺于元代原"帝师殿",取名"永宁寺"。又由于寺内塑有一座大佛,以镇蛟龙,清初改名"大佛寺"。清顺治年间,巡抚张朝璘重新修缮,更名"佑清寺"。嘉庆年间,寺院后殿铸一尊铜制接引佛,高1.6丈,重36000斤,因此南昌民谣有说"南昌穷是穷,还有三万六千铜"。民国初年,佑清寺被军阀占为营房。后国民革命军军队将寺内殿宇划作军火库,成为禁区,僧人被驱逐。寺内火药数次爆炸,寺内建筑遭到破坏。1927年,南昌起义战斗期间,起义军攻打国民革命军弹药库——佑清寺。1929年,南昌居士姚国美、曾非欤等与南海行宫住持恒定和尚一起捐资募款修复佑清寺。姚国美捐出诊金数万元,合众重修大雄宝殿,改建山门,复建念佛堂,重塑佛像等。姚国美还在山门右侧房开设诊所,用药金供给寺中香火。山门左侧房则为佛经流通处。寺内西侧还建有花岗岩结构的四层四角形钟楼,原普贤寺内的铜钟被安置于其上。修复完工后,姚国美等倡议改寺名为"佑民寺"。后来,姚国美等在念佛堂成立南昌居士林,又名"觉集念佛林"。此后,释慈舟、释印光和居士梅光羲等先后入寺讲经。西藏诺那呼图克图及其弟子贡噶上师也在寺内启坛,灌顶传道。"文革"初,佑民寺被夷为平地(仅存山门即今天王殿),僧人被驱出山门,寺院建筑被其他单位与个人占有。这期间,铜像的一只手被锯,到1970年前后,铜铸接引佛被当作废铜烂铁处理,大部分被熔化。1986年9月后,佑民寺逐步重建。1991年初,天王殿、大雄宝殿、药师殿、钟楼修葺竣工,对外开放,佑民寺香火复又繁盛。直到1994年,铜铸接引佛才被按照原来的样子重新复原了。

康熙二十五年(1686)寺僧募建藏经宝阁,共建十六间,迎请《大藏经》供奉其中,后仅存金粟、华严、兴隆、普惠、普安、大士、留香、圆通、普觉等九堂。乾隆五十五年(1790),寺遭火焚,寺僧广梅募款重建。嘉庆年间,巡抚秦承恩、布政使陈预等先后修葺大殿,铸接引铜佛,并建造了东西廊房。至民初以来驻军不断,损坏尤巨。1929年,著名中医姚国美居士等倡议捐资重修,乃改名为现在所称的"佑民寺"。

有一个流传较广的"明太祖游寺题诗"的故事,就出自此。说的是明太祖朱元璋入得南昌城来,带点微服私访的意思走进了这所寺院,他穿着寻常装束,大模大样在寺院内周游细玩,旁若无人。或许是他大咧咧的样子,太惹眼,招人反感,一个寺僧便上前以一种很礼貌的方式问其姓名,想提示他在佛门之地至少要保持肃静吧。谁知他老兄连瞧也不瞧寺僧一眼,寺僧只得硬着头皮再问一次。该兄乃很潇洒又十分霸气地在殿壁上题诗一首:"杀尽江西数万兵,腰间宝剑血留腥。野僧不识山河主,只管叨叨问姓名。"就诗而论,应该说这是一首不错的诗,其帝王之大气确非常人所能出。他将诗题毕,把笔往后一掷,甩袖而去。一云游僧细读壁上大作,赶忙将诗抹去,并在上面复题诗曰:"御笔题诗不敢留,留时唯恐鬼神愁。好将法水频频洗,犹有毫光射斗牛。"可见,这云游的野和尚不仅是个识货的主儿,更是个大胆心细、机智勇敢的人物。明知是当今圣上的御笔,他却敢一把抹去,却找了一个相当巧妙的拍马屁借口,居然将"鬼神愁""法水""毫光射斗牛"这样的词句都用上了,你还有什么话说。

果然,翌日朱元璋欲加罪此寺,一抬头,咦,见到了壁上野和尚的题诗,便自忖"寺固有人",遂赦免了僧众。此故事《江城名迹记》有所记载,对当年的佑民寺来说虽是一场"虚惊",但也可见历史翻云覆雨之手对一座即便是跳出三界之外的空门的影响。然而,我却很欣赏这个小故事,不论其真假,但它有皇帝,有野僧,有以诗这种温文尔雅形式展开的一场寺僧与帝王针锋相对的较量,其内在情节的张力和漂亮的诗句实在有着不小的魅力。在佑民寺墙上题诗的朱元璋和云游僧,我感觉像是同一个人的正反面,那面墙就似一面镜子,照出了他的内心。"所有人是同一个诗人,记述着命运的偏执打算。"(史蒂文斯)

掉过头来再回味一下明太祖朱元璋的行径,寺院里确实没有见过用如此凶横的口气题诗的人,简直像个一夜发迹的强盗和暴发户。但细细想一想,刚刚从鄱阳湖与陈友谅决战得胜而获得天下的朱元璋,身上自是有一种不可一世的暴发户的霸道之气,否则就不像是他在诗中自称的"山河主"了,若是想从这种人身上寻出点斯文来,无异于缘木求鱼。好在这个人凶悍是凶悍,但他毕竟没有对那位叨叨问姓名有眼不识泰山的野和尚环眼圆睁,拔出腰间杀了"江西数万兵"的宝剑来问斩,而是提笔用诗这种形式对野和尚"教训"了一顿。也就是说,在宝剑与笔墨之间,刚得天下的朱元璋还是选择了后者。

不久前,在意大利的一个古老的城市里举行过一场别开生面的象征性的仪式,来纪念旧千年的结束和新千年的到来。这个仪式名为"剑与笔之战",即一个全副戎装的中世纪武士和一个双手持一支大笔的老妇在台上开战,战斗当然是虚拟性的。获胜者是持笔的老妇,也就是笔战胜了剑,文明战胜了野蛮与暴力。

朱元璋当时应该是领悟到了这个道理的,尤其当他见野和尚复题于壁上的诗之后,暗忖"寺固有人",于是打消了加罪的念头,可见他知道笔墨的厉害。一把杀了数万兵的血腥宝剑,终于在佑民寺的看似柔弱的笔墨面前退却了。

佑民寺历史的演变与沧桑兴衰是很令人感喟的,至为难得的是,在它每一度衰毁后,总有人站出来为其捐资重修,这其中也体现了一种在涅槃中再生的精神。

过去有所谓的"南昌三宝",其中"二宝"就在佑民寺。这"二宝",一是那座我父亲当年对我说的"大菩萨",即身高一丈六尺,重达36000斤的铜铸接引佛;另一"宝"是一口高七尺,围一丈四尺六寸,重10064斤的铜钟,此二物加上普贤寺铁铸大象,便是南昌三宝了。

我仍然常从佑民寺门前的马路经过,每次路过这里,耳边都仿佛会响起小时候父亲对我说的那句话:"里面有大菩萨,它专门保佑好人。"啊,佑民寺。

再说南昌西郊30公里处的西山万寿宫,古称散原山,是"豫章十景"之一的"西山叠翠"所在处。这里充满着梦幻与神秘色彩。西山最高处名萧峰,古称紫霄峰,传说为萧史弄玉吹箫引凤之处。这样一个地方足以令人心旷神怡并满怀翩翩遐想。山之东的缑岭,有明宁献王朱权的墓葬。葛仙峰传说为晋代大化学家葛洪炼丹修仙之处,西山侧有颇具神秘感的梦山石室。

这里最突出最有影响的还要算万寿宫。南昌城内洗马池有铁柱万寿宫,城外新建县地界有西山万寿宫。万寿宫是净明道的祖庭,是为纪念江西的地方保护神——俗称"福主"的许真君而建。许真君,原名许逊,字敬元。东汉末,其父许萧从中原避乱来南昌。许真君天资聪颖又勤奋好学,喜好道家修炼之术,尤对治水感兴趣。52岁云游归乡,匡扶正义,为民除害;根治水患,深受爱戴。据传说今天铁柱万寿宫所在地是当年许真君锁龙头的位置(所以是祖庭),西山万寿宫是锁孽龙尾的地方,而三眼井、六眼井则是为观察龙身而建。其实许逊是个治水专家,是依据水脉打井来观察水位变化和水质变化,然后有的放矢。史记许真君活到 136 岁,一家 42 口"拔宅飞升",这就是"一人得道,鸡犬升天"成语的由来。

相传许真君得道成仙举家升天之际,屋上落下的瓦,便成为现在一名为"落瓦"的地方。新建县属的生米街,也与之相关,传说是许家的人买米时米从布袋里漏出来变禾穗的缘故。东晋年间,后人在许真君的老家金田村的住宅旧址上建立"许仙祠"。南北朝改称"游帷观",唐代沿称此名。北宋大中祥符三年(1010)升"观"为"宫",宋真宗亲书"玉隆宫"匾额。政和六年(1116),崇尚道教、自称教主道君皇帝的徽宗诏令仿照洛阳"崇福宫"式样重建,御书"玉隆万寿宫"题额。这次重建的规模之大,"埒于王者之居",有正殿、三清殿、老祖殿、谌母殿、蓝公殿、玄帝殿和玉皇、紫微、三官、敕书、玉册五阁,以及十二小殿、七楼、三廊、七门、三十六堂,万寿宫成为中国道教圣地之一。

明朝武宗正德十五年(1520),皇帝题额"妙济万寿宫",对宫内建筑又做了重大修茸。宁王朱权六世孙朱多贵游万寿宫时有诗云:"西山迢递隐仙宫,谁信人间有路通。忽睹楼台苍霭外,似闻鸡犬白云中。石幢苔灭三天字,涧道霜凋百尺枫。灵迹只余丹井在,清秋吟望意无穷。"至清朝,万寿宫内又增建了关帝阁、宫门。此后历经废兴,至解放时,只剩下五殿和院墙、山门、仪门等。宫门之内,正殿琉璃为瓦,画栋雕梁,金碧辉煌,气势雄伟。绣金帷里,真君塑像端坐中央,坐像头部是黄铜所铸,重 500 斤。十二真人分列两旁,吴猛、郭璞站立在坛前。高明殿等三殿之前,有六株参天古柏,苍然遒劲,据说最大的一株为许真君亲手所植。另有三株晋朝古柏和明朝古柏苍劲挺拔,四季常青。宫门左侧的八角井,相传是当年许真君铸铁为柱,链钩地脉,以绝水患。

历代文人墨客吟咏万寿宫和许真君的诗文很多。孟浩然、范成大、王安石、曾巩、姜白石等都留有诗章。宫内尚存一块清朝乾隆四年(1739)江西巡抚岳浚写的"不朽仙踪"石碑。万寿宫历来香火极盛,为全南昌之冠。每年农历八月初一许逊生日,宫门前便车水马龙,游者络绎不绝,宫内香烟氤氲,香客摩肩接踵,蔚为大观。

我祖籍新建生米,生米镇亦有两千多个年头,老街尚在,已纳入城区,呼吁保护,以免被推毁。我将生米老街定位为"赣江码头文化的活化石""距城市零公里的千年古镇",至今该古镇命运堪忧。

现在我们到全国各地去走走看,凡有万寿宫的地方,必有江西人。江西人是把许真君看成地位很高的仙人的,他虽短暂地做过一段时间的四川旌阳县令,但更多时间是奔忙于乡里,为根除水患不辞辛劳,造福于民。这样一个人,老百姓把他尊为神,并编造许多动人的传说来颂扬他,可见对他的偏爱与崇仰之情。

万寿宫的宫门之所以经常有人频繁出入,是因为里面供奉的这位神仙本身就是从他们中来,并为他们做了很多好事。因此,在许逊成仙的地方,凡人也能找到一扇门来作为入口。

佑民寺梵乐不绝,万寿宫香火氤氲。这一寺一宫,使千年南昌古城里溢出了几缕佛、道两教的文化色彩,它从古树的枝柯与琉璃的瓦缝间,寄托着南昌人一个个虔诚的善良祈愿。木鱼声声,古钟阵阵。在每一声木鱼和每一阵古钟的声响里,都昭示着一种愿望的达成。

生米镇

早该收手了,风景何其妖娆
仙人指路,你不好意思向两岸下手
再施一些粉黛,雷峰塔也就倒掉
西山众神纷飞而去,没留一点痕迹
傍晚的云,也不知带向何处,遗下的寺庙
承包给生米镇,一个厨子荣升住持
用词太狠,砧板上青菜也见血
桃木剑可以裁虹剪霓,生米煮成熟饭
一半自己填肚子,另一半施舍,我好静
僧人扫落叶,一院深秋的声音,一层比一层薄
你背着一袋月光上门,倒出雪白的米
销声匿迹,阁楼熟客不告而别
木头梯子在尘暗处拐弯
一枕好席,铺出桂花十里,雨后散香
走到哪里就认识,沙井的一只土鸡
把一些凤凰带进小区,还有几只流莺
保安假装没看见,晓风残月,租一所地下室
露头的时候,都是亲戚

晒腊肠,老南昌的灿烂骄阳

后 记

20年前,我在《豫章遗韵》后记中写道:"历史到有了文字为止,并不是意味着结束,而是象征着一种新的开始。一部书有写完的时候,但有关一座城市的话题显然还没有完,因为城市在发展,历史在继续。"转眼到了2019年,南昌几乎已全面刷新了,但过去的时光,那些沉淀在历史中的人与事,仍然在时间的长河里缓慢流转,隐约中我们还能看到那些身影,听到遥远的声音,闻到远年的气味。这些又足以让我们感到过去在脑海中是慢的,我们唯有把握其慢,老南昌,老岁月,老历史,才会在记忆里深深地留住,成为城市高楼丛林里的灵魂底片。当初写完《豫章遗韵》时,从2200多年的南昌历史中出来,并没有丝毫解脱的轻松感,相反还陷得更深——"正是这种深深的历史裹挟,使我进入历史之河中,上溯2000余年,再往21世纪的下游流去"。现在我已在21世纪,回望写过的文字和文字所书写的过往,没有"不悔少作"之感,囿于当时的能力与史料的匮乏,自然"少作"不尽如人意。我不可能以现在的经验与感受力将原先的作品重写一遍,那样反失去了时间的公允判断与人生的真实,也背叛了写作的初衷。我还是一个把南昌视为故乡,把生命的过往同样视为原乡的人,也许故乡的房屋与草木已面目全非,如同华丽的谎言。所以借此次出版《南昌慢》的机会,我在《豫章遗韵》

的基础上增加了几篇文章,其余稍做补充与修订,我不希望文字速朽,而喜欢像老时光一样,于缓慢中把记忆存留。

有一种哲学观点认为:时间是不存在的,只是生命乃至事物在变化,所谓公元年月等,只是人类为了使行为有规律而设定的一种符号,是这种符号让我们对时间产生了庞大的存在假象与幻觉。这种观点我虽不完全认同,但觉得不乏意义。一座城市不正是以一种惊人的变化来陈述历史抑或时间的吗?正是事物的这种变化赋予了历史与时间等抽象概念以具体内涵。

写作与其说是在深入时间与历史,不如说是在接触、了解与洞观事物的具体变化,从而使我对历史与时间这些空泛的词有了实在的认识,对我所热爱的城市有了一份真诚的付出与投入。张爱玲说"历史是一个美丽而苍凉的手势"。或许正是这个手势的诱惑才使我一口气写了下来,在历史中感受美丽,在美丽中又体悟到苍凉,这两种感觉糅合在一起,实在有一种惊人的魅力。

谈到写作,我仍想引用早年的一首诗来表达自己的体验。一个写作者的命运与其说像希腊神话中滚石上山的西西弗斯,倒不如说更像中国古典神话里伐木不止的吴刚:

  天授的刑徒,无始无终的苦役者
  忍受寂寞、辛劳和被日光埋葬的爱情

  伐开之后,旋即复合的伤口
  欲说而又无言的嘴唇

  没有比这更永恒的孤独

月亮里的一个伐木工人

我一向认为,小说与诗在文学上是同等级的竞技,而散文写作只是一种轻轻松松的散步,但这本书的散文体写作,使我感到了沉重,那种沉重不可能是来于散步,而是产生于爬山,南昌2200年的历史就是一座高山。爬这座山的难度,不是来自历史本身,而是如何让散文这种形式或者说让历史在散文这种形式中生动起来,使历史焕发出滚烫的热力,使人们将手伸过去触摸历史时,会感受到其心律跳动,使读者在打开此书时,能够感受到一种生命的活力,这些都是在写作过程中我试图做出的努力,或许正因为如此,我在完稿之际才会心中忐忑。写作此书犹如戴着镣铐跳舞,每写一个章节的内容都必须查寻史料,考证史实,尽管此书文字只能当作散文来读,不可作史书观,但南昌历史的风貌仍是它的着力点。我是极不愿重复既成的文字,但史实所限,此书有点破例,是为诸多遗憾当中的一憾!

我自问,如果写作此书纯粹是一次"媚俗"性的写作,人云亦云,不投入自己的思想与情感,我绝对可以写得比现在轻松得多。但我若是那样做,就对不起南昌2000多年的历史,更对不住生我养我的这方热土。

我当年写作《豫章遗韵》时,每天工作完走下楼来,正是当年豫章公园的所在地,古老的樟树虽已不存,园景也不似当年,但地点未变,历史文化的气场在三尺之深的地下犹存。当时觉得"在这样一个地方完成这部书的写作,无疑是很有一番意味的"。而现在豫章公园早在十几年前就被一座占地巨大的高楼覆盖,我也迁至红谷滩新区,昨天的事物都成了旧的,都成了过往。我在本书中所用的照片都是我在近20年中所拍,那些老街巷,多已不存,照片也就成了老照片,显出了它们见证城市

已逝现场的珍贵性。"世界因变老而日益开阔,未来缩小了。"(卡内蒂《钟的秘密心脏》)

几年前我写的《南昌人》和这本《南昌慢》,与正在完成的《南昌记》,可以视为一个整体。《南昌人》着力点不言自明,重在当地人的生命状态与处世特征。《南昌慢》即是在旧时光里的城市中的人和事,也就是我们不小心叫作"历史"的东西,《南昌记》纯粹是以作者个体视角与肉身经受的20世纪七八十年代的南昌故事,所书、所思,和光同尘。

2019年2月